Memoria de cristal

Otros títulos de la autora publicados por Ediciones B

Posdata: te quiero

Donde termina el arcoíris

Si pudieras verme ahora

Un lugar llamado aquí

Recuerdos prestados

Cómo enamorarse

El año en que te conocí

Memoria de cristal

CECELIA AHERN

Barcelona • Madrid • Bogotá • Buenos Aires • Caracas • México D.F. • Miami • Montevideo • Santiago de Chile

Título original: *The Marble Collector*
Traducción: Íñigo García Ureta
1.ª edición: noviembre de 2016

© Cecelia Ahern, 2015
© Ediciones B, S. A., 2016
    Consejo de Ciento 425-427, 08009 Barcelona (España)
    ww.edicionesb.com

Printed in Spain
ISBN: 978-84-666-6008-2
DL B 20099-2016

Impreso por Unigraf, S. L.
Avda. Cámara de la Industria, 38
Pol. Ind. Arroyomolinos n.º 1,
28938 - Móstoles (Madrid)

Para mi Sonny Ray

Vi el ángel en el mármol y esculpí hasta liberarlo.

MIGUEL ÁNGEL

Prólogo

Cuando se trata de mis recuerdos, hay tres categorías: cosas que quiero olvidar, cosas que no logro olvidar y cosas que olvidé que había olvidado... hasta que las recuerdo.

Mi primer recuerdo es de mi madre, cuando yo tenía tres años de edad. Estamos en la cocina, ella toma la tetera y la lanza hacia el techo. La sostiene con ambas manos —una en el mango, la otra en el pico— y la arroja con saña hacia arriba, y se rompe contra el techo, y luego cae sobre la mesa, donde estalla en pedazos, con una explosión de agua turbia y bolsitas de té que lo empapan todo. No sé qué motivó ese acto, ni lo que vino después, pero sí sé que se había dejado llevar por la ira, y que mi padre era el causante de esta. Este recuerdo no es una representación fiel del carácter de mi madre, ni la muestra en su mejor momento. Que yo sepa, nunca volvió a hacer nada por el estilo, por lo que imagino que es precisamente por eso por lo que lo recuerdo.

Tengo seis años y veo cómo un guardia de seguridad detiene a mi tía Anna mientras salimos por la puerta de Switzer. El guardia de seguridad mete su peluda mano en la bolsa de la compra y recupera una bufanda con su etiqueta con el precio y un precinto de seguridad todavía prendido. No puedo recordar lo que pasó después de eso; tía Anna me atiborró a helados en el centro comercial, observándome con la esperanza de que el recuerdo del incidente se fuese borrando con cada bocado. El recuerdo está vivo, a pesar de todo, y hasta hoy todo el mundo sigue creyendo que me lo inventé.

En la actualidad voy a un dentista con el que estudié. Nunca fuimos amigos, pero frecuentamos los mismos círculos. Él es ahora un hombre muy serio, sensible, severo, pero cuando se cierne sobre mi boca abierta lo veo como lo vi con quince años de edad, meando contra las paredes de la sala de estar en una fiesta doméstica, mientras grita que Jesús es el anarquista por antonomasia.

Cuando veo a mi profesora de primaria, que hablaba en voz tan baja que casi no podía oírla, la veo lanzando un plátano al payaso de la clase y gritándole: «Déjame en paz, por el amor de Dios, déjame en paz», antes de echarse a llorar y salir del aula. Recientemente me encontré con una antigua compañera de clase y saqué a colación el incidente, pero ella no lo recordaba.

Me parece que al convocar a las personas en mi mente siempre las veo en los momentos más dramáticos, en los que mostraron una parte de sí mismas que por lo general ocultan.

Mi madre dice que tengo un don especial para recordar lo que otros olvidan. A veces es una maldición; a nadie le gusta que se le recuerde lo que ha intentado enterrar en el olvido con tanta energía. Soy como la persona que lo recuerda todo después de una noche de borrachera, cuando en el fondo todo el mundo desearía no acordarse.

Solo puedo suponer que recuerdo estos episodios porque nunca me he comportado así. No recuerdo un solo momento en el que me haya dejado llevar, en que me haya convertido en otra versión de mí. Yo soy siempre la misma persona. Si me has conocido, me conoces: no hay mucho más. Sigo las reglas de la persona que siento que debo ser y parece que no puedo ser otra cosa, ni siquiera en momentos de gran tensión, cuando seguramente un colapso sería aceptable. Creo que es por eso por lo que admiro tanto a los demás y me acuerdo de lo que deciden olvidar.

¿Que carezco de carácter? No. Creo firmemente que incluso un cambio repentino en el comportamiento de una persona está dentro de los límites de su naturaleza. Esa parte de nosotros está presente siempre, en todo momento, en estado latente, a la espera de ser revelada. Y no soy una excepción.

1

Jugar a las canicas

Aliadas

—¡Fergus Boggs!

Estas son las dos únicas palabras que consigo entender de la furiosa diatriba del padre Murphy, y si lo consigo es porque esas palabras forman mi nombre. El resto lo dice en irlandés. Tengo cinco años y llevo un mes en el país. Me mudé de Escocia con Mami y mis hermanos, tras la muerte de papá. Todo sucedió tan rápido, la muerte de papá, la mudanza... y a pesar de que ya había estado en Irlanda antes, durante las vacaciones de verano, para ver a la abuela, al abuelo, al tío, a la tía y a todos mis primos, ahora no es lo mismo. Nunca he estado aquí cuando no es verano. Ahora es un lugar diferente. Ha llovido todos los días desde que llegamos. La heladería ni siquiera está abierta, sino cerrada a cal y canto como si no existiera, como si solo hubiera estado abierta en mi cabeza. La playa a la que solíamos ir no parece el mismo lugar y la furgoneta donde vendían patatas fritas ha desaparecido. Las personas se ven diferentes también. Todos están muy abrigados, de oscuro.

El padre Murphy se cierne sobre mi escritorio. Es alto y gris y ancho. Me escupe al gritar. Siento sus babas en la mejilla, pero me temo que si me limpiara se enfadaría aún más. Trato de mirar alrededor, a los otros niños, para ver sus reacciones, pero él arremete contra mí. Una bofetada. Duele. Lleva un anillo, uno grande. Creo que me ha hecho un corte en la cara, pero no me atrevo a tocarme por si me golpea de nuevo. De repente, tengo que ir al baño. Me han golpeado antes, pero nunca un sacerdote.

Está gritándome palabras en irlandés llenas de ira. Está enfadado porque no le entiendo. En mitad de esas palabras me dice que ya debería entenderle, pero no puedo. No puedo practicar en casa. Mami está triste y no me gusta molestarla. A ella le gusta sentarse y abrazarme. Me gusta cuando hace eso. No quiero arruinar los mimos que me da hablando. Y de todos modos no creo que ella recuerde cómo hablar irlandés. Se fue de Irlanda hace mucho tiempo para trabajar de niñera para una familia en Escocia, y allí conoció a papá. Y nunca hablaban en irlandés entre ellos.

El cura quiere que repita las palabras después de él, pero apenas puedo respirar. Apenas puedo pronunciar las palabras.

—*Tá mé, tá tú, tá sí*...

—¡MÁS ALTO!

—*Tá muid, tá sibh, tá siad*...

Cuando no me grita, el aula es tan tranquila que me recuerda que está llena de chicos de mi edad, todos a la escucha. Como tartamudeo, le está diciendo a todo el mundo lo estúpido que soy. Estoy temblando. Me siento enfermo. Necesito ir al baño. Le digo que necesito ir al baño. Su rostro se vuelve púrpura y es cuando la correa de cuero aflora. Me azota la mano con ese cuero que más tarde me entero que tiene peniques cosidos en su interior. Me dice que me va a dar «seis de los mejores» en cada mano. No puedo soportar el dolor. Necesito ir al baño. Me lo hago allí mismo. Espero la risa de mis compañeros, pero nadie ríe. Mantienen la cabeza gacha. Tal vez se rían más tarde, o tal vez reflexionen. Tal vez son felices por el mero hecho de que no les está sucediendo lo mismo que a mí. Me da vergüenza, como él me dice que debo estar, avergonzado. Entonces me saca del aula cogido de la oreja, y me duele, y me lleva por el pasillo, y me mete de un empujón en una habitación oscura. La puerta se cierra detrás de mí y me deja solo.

No me gusta la oscuridad, nunca me ha gustado la oscuridad, y me pongo a llorar. Tengo los pantalones mojados, los calcetines y los zapatos manchados de pis, pero no sé qué hacer. Mami generalmente me los habría cambiado. ¿Qué hago aquí? No hay ninguna ventana en la habitación y no puedo ver nada. Espero que no me tenga mucho tiempo aquí. Mis ojos se acostumbran a la oscuridad y la luz que se cuela por debajo de la puerta me ayuda a ver. Estoy en un trastero. Veo una escalera, y un cubo y una fregona. Huele a rancio. Una vieja bicicleta cuelga boca abajo, sin cadena. Hay dos botas de goma, ambas del mismo pie. Nada encaja. No sé por qué me ha metido aquí y no sé cuánto tiempo estaré. ¿Me buscará Mami?

Parece que ha pasado una eternidad. Cierro los ojos y canto para mí. Las canciones que Mami canta conmigo. No voy a cantarlas demasiado alto, por si me oye y piensa que me estoy divirtiendo. Eso lo enojaría más. En este lugar, la diversión y la risa hacen que se enojen. No estamos aquí para ser líderes, estamos aquí para servir. Esto no es lo que me enseñó mi padre, me dijo que yo era un líder natural, que podía llegar a ser lo que quisiera. Yo solía ir a cazar con él, me enseñó todo, incluso me dejó ir delante, me dijo que yo era el líder. Compuso una canción sobre ello: «Tras el líder, el líder, el líder, Fergus es el líder, da da da da da.» La tarareo, pero no pronuncio las palabras. Al cura no le gustaría oírme decir que soy el líder. En este lugar no se nos permite ser quienes queremos ser, tenemos que ser lo que nos dicen. Yo canto las canciones que mi papá solía cantarme, cuando se me permitía quedarme hasta tarde y escuchar las canciones que cantaban. Papá tenía una voz suave para ser un hombre tan fuerte, y a veces lloraba cuando cantaba. Mi papá nunca dijo que el llanto era solo para los bebés, como dice el sacerdote, sino que llorar es algo que hacen quienes están tristes. Canto para mí mismo y trato de no llorar.

De repente, la puerta se abre y me estremezco, temeroso de que venga de nuevo con la correa de cuero. No es él, sino uno más joven, el que enseña en la clase de música, el de los ojos bondadosos. Cierra la puerta a su espalda y se agacha.

—Hola, Fergus.

Trato de decir hola, pero nada sale de mi boca.

—Te he traído algo. Una caja de rojas.

Me estremezco y él extiende una mano.

—No estés tan asustado, son canicas. ¿Alguna vez has jugado con canicas?

Niego con la cabeza. Él abre la mano y veo que en la palma de su mano brillan como joyas cuatro rubíes rojos.

—Me encantaban de niño —dice en voz baja—. Mi abuelo me las dio. «Una caja de rojas, solo para ti.» Ya no tengo la caja. Ojalá la tuviera, quizá valiese algo. Recuerda siempre que debes guardar el envase, Fergus, ese es un pequeño consejo que te voy a dar. Pero al menos he conservado las canicas.

Alguien camina junto a la puerta, podemos sentir sus pasos mientras el suelo tiembla y cruje bajo nuestros pies. Cuando se han alejado, el sacerdote joven se vuelve hacia mí y, con voz tranquila, añade:

—Tienes que jugar con ellas. O tirarlas.

Observo mientras apoya su nudillo en el suelo y equilibra la canica con el dedo índice doblado. Pone el pulgar detrás y luego empuja suavemente la canica, que rueda por el suelo de madera a gran velocidad. Una bola roja, reluciente, que captura la luz, brillante, resplandeciente. Choca contra mi pie y se detiene. Me da miedo recogerla. Las manos me siguen doliendo por los azotes, me cuesta cerrarlas. Él lo advierte y hace una mueca.

—Vamos, inténtalo —dice.

Lo intento. No soy muy bueno la primera vez, porque me cuesta cerrar las manos como él, pero veo de qué va la cosa. Entonces él me muestra otras formas de lanzarlas. Hay una técnica llamada «los nudillos hacia abajo». Yo la prefiero y, aunque él dice que eso es más avanzado, lo cierto es que se me da mejor. Él admite que así es, y tengo que morderme el labio inferior para evitar sonreír.

—Los nombres que se les dan a las canicas varían de un lugar a otro —dice, mientras me muestra de nuevo cómo lanzarlas—. Algunas personas las llaman bolitas; otras, balitas, bochas, boliches, bolinchas, chibolas, metras, poticos..., pero yo y mis hermanos las llamamos «aliadas».

Aliadas. Me gusta eso. Incluso encerrado en este cuarto oscuro tengo aliados. Me hace sentir como un soldado. Un prisionero de guerra.

Él me mira seriamente.

—Cuando tengas que apuntar, recuerda mirar al blanco fijamente. El ojo dirige al cerebro, el cerebro dirige la mano. No te olvides de eso. Siempre mantén un ojo en el objetivo, Fergus, y tu cerebro hará el resto.

Asiento con la cabeza.

Suena la campana, la clase ha terminado.

—Está bien. —Se pone de pie y se limpia la sotana polvorienta—. Tengo una clase. Quédate aquí. No esperarás mucho más.

Asiento de nuevo.

Él tiene razón. La espera no debería ser mucho más larga. Pero lo es. El padre Murphy no viene a buscarme enseguida. Me deja allí todo el día. Incluso me hago otro pis en los pantalones, porque tengo miedo de llamar a la puerta para que venga alguien, pero no me importa. Ahora soy un soldado, un prisionero de guerra, y tengo mis aliadas. Practico y practico en la pequeña habitación, en mi pequeño mundo, con ganas de mejorar mi habilidad y precisión para ser el mejor en la escuela. Voy a mostrarles a los otros chicos que seré mejor que ellos en algo.

La próxima vez que el padre Murphy me meta aquí tendré las canicas ocultas en el bolsillo y me pasaré el día practicando. También tengo una maqueta en el cuarto oscuro. La puse allí, entre clases, por si acaso. Es un pedazo de cartón con siete arcos cortados en ella. La hice yo mismo con una caja de cereales vacía de la señora Lynch, que encontré en su basura, después de ver a unos chicos con una bolsa de una tienda elegante. El arco central lleva el número 0; los arcos a los lados los números 1, 2 y 3. Coloco la maqueta en la pared del fondo y disparo a distancia, desde cerca de la puerta. Realmente no sé cómo jugar correctamente, y no puedo jugar por mi cuenta, pero sí practicar mi disparo. Voy a ser mejor que mis hermanos mayores en algo.

El sacerdote bueno no se queda en la escuela mucho tiempo. Dicen que besa a las mujeres y que se va a ir al infierno, pero no me importa. Me gusta. Me ha dado mis primeras canicas, mis rojas. En una época oscura de mi vida, me ha dado mis aliadas.

2

Las reglas de la piscina

Prohibido correr

Respira.

A veces tengo que recordarme a mí misma que debo respirar. Se podría pensar que respirar es algo instintivo, innato, pero no, inspiro y luego olvido exhalar, así que acabo con el cuerpo rígido, tenso, el corazón palpitante, una opresión en el pecho y una sensación de angustia, preguntándome qué he hecho mal.

Entiendo la teoría de la respiración. El aire que se respira por la nariz debe ir hasta el abdomen, el diafragma. Se respira de forma relajada. Se respira de forma rítmica. Se respira en silencio. Lo hacemos desde el segundo en que nacemos, sin necesidad de que nadie nos enseñe. Pero a mí sí deberían haberme enseñado. Al volante, de compras, en el trabajo... me sorprendo conteniendo la respiración, nerviosa, inquieta, a la espera de que suceda algo que no sé qué es exactamente. De todos modos, sea lo que sea, nunca llega. Es irónico que en tierra firme fracase en esta tarea tan simple, cuando mi trabajo me obliga a ser una experta en el tema. Soy socorrista. La natación se me da bien, hace que me sienta libre. En la natación, el instante lo es todo. En tierra se respira de uno en uno, en el agua el promedio es de tres a uno; es decir: respiro cada tres brazadas. Fácil. Ni siquiera necesito pensar en ello.

Tuve que aprender a respirar fuera del agua cuando estaba embarazada de mi primer hijo. Era necesario para dar a luz, me dijeron, y resulta que, sin duda, lo es. A pesar de que el parto es tan natural como respirar, que son cosas que van de la mano, respirar, para mí, ha sido de todo menos natural. Fuera del agua solo quiero contener la respiración. Pero si una contiene la respiración, el bebé no puede nacer. Lo sé, lo he intentado. Conociendo mi querencia acuática, mi marido me animó a intentar el parto en el agua. Parecía una buena idea, pues se trataba de mi medio natural, en casa, en el agua, solo que no hay nada de natural en permanecer sentada en una piscina infantil de gran tamaño en tu sala de estar, y el que iba a experimentar el mundo debajo del agua era el bebé, no yo. Con mucho gusto me habría cambiado por él. El primer nacimiento terminó en un hospital con una cesárea de emergencia, y de hecho los dos bebés siguientes llegaron de la misma manera, aunque no fuesen emergencias. Parecía que la criatura acuática que había preferido permanecer bajo el agua desde la edad de cinco años no lograba adaptarse a otro de los hechos naturales de la vida.

Soy salvavidas en un hogar de ancianos. Es una casa de reposo bastante exclusiva, como un hotel de cuatro estrellas, con atención las veinticuatro horas del día. Llevo trabajando aquí siete años, más o menos, descontando las bajas por maternidad. Ocupo la silla del salvavidas cinco días a la semana, de nueve de la mañana a dos de la tarde, lapso durante el cual tres personas se lanzan al agua cada hora para hacer largos. Se trata de un flujo constante de monotonía y quietud. Nunca sucede nada. Esos cuerpos surgen de los vestuarios para reafirmar la realidad del paso del tiempo: la piel floja, las tetas y los culos caídos, algunos secos y descamados por la diabetes; otros con síntomas de enfermedad renal o hepática. Los confinados en sus camas o sillas durante tanto tiempo muestran sus úlceras y dolorosas heridas, otros llevan las manchas de la edad como insignias de los años que han vivido. Nuevos tumores cutáneos aparecen y cambian día a día. Lo veo todo, con plena consciencia de lo que mi cuerpo es capaz de mutar después de tres bebés. Los que tienen sesiones de fisioterapia se esfuerzan en el agua siguiendo las instrucciones de sus entrenadores; yo me limito a vigilar, por si tengo que intervenir, por ejemplo si el terapeuta se ahoga, supongo.

En estos siete años pocas veces he tenido que tirarme al agua. Es un lugar tranquilo, una piscina lenta, no tiene nada que ver con la piscina local a la que llevo a mis hijos los sábados y que me provoca dolor de cabeza por los gritos, cuyo eco resuena en las clases en grupo de los mocosos que atiborran el recinto.

Ahogo un bostezo mientras observo a la primera nadadora de la mañana. Mary Kelly, la draga, está practicando su estilo favorito, la braza. Torpe y ruidosa, con metro y medio de estatura y ciento cincuenta kilos de peso, propulsa el agua como si intentara vaciar la piscina y luego trata de deslizarse. Nada sin meter jamás la cara debajo del agua y resopla constantemente, como si estuviéramos a bajo cero. Siempre son los mismos a la misma hora. Sé que el señor Daly llegará pronto, seguido por el señor Kennedy, también conocido como el Rey de la Mariposa, que se considera un experto. Vendrán después las hermanas Eliza y Audrey Jones, que trotan a lo ancho por la parte menos profunda durante veinte minutos. El no nadador Tony Dornan se aferra a su flotador como si le fuera la vida en ello, siempre en la parte menos profunda también, cerca de la pared y de la escalera. Yo jugueteo con un par de gafas de buceo, retorciendo la correa de goma, recordándome a mí misma que debo respirar, concentrada en la presión que siento en el pecho, que solo desaparece cuando me acuerdo de soltar el aire.

El señor Daly sale del vestuario a las nueve y cuarto en punto. Lleva un traje de baño color azul claro, que revela sus minucias cuando está mojado. La piel le cuelga alrededor de los ojos, en las mejillas y en la papada, es tan transparente que casi veo cada vena de su cuerpo y está cubierta de moretones causados por el menor golpe, estoy segura. Las uñas de sus pies son amarillas y se le enroscan hundiéndose en la carne, lo que debe de resultar muy doloroso. Me mira con cara de asco y se ajusta las gafas sobre los ojos. Siempre pasa por mi lado sin darme los buenos días, ignorándome, agarrándose a la barandilla de metal como si en cualquier momento fuera a resbalar sobre las baldosas que Mary Kelly está empapando con cada brazada. Me lo imagino sobre los azulejos, con esos huesos que sobresalen a través de la piel fina como el papel, crujiente como la de un pollo asado.

Mantengo un ojo en él y otro en Mary, que con cada brazada deja escapar un fuerte gruñido, como si fuera Maria Sharapova. El señor Daly alcanza los escalones, se aferra a la barandilla y se mete lentamente en el agua. Sus fosas nasales se dilatan al sentir el frío. Una vez dentro, se cerciora de que lo estoy mirando. Los días en que lo miro, flota sobre la espalda durante largo rato, igual que un pez muerto. En días como hoy, cuando no lo estoy mirando, mete el cuerpo y la cabeza bajo el agua, cogido al borde de la piscina, y se queda en el fondo. Lo veo, claro como el día, prácticamente de rodillas en la parte menos profunda, tratando de ahogarse. Así cada día.

—Sabrina... —me advierte a mi espalda Eric, mi supervisor, desde la oficina.

—Lo veo.

Me dirijo hacia el señor Daly por los escalones. Meto las manos en el agua, lo sujeto por debajo de los brazos y tiro de él hacia la superficie. Es tan ligero que aflora fácilmente. Toma aire, con una mirada de furia detrás de las gafas y una gran burbuja de moco verde en la fosa nasal derecha. Se quita las gafas y las escurre, gruñendo, refunfuñando, con el cuerpo temblando de rabia porque una vez más he frustrado su cobarde plan. Su rostro tiene un tono púrpura y el pecho le palpita mientras trata de recuperar el aliento. Me recuerda a mi hijo de tres años, que siempre se esconde en el mismo lugar y luego se molesta cuando lo encuentras. Yo vuelvo a mi silla, en silencio. Esto sucede a diario. Esto es todo lo que sucede.

—No te has dado mucha prisa —me dice Eric.

¿De verdad? Tal vez haya tardado un segundo más de lo habitual.

—No quería arruinar su diversión —repongo.

Eric sonríe a su pesar y sacude la cabeza para mostrar su desaprobación. Antes de trabajar aquí conmigo, en la residencia de ancianos, lo había hecho como salvavidas —a lo Mitch Buchannan, el de *Los vigilantes de la playa*—, en Miami. Su madre, en su lecho de muerte, lo obligó a volver a Irlanda, y luego, ya un poco menos moribunda, consiguió que se quedase. En tono de broma, Eric dice que lo sobrevivirá, aunque percibo cierta intranquilidad en su voz, porque sin duda está seguro de que este será el caso. Creo que está a la espera de que ella se muera para por fin comenzar a vivir, pero se acerca a la cincuentena y debe de temer que eso nunca suceda. Para hacer frente al autoimpuesto parón en su existencia, finge que todavía está en Miami. Y, aunque es una chifladura, a veces envidio su habilidad al respecto. Camina como si lo hiciese al son de unas maracas. Debido a esto es una de las personas más felices que conozco. Su cabello y su piel son de color naranja zanahoria. No toma vacaciones en las fechas tradicionales, sino en enero, cuando se marcha a Tailandia. Regresa silbando, con una amplia sonrisa en el rostro. No quiero saber lo que hace allí, pero estoy segura de que tiene la esperanza de que cuando su madre muera todos los días sean como en Tailandia. Me gusta y le considero mi amigo. El hecho de pasar cinco días a la semana en este lugar significa que le he contado más de lo que me he contado a mí misma.

—¿No te alucina que la única persona a la que salvo todos los días sea alguien que no quiere vivir? —digo—. ¿No te hace sentir completamente de más?

—Hay un montón de cosas que sí, pero esa no. —Eric se agacha para recoger una mata de pelo gris y húmedo, semejante a una rata ahogada, que obstruye el desagüe, sacándola del agua sin sentir el asco que a mí me produce el mero hecho de verla—. ¿Es así como te sientes?

Sí. A pesar de que no debería. No debería importarme si el hombre al que estoy salvando no quiere vivir, porque solo debería importarme el que lo he salvado. Pero no respondo. Él es mi supervisor, no mi terapeuta, y yo no debería cuestionar si debo salvar a la gente mientras estoy de servicio. Tal vez viva en un mundo alternativo en su cabeza, pero no es tonto.

—¿Por qué no te tomas un café? —sugiere, y me entrega mi taza mientras con la otra mano sostiene la bola de vello pubiano semejante a una rata ahogada.

Me gusta mucho mi trabajo, pero últimamente he estado ansiosa. Yo no sé qué es exactamente lo que creo que debe suceder en mi vida, o lo que espero que suceda. No tengo sueños ni metas particulares. Quería casarme y lo hice. Quería tener hijos y los tengo. Quería ser salvavidas y lo soy. Aunque, ¿no es ese precisamente el significado de sentir un hormigueo de impaciencia? Pensar que hay hormigas dentro de ti cuando no las hay.

—Eric, ¿qué significa sentir un hormigueo?

—Sentirse inquieto, supongo, ansioso.

—¿Tiene algo que ver con las hormigas?

Frunce el ceño.

—Creía que era cuando te imaginas que estás cubierto de hormigas y empiezas a sentirte como si así fuera. —Me estremezco un poco—. Pero no hay hormigas —añado—, en absoluto.

Él se toca ligeramente el labio.

—¿Sabes? No lo sé —responde—. ¿Es importante?

Reflexiono. Eso significaría que creo que algo está mal en mi vida porque realmente hay algo que está mal en mi vida, o porque hay algo malo en mí. Pero es solo un sentimiento, no una realidad. Que nada esté mal, esa sería la solución preferida.

«¿Te pasa algo, Sabrina?» Aidan me lo ha estado preguntando mucho últimamente, de esa misma manera que hace que, cuando te preguntan constantemente si estás de mal humor, consiguen que te enojes de verdad.

«No me pasa nada.» Pero ¿no me pasa nada o me pasa algo? ¿O lo que pasa es que no hay nada, o que todo es nada? ¿Es ese el problema? ¿Que todo es nada? Evito la mirada de Eric y me concentro en las normas de la piscina, que me irritan, así que miro hacia otro lado. ¿Ves?, ahí está, ese hormigueo.

—Puedo comprobarlo —me dice, estudiándome.

Para escapar de su mirada voy por un café a la máquina del pasillo y lo vierto en mi taza. Me apoyo contra la pared y pienso en nuestra conversación, pienso en mi vida. Termino el café sin llegar a ninguna conclusión, vuelvo a la piscina y antes de llegar casi me aplasta una camilla que pasa a toda velocidad llevada por dos paramédicos. Transporta a una empapada Mary Kelly, con las piernas llenas de venas azulonas como un queso Stilton y una máscara de oxígeno en la cara.

—¡No puede ser! —me oigo decir cuando pasan por mi lado.

Cuando llego a la pequeña oficina de los salvavidas veo a Eric sentándose, en estado de *shock*, con el chándal mojado y el cabello echado hacia atrás chorreando agua.

—¿Qué demonios...?

—Creo que ha sido un... Quiero decir, no lo sé, pero podría haber sido un ataque al corazón. Dios mío. —El agua le gotea de la nariz puntiaguda y anaranjada.

—¡Pero si apenas me he ido cinco minutos!

—Lo sé, ocurrió al segundo de que te fueras. He tirado del cordón de emergencia, la he sacado del agua, le he hecho el boca a boca, y esos ya estaban aquí antes de que me diera cuenta. Han respondido rápido. Los he dejado en la salida de incendios.

Trago saliva, llena de envidia.

—¿Y dices que le has hecho el boca a boca...?

—Sí. Ya no respiraba. Pero no ha sido nada. Ha tosido y ha expulsado el agua.

Miro el reloj.

—No han sido ni cinco minutos.

Se encoge de hombros, todavía aturdido.

Miro la piscina, de nuevo el reloj. El señor Daly está sentado en el borde de la piscina, con la vista fija en el lugar por donde desapareció la camilla, con expresión de envidia. Han sido cuatro minutos y medio.

—¿Y has tenido que saltar al agua? ¿Y sacarla? ¿Y hacerle el boca a boca?

—Sí. Sí. Mira, no te sientas mal, Sabrina, no podrías haber llegado más rápido que yo.

—¿Y has tenido que tirar del cordón de emergencia?

Me mira confuso.

Yo nunca he tenido que tirar de ese cordón. Nunca. Ni siquiera en los ensayos. Eric lo hizo. Siento celos e ira, siento cómo aflora la rabia, un sentimiento inusual en mí. Estas cosas ocurren en casa —una madre se enfada con sus hijos y pierde los estribos un montón de veces—, pero nunca en público. En público me reprimo, sobre todo en el trabajo, sobre todo cuando me dirijo a mi supervisor. Soy un ser humano racional y contenido; la gente como yo no pierde los estribos delante de todo el mundo. Pero ahora no reprimo la ira. Dejo que aflore. Me encantaría dejarme ir, si no me sintiera tan frustrada, tan completamente irritada.

Para hablar claramente, así es como me siento: llevo siete años trabajando aquí. Eso equivale a dos mil trescientos diez días. Once mil quinientas cincuenta horas. Menos nueve, seis y tres meses de permiso de maternidad, respectivamente. En todo ese tiempo me he sentado en la silla y he observado la piscina, a menudo vacía. Nada de respiración boca a boca, nada de saltos dramáticos. Ni una sola vez. Sin contar al señor Daly. Sin contar algún tirón o un calambre ocasional. Nada. Me siento en la silla, a veces me pongo en pie y miro el tictac del enorme reloj y el cartel con las normas de la piscina. No se permite correr ni saltar, ni bucear, ni empujar, ni gritar, ni nada de nada... Todas las cosas que no está permitido hacer aquí son negativas, casi como si alguien estuviera burlándose de mí. Nada de salvar vidas. Siempre en estado de alerta, que es para lo que estoy capacitada, pero nunca pasa nada. Y al segundo en que salgo a buscar un café no planificado, me pierdo un posible ataque al corazón, un posible ahogamiento y tirar del cordón de emergencia.

—No es justo —digo.

—Vamos, Sabrina, estuviste ahí como un tiro cuando Eliza pisó un trozo de vidrio.

—No fue un trozo de vidrio. Se le rompió una vena varicosa.

—Bueno. El caso es que te plantaste ahí en un santiamén.

Es siempre fuera del agua que me desespero, que no puedo respirar. Fuera del agua siempre me siento como si me estuviera ahogando.

Arrojo con fuerza la taza de café contra la pared.

3

Jugar a las canicas

Conquistador

Me aprieta el cuello con tanta fuerza que empiezo a ver manchas negras delante de los ojos. Se lo diría, pero no consigo articular palabra, su brazo se ciñe firmemente alrededor de mi garganta. No puedo respirar. No puedo respirar. Soy pequeño para mi edad y se burlan de mí. Me llaman Garrapata, pero Mami dice que debo usar lo que tengo a mi alcance. Soy bajito, pero inteligente. Con una explosión de energía, empiezo a girar hacia uno y otro lado, y mi hermano mayor, Angus, tiene que esforzarse para resistir mi impulso.

—Caramba, Garrapata —dice, y aumenta la presión. No puedo respirar, no puedo respirar.

—Suéltalo, Angus —interviene Hamish—. Vuelve al juego.

—Este pequeño hijoputa es un tramposo, no voy a jugar con él.

«¡No soy un tramposo!», quiero gritar, pero no puedo. No puedo respirar.

—No es un tramposo —replica Hamish, en mi nombre—. Y es mejor que tú.

Hamish es el primogénito, tiene dieciséis años. Nos está mirando desde los escalones de la entrada de nuestra casa. Esta declaración es significativa, viniendo de él, que es un tío superenrollado. Está fumando un cigarrillo. Si Mami se enterara le daría un pescozón, pero ahora no lo puede ver, está dentro de la casa con la partera, por lo que todos nos hemos quedado aquí fuera, hasta que la cosa acabe.

—Repite eso —le dice Angus a Hamish en tono desafiante.

—¿O qué?

O nada. Angus no tocaría a Hamish, es solo dos años mayor que él pero infinitamente más guay. Ninguno de nosotros lo haría. Es duro y todo el mundo lo sabe, e incluso ha comenzado a salir con Eddie Sullivan, apodado el Barbero, y con su banda de la barbería. Ellos son los que le dan los cigarrillos. Y también dinero, pero no sé para qué. Mami está preocupada por él, pero necesita el dinero, de modo que no hace preguntas. Le caigo bien a Hamish. Algunas noches me despierta y me visto y salimos a la calle, donde no estamos autorizados a jugar. No se me permite decirle nada a Mami. Jugamos a las canicas. Tengo diez años pero parezco menor, y por mi pinta nadie diría que juego tan bien. La mayoría de las personas no alcanzan mi nivel, por lo que Hamish consigue engañarlas. Él está ganando una pasta y de camino a casa me da caramelos, para que no diga nada. No necesita sobornarme, pero no se le digo porque me gustan los caramelos.

Juego a las canicas en sueños, juego a las canicas cuando debería estar haciendo los deberes, juego cuando el padre Murphymierda me manda al cuarto oscuro, juego mentalmente cuando Mami me regaña, y así evito escucharla. Mis dedos se mueven todo el tiempo, como si estuviera lanzando canicas, y mis habilidades me han servido para reunir una buena colección, aunque tengo que ocultarla a mis hermanos, al menos las mejores piezas. Ellos están lejos de ser tan buenos como yo, y si les diera mis canicas acabarían perdiéndolas.

Oímos a Mami bramar como un animal, arriba en la casa, y Angus afloja un poco su brazo en torno a mi cuello, al menos lo suficiente para que pueda moverlo un poco. Todo el mundo se tensa al oír a Mami. Para nosotros no es nuevo, pero a nadie le gusta. No es natural oír gritar así. Mattie abre la puerta y sale más pálido de lo normal.

Mira a Angus.

—Suéltalo.

Angus lo hace y, por fin, consigo respirar. Empiezo a toser. Solo hay una persona con la que Angus no se meta, y ese es nuestro padrastro, Mattie. Mattie Doyle siempre habla en serio.

Mattie ve fumar a Hamish. Me preparo para ver cómo Mattie le da un puñetazo —esos dos siempre andan a la greña—, pero no lo hace.

—¿Te sobra uno? —le pregunta.

Hamish sonríe de oreja a oreja, sonríe hasta con los ojos verdes. Tiene los ojos verdes de papá. Pero no responde.

A Mattie no le gusta esa pausa.

—Vete a la mierda —dice, y le da un coscorrón.

Hamish se ríe de él, le gusta ver cómo le ha hecho perder los estribos. Ha ganado.

—Me voy al *pub* —anuncia Mattie—. Que uno de vosotros venga a buscarme cuando haya acabado.

—Lo más probable es que te enteres de todos modos —dice Duncan.

Mattie se ríe, pero parece un poco intranquilo.

—¿Es que ninguno de vosotros puede cuidar de él?

Hace un gesto al niño que está en cuclillas en el suelo y todos miramos a Bobby. Es el menor, solo tiene dos años. Está cubierto de barro de los pies a la cabeza, incluida la boca, y masca hierba.

—Él siempre come hierba —dice Tommy—. Nada que se pueda hacer al respecto.

—¿Eres una vaca o qué? —comenta Mattie.

—Cuac cuac —responde Bobby, y todos nos echamos a reír.

—Qué cojones, ¿es que nadie se ha molestado en enseñarte los sonidos que hacen los animales? —dice Mattie, sonriendo—. Bien, me voy al *pub*. Pórtate bien, Bobby. —Le acaricia la cabeza a Tommy—. Cuida de él, hijo.

—Adiós, Mattie —responde Bobby.

—Llámame papá —dice Mattie, con cierto tono de enfado.

A Mattie no le gusta nada que Bobby lo llame Mattie, pero no es culpa de Bobby, que está acostumbrado a que todos lo llamemos por su nombre, porque no es nuestro padre, pero Bobby no lo entiende, él piensa que somos todos iguales. Solo el primer chico de Mattie, Tommy, lo llama papá. En esta familia hay Doyles y hay Boggs, y todos sabemos la diferencia.

—Volvamos al juego —dice Duncan mientras Mami grita de nuevo.

—No le está permitido jugar a menos que espere otra vez su turno —dice Angus, claramente enfadado.

—Bien, cálmate —contesta Hamish.

—¡Eh! —protesto—. No hago trampas.

Hamish me guiña un ojo.

—Y puede demostrarlo —comenta.

Suspiro. Tengo diez años, Duncan tiene doce, Angus catorce y Hamish dieciséis. Los dos chicos Doyle, Tommy y Bobby, tienen cinco y dos respectivamente. Con tres hermanos mayores siempre me veo forzado a probarme a mí mismo, y cuando demuestro ser mejor que ellos y les gano a las canicas, no pueden soportarlo. Entonces tengo que trabajar aún más duro, porque piensan que hago trampas. Soy el que les enseña las nuevas variantes, de las que he leído en mis libros. Y soy mejor que ellos. Odian que sea así, y Angus concretamente se vuelve loco. Cada vez que pierde, me golpea. Hamish también detesta perder, pero ha descubierto la manera de sacar partido de mí.

Estamos jugando al Conquistador: Duncan, Angus y yo. Angus no ha dejado jugar a Tommy porque él es el peor, es tan malo que acaba por amargarte el juego. Cuando mis hermanos mayores no están cerca, le enseño a Tommy cómo jugar. Me gusta hacerlo, a pesar de que él es diabólico. Esa es la palabra que Hamish utiliza para todo. Entonces uso mis peores canicas, las transparentes, porque es tan malo que siempre consigue desconcharlas. Tommy está sentado en los escalones, lejos de Hamish. Tiene miedo de este. Tommy sabe que Hamish y su padre no se llevan bien, por lo que cree que tiene que defender a su papá cuando no esté presente. Solo tiene cinco años, pero es duro, flaco y pálido como su papá. Es tan delgado y nervudo que los chicos lo llaman Botella.

La razón de que acabara medio asfixiado a manos de Angus fue que este lanzó la primera canica y a continuación Duncan disparó la suya contra la de Angus. Dio en el blanco y por eso Angus se molestó. Duncan capturó la canica de Angus y luego lanzó otra para reiniciar el juego. Yo le di a la de Duncan, me la quedé y entonces tiré otra vez para volver a empezar.

Angus lanzó su bolón, pero no consiguió darle a la mía.

Entonces Duncan fue a por el trébol de Angus, no porque se encontrara más cerca, sino porque, lo sé, adivinaba que Angus ya estaba cabreado y quería terminar. De todos modos, falló, y fue mi turno. Yo tenía dos objetivos: podría haber elegido la agüita de Duncan, algo que no me parecía muy atractivo —porque todo el mundo las tiene y además las agüitas son canicas de un solo color— o lanzarme a por el trébol de Angus, que he tenido en el punto de mira durante mucho tiempo. Angus dice que la ganó en una partida, pero creo que debe de haberla robado en la tienda de la esquina de Francis. Nunca he visto a nadie con una así. De hecho, solo he visto algún trébol como ese en fotos, en uno de mis libros de canicas, así que sé que el suyo es especial, un trébol de tres colores, un trébol de serpiente. Tiene un bucle doble de cristal verde y transparente, con filamentos de color blanco opaco y pequeñas burbujas claras dentro. Lo encontré en un cajón hace unos días, y Angus me sorprendió fisgando y me dio una patada en los huevos para que lo soltara. No lo dejé caer, sin embargo, sé que es mejor que no se raye, pero verlo jugar con esa canica me duele más que aquella patada. Debería guardarla en una caja, a salvo, para que no le pase nada.

Decidí hacer un lanzamiento que había estado ensayando a fin de impresionar a todos, imprimiendo a mi canica un efecto tal que con un solo tiro daría contra las dos canicas de mis contrincantes. Lancé mi bolón y, tal como había planeado, este golpeó primero contra la agüita de Duncan. Entonces Tommy gritó y todos miraron a Bobby, que tenía un caracol en la boca, con caparazón y todo. Angus corrió a sacárselo y tirarlo lejos. Le abrió la boca a Bobby de par en par.

—El caracol ya no está dentro del caparazón. ¿Te lo has comido, Bobby?

Bobby no respondió, sencillamente esperó, con sus grandes ojos azules muy abiertos. Bobby es el único rubio, y con esos ojos y ese pelo siempre se sale con la suya. Incluso Hamish no lo zurra ni la mitad de lo que le gustaría hacerlo. Pero, de todos modos, fue cuando estaban todos ocupados buscando la parte blanda del caracol y nadie miraba que mi canica dio contra la de Angus, lo que significaba que había logrado capturar ambas canicas de un solo tiro. Se volvieron hacia mí y me vieron celebrarlo, tomando las dos en la mano, y ahí fue cuando Angus me acusó de hacer trampas y me apretó el cuello con una llave.

Ahora que me ha soltado debo hacer frente a las acusaciones, tratando de repetir el tiro, que debería saber repetir y que, de hecho, sé que puedo repetir, pero no cuando piensan que soy un tramposo. Y si no lo consigo quedará demostrado que hice trampas. Hamish me guiña un ojo. Yo sé que él sabe que yo lo puedo hacer, pero si no gano tal vez no me saque esta noche. Me comienzan a sudar las manos.

Mami grita de nuevo y Tommy abre los ojos como platos.

—¿Bebé? —pregunta Bobby.

—Está en camino, amigo —dice Hamish, el superenrollado, liando un cigarrillo. En serio, cuando sea mayor quiero ser como él.

La puerta de la señora Lynch—es nuestra vecina de al lado— se abre y esta sale con su hija, Lucy. Lucy se pone roja como un tomate cuando ve a Hamish. Lucy sostiene una bandeja con una montaña de sándwiches, algunos de mermelada de fresa, por lo que puedo ver, y la señora Lynch, una jarra con naranjada.

Todos nos arremolinamos en torno a la comida.

—Gracias, señora Lynch —decimos con la boca llena, devorando los sándwiches. Con Mami de parto no hemos comido nada desde la cena de ayer.

Hamish le guiña un ojo a Lucy y esta ríe y se mete en casa. Una noche los vi juntos a altas horas. Hamish tenía una mano en el pecho de Lucy y la otra bajo su falda, y ella había puesto una pierna alrededor de él, igual que un mono, y su blanco muslo brillaba en la oscuridad.

—Esa Mami tuya no va a parar hasta tener una niña, ¿no es así? —dice la señora Lynch, sentada en un escalón.

—Tengo la sensación de que esta vez será niña —contesta Hamish—. La tripa tenía otra forma.

Hamish lo dice en serio; será lo que sea, pero se da cuenta de todo, ve lo que ninguno de nosotros ve.

—Creo que tienes razón —admite la señora Lynch—. La tenía muy alta.

—Ojalá sea una niña —interviene Hamish—. Molestará menos que estos mocosos.

—Ah, será la jefa de todos vosotros, espera y verás —comenta la señora Lynch—. Igual que mi Lucy.

—Ella sí que manda sobre Hamish... —murmura Angus, y se gana un golpe en la boca del estómago. Un sándwich a medio masticar le salta de la boca. Él se queda momentáneamente sin aliento. Me alegro: venganza por haber estado a punto de asfixiarme.

Veo que a Hamish le brillan los ojos; realmente quiere que sea niña. Parece ablandarse al pensar en ello.

Mami suelta otro alarido.

—No tardará mucho —comenta Hamish.

—Está haciendo un buen trabajo —dice la señora Lynch, y parece como si le doliera a ella cuando oye los gritos de Mami. Tal vez esté recordando su propio parto, y me siento enfermo al pensar que un bebé está saliendo de ella.

La partera comienza a dar instrucciones, como si Mami estuviera en un combate de boxeo y ella fuera la entrenadora. Mami chilla como una cerda perseguida por un cuchillo de trinchar.

—El impulso final —dice Hamish.

La señora Lynch parece impresionada con el conocimiento de Hamish. Como es el mayor, ya ha pasado por esto cinco veces; tanto si recuerda algo como si no, lo cierto es que definitivamente sabe lo suyo.

—Bueno, vamos a terminar esto antes de que ella salga —dice Angus, poniéndose en pie y limpiándose la mermelada de la cara con la manga.

Sé que lo que quiere es ponerme en evidencia delante de todos. Es consciente de que a Hamish le caigo bien y, dado que es demasiado débil para hacerle frente, me utiliza para meterse con él. Hacerme daño equivale a lastimar a Hamish. Y Hamish siente que es así. Lo que es bueno para mí, pero malo para la persona que me trate mal: la semana pasada Hamish le hizo saltar un diente a un chaval por no elegirme para su equipo de fútbol. Y yo ni siquiera quería jugar al fútbol.

Me levanto y tomo posición. Me concentro, el corazón me late con fuerza, me sudan las palmas de las manos. Quiero ese trébol. La partera está gritando algo sobre ver la cabeza del bebé.

Ahora los alaridos de Mami son aterradores. La cerdita está siendo acuchillada.

—Buena chica, buena chica —murmura la señora Lynch, comiéndose las uñas y meciéndose hacia delante y hacia atrás, como si Mami pudiera oírla—. Casi has terminado, cariño. Ya casi está. Ya casi está.

Lanzo mi bolón. Este golpea la canica de Duncan, tal como estaba previsto, y se dirige hacia la de Angus. Quiero ese trébol de serpiente.

—¡Una niña! —exclama la partera.

Hamish se pone de pie, a punto de soltar un puñetazo al aire, pero se detiene.

Mi canica avanza hasta la de Angus. No da en el blanco, pero nadie está mirando, nadie ha visto que no suceda. Todo el mundo parece de piedra, la señora Lynch no mueve un músculo. Todos están esperando a que el bebé llore.

Hamish hunde la cabeza entre las manos. Lo compruebo de nuevo. Nadie me está mirando y mi bolón ni siquiera ha rozado la canica de Angus.

Doy un pequeño paso a la derecha y nadie se da cuenta. Estiro el pie y empujo mi canica un poco, de modo que quede tocando el trébol de serpiente de Angus. El corazón me está latiendo salvajemente, no puedo creer lo que estoy haciendo, pero voy a salirme con la mía, tendré ese trébol, realmente va a ser mío.

De repente se oye a alguien llorar, pero no es el bebé: es Mami.

Hamish entra corriendo en la casa, Duncan lo sigue. Tommy levanta a Bobby del barrizal y entra también. Angus mira al suelo y ve su canica y la mía juntas, la una tocando la otra. Tiene el semblante muy serio.

—Bueno. Tú ganas.

Luego sigue a los chicos dentro de casa.

Recojo el trébol de serpiente verde y lo examino, por fin feliz de tenerlo en mi mano, como parte de mi colección. Es una canica muy rara de ver. Mi felicidad es efímera, a medida que la adrenalina comienza a desaparecer y caigo en la cuenta de todo.

No hay niña ni bebé que valga. Sí, soy un tramposo.

4

Las reglas de la piscina

Prohibido tirarse de cabeza

—Sabrina, ¿estás bien? —me pregunta Eric desde su escritorio.

—Sí —respondo con voz serena, pero me siento exactamente lo contrario. Acabo de arrojar mi taza contra la pared porque me perdí un conato de ahoga-miento—. Pensé que habría más pedazos. —Los dos miramos la taza que reposa en su escritorio. El mango se ha roto y la taza está astillada, pero eso es todo—. Una vez mi madre arrojó una tetera al techo. Se rom-pió en más pedazos, te lo aseguro.

Eric la estudia.

—Supongo que es por la forma en que dio contra la pared —comenta—. El ángulo o algo así.

Consideramos la cuestión en silencio.

—Creo que deberías irte a casa —dice de repen-te—. Tómate el día libre. Disfruta del eclipse solar del que todo el mundo habla. Vuelve el lunes.

—Vale.

Mi casa es un piso de tres habitaciones donde vivo

con mi marido, Aidan, y nuestros tres hijos. Aidan trabaja en Atención al Cliente para Eircom, la compañía de banda ancha, que por cierto nunca parece funcionar en nuestra casa. Llevamos casados siete años. Nos conocimos en una discoteca de Ibiza, participábamos en un concurso para ver quién podía lamer más rápido un buen chorro de nata montada del torso de un completo extraño. Él puso el torso y yo los lametones. Ganamos. No penséis ni por un instante que eso era impropio de mí. Yo tenía diecinueve años y éramos catorce participantes, frente a una audiencia de miles de personas, y ganamos una botella de tequila, que posteriormente nos bebimos en la playa, mientras echábamos un polvo. Lo contrario habría sido impropio de mí. Aidan era entonces un extraño, pero también es un extraño el hombre en que se ha convertido, irreconocible de aquel adolescente engreído con un pendiente en la oreja y las cejas afeitadas. Supongo que los dos hemos cambiado. A Aidan ni siquiera le gusta la playa, dice que la arena le molesta. Y yo estoy tratando de dejar de tomar lácteos.

Se me hace raro estar sola en la casa; de hecho, no consigo recordar la última vez que pasó, sin niños alrededor pidiendo cada dos segundos que haga esto o aquello. No sé qué hacer conmigo misma, así que me siento en la cocina, en silencio, mirando en torno. Son las diez de la mañana y el día apenas ha comenzado. Me preparo un té, solo por tener algo que hacer, pero no me lo bebo. Y estoy a punto de meter las bolsitas de té en la nevera. Hago esta clase de cosas todo el rato. Miro la pila de ropa para lavar y planchar, pero no me inmuto. Advierto que he estado aguantando la respiración y expulso el aire.

Siempre hay cosas que hacer. Y cosas para las que nunca tengo tiempo en mi rutina diaria, cuidadosamente ordenada. Y ahora dispongo de algo de tiempo —todo el día—, pero no sé por dónde empezar.

Suena el móvil y me salva de tomar una decisión. Llaman del hospital de papá.

—¿Hola? —digo, sintiendo una opresión en el pecho.

—Hola, Sabrina, soy Lea. —Se trata de la enfermera favorita de papá—. Acabamos de recibir una entrega de cinco cajas para Fergus. ¿Sabías algo de esto?

—No —respondo, frunciendo el ceño.

—Oh. Bueno, no se las he mostrado. Están en recepción, quería esperar para hablar contigo primero, ya sabes, por si acaso hay algo que pudiera confundirlo.

—Sí, has hecho bien, gracias. No te preocupes. Llego en un momento, estoy libre.

Y eso es lo que siempre parece suceder. Cada vez que tengo un minuto para mí, fuera del trabajo y los niños, papá es quien lo llena. Treinta minutos más tarde llego al hospital y veo las cajas apiladas en un rincón de la recepción. De inmediato sé de dónde vienen, y me pongo furiosa. Son las cajas con las pertenencias de papá que hice después de que se vendiera su casa. Mamá las guardó, pero obviamente ha decidido que ya está bien. No entiendo por qué se las envía a él y no a mí.

El año pasado mi padre sufrió un grave derrame cerebral que nos obligó a internarlo en una clínica de rehabilitación, donde recibe todos los cuidados que yo, con tres niños —Charlie, de siete años, Fergus, de cinco, y Alfie, de apenas tres— y un empleo, no podría dispensarle. Además, mamá no se habría ocupado de ello, ya que ella y papá están divorciados y viven separados desde que yo tenía quince años. Aunque ahora se llevan mejor que nunca, e incluso creo que mamá disfruta con las visitas que le hace cada quince días.

Hay quienes insisten en que el estrés no provoca accidentes cerebrovasculares, pero a papá le sucedió en un tiempo en que sufría el mayor estrés de toda su vida, obligado a hacer frente a las consecuencias de la crisis financiera. Trabajaba para una empresa de capital de riesgo. Se esforzó durante un tiempo, tratando de encontrar nuevos clientes, de recuperar los viejos, mientras veía cómo la vida se desmoronaba a su alrededor sin dejar de sentirse responsable por eso, hasta que no tuvo más remedio que asumir el fracaso. Finalmente, encontró un nuevo empleo como vendedor de automóviles y estaba tratando de salir a flote, pero su presión arterial era alta, su peso se había disparado, fumaba mucho, no hacía ejercicio y bebía demasiado. Aunque no soy médico, me doy cuenta de que hizo todas esas cosas porque estaba estresado, y por fin sufrió un derrame cerebral.

Cuando habla casi no se le entiende, y va en silla de ruedas, a pesar de que está haciendo rehabilitación para volver a caminar. Ha perdido mucho peso y parece un hombre completamente diferente del que era antes del derrame. Este también le ha provocado algunos problemas de memoria, lo que enfurece a mamá. Papá parece haber olvidado todo el dolor que le causó. Ha hecho borrón y cuenta nueva de sus problemas y disputas, su angustia y sus deslices —de los que hubo muchos— durante el matrimonio. Lo cierto es que no se ha cubierto de gloria.

—Ahora vive como si nada hubiera pasado, como si no tuviera por qué sentirse culpable o disculparse por nada —dice mamá en sus diatribas.

Es evidente que ella esperaba que papá se sintiera mal durante el resto de su vida, y el que no sea así la enfurece. Porque él lo ha olvidado todo. Sin embargo, a pesar de sus quejas lo visita regularmente y hablan como la pareja que a ambos les gustaría haber sido. Sobre lo que está pasando en las noticias, sobre el jardín, las estaciones, el clima. Es una charla reconfortante. Creo que lo que más irrita a mamá es que ahora él le gusta. Este hombre dulce, cariñoso, gentil, paciente es el hombre con el que podría haber permanecido casada. Lo que le ha pasado a papá ha sido duro, pero no lo hemos perdido. Todavía está vivo y, de hecho, lo que perdimos fue el otro lado de él, el individualista, el tipo distante y difícil de amar que a menudo era. El que echaba a la gente de su vida. El que quería estar solo y, al mismo tiempo, que estuviésemos cerca, por si acaso, por si nos necesitaba. Papá es bastante feliz donde está; se lleva bien con las enfermeras, ha hecho amigos y paso ahora más tiempo con él de lo que nunca he pasado, visitándolo los domingos con Aidan y los chicos.

Nunca sé qué es exactamente lo que ha olvidado, hasta le enseño alguna cosa y advierto en sus ojos esa niebla ahora demasiado familiar, esa mirada vacía, mientras trata de procesar lo que acabo de decirle, revisar su colección de recuerdos y experiencias, solo para no encontrar nada, como si algo no coincidiera. Entiendo por qué Lea, la enfermera, no le ha llevado las cajas; una sobrecarga de cosas de las que no conseguiría acordarse seguramente lo inquietaría. Hay maneras de hacer frente a esos momentos, con suavidad, y por lo general paso sobre ello de forma rápida, como si nunca hubiera sucedido, o finjo recordar mal los detalles. No porque a papá le moleste —en su mayor parte el tiempo pasa sin que haya ningún drama, como si él fuera ajeno a todo—, sino porque me molesta a mí.

Hay más cajas de las que recuerdo y, demasiado impaciente para esperar volver a casa, me planto en el pasillo y uso una llave para cortar la cinta en la parte superior de una de ellas y abrirla. Me inclino sobre la caja, con curiosidad, para comprobar qué hay dentro. Espero ver álbumes de fotos o tarjetas de boda. Algo sentimental que, lejos de evocar bellos recuerdos, consiga que mamá siga soltando la retahíla de quejas acerca de lo que su ex marido le ha arrebatado, de los sueños hechos añicos, de las promesas rotas.

En cambio, topo con una carpeta que contiene páginas escritas a mano. Reconozco la letra picuda y cursiva de mi padre, que me recuerda las notas escolares y mis tarjetas de cumpleaños. En la parte superior de la página reza: «Canicas: Inventario.» Debajo de la carpeta hay latas, bolsas y cajas, algunas envueltas en plástico de burbujas, otras en papel de seda.

Retiro algunas tapas. Dentro de cada lata o caja hay bolas de cristal brillante deliciosamente coloridas, como de caramelo. Aquello me llena de asombro. No tenía ni idea de que a papá le gustaran las canicas. No tenía ni idea de que supiese nada sobre canicas. Si no fuera porque el inventario está escrito de su puño y letra, habría pensado que se trataba de un error. Es como si hubiera abierto una caja que pertenecía a otra persona.

Abro la carpeta y echo un vistazo a la lista, que no es tan sentimental como imaginaba. Es casi científica.

Las bolsas —algunas de terciopelo, otras de malla— y los recipientes de latón están clasificados por color y numerados con pegatinas, para evitar confusiones. Las referencias aluden a los colores que figuran en el inventario.

La primera en la lista es una pequeña bolsa de terciopelo que contiene cuatro canicas. El inventario las describe como «Rojas» y, además de eso, dice: «Aliadas, cf. padre Noel Doyle.»

Al abrir la bolsa, las canicas son más pequeñas que cualquiera que haya visto jamás y tienen como remolinos rojos, pero papá ha entrado en detalles a la hora de describirlas:

«Rojas.» Estas poco frecuentes canicas de Christensen Agate muestran pinceladas rojas transparentes con bordes de color marrón translúcido sobre una base blanca opaca.

Hay una caja cúbica que contiene más canicas rojas. Data de 1935 y proviene de la Peltier Glass Company. Están apropiadamente marcadas con un código de color rojo y se enumeran junto con la bolsa de terciopelo. Saco unas cuantas y disfruto con el sonido que producen al entrechocar en la palma de mi mano, mientras intento asimilar lo que acabo de descubrir: bolsas, latas, cajas, conteniendo bolitas de todos los colores, con sus remolinos y espirales, relucientes al atrapar la luz. Las levanto un poco y las sostengo ante la ventana, examinando los detalles en su interior, las burbujas, la luz, completamente encantada por la complejidad que puede existir dentro de algo tan pequeño. Echo un rápido vistazo a las páginas:

... remolinos de núcleo latticino, pinceladas de núcleo dividido, pinceladas de núcleo sólido, pinceladas de tubo de cinta, pinceladas en bandas/sin núcleo, pinceladas de menta, filigranas de concha, anillados opacos, indio, lutz en bandas, lutz de cebolla, lutz en cinta...

Una gran cantidad de canicas, todas desconocidas para mí. Y lo que es aún más sorprendente es que en otras páginas ha incluido, también escrita a mano, una tabla con el valor de cada canica, dependiendo de su tamaño y el estado de conservación (perfecto, casi perfecto, bueno, coleccionable). Parece que su humilde caja de canicas rojas vale entre ciento cincuenta y doscientos cincuenta dólares estadounidenses.

Porque todos los precios se indican en esa moneda. Algunas están valoradas en cincuenta dólares o en cien, mientras que la lutz cinta de dos pulgadas tiene un precio de cuatro mil quinientos dólares en perfecto estado; dos mil doscientos cincuenta en estado casi perfecto; mil doscientos cincuenta en buenas condiciones y setecientos cincuenta dólares si solo es coleccionable. No sé distinguir en qué estado se encuentran —todas me parecen perfectas, no veo ninguna descascarillada o astillada—, pero hay cientos de ellas envasadas, y páginas y páginas de inventario. Parece que papá tiene aquí miles de dólares en canicas.

Me detengo y reflexiono. Alrededor de mí todo son sonidos y olores de hospital, y eso me trae desde el mundo paralelo de las canicas a la realidad. Me preocupaba el que papá no pudiese pagar sus gastos médicos, pero si estos precios son correctos, entonces tiene el riñón bien cubierto. Las facturas siempre me han preocupado. No tenemos modo de saber cuándo podría necesitar otra operación o un medicamento nuevo o una nueva fisio. Las cantidades siempre cambian, las facturas no dejan de aumentar, y después de pagar su hipoteca y sus numerosas deudas, lo cierto es que la venta de su apartamento no dejó mucho. Ninguno de nosotros sabía que papá estuviera en una situación financiera tan mala.

Su caligrafía es impecable, una letra hermosa que fluye con naturalidad: al escribir no ha cometido ningún error y de haberlo cometido imagino que comenzaría la página de nuevo. Todo está escrito con amor, con tiempo y dedicación, con conocimiento y tras investigar mucho. Eso es: está escrito por un experto. Es la escritura de otro hombre, no el que ahora coge la pluma con enorme dificultad, aunque este tampoco encaja con el padre que tuve, cuya única afición parecía ser ver y hablar de fútbol. Quiero revisar las cajas en casa con tiempo, de modo que lo guardo todo de nuevo y Gerry, el portero, me ayuda a llevarlas a mi coche. Pero antes de guardarlas en el maletero, pienso en volver y saco la pequeña bolsa de canicas rojas.

Papá está sentado en el salón, tomando una taza de té y mirando *Cazasubastas*. No se pierde ese programa un solo día: la gente busca cosas en trasteros y luego trata de subastarlas para obtener tanto como les sea posible. Tal vez haya dado indicios de su pasión y yo no haya sabido verlos. Pienso en el inventario y me pregunto si debo ir por él. Al verlo observar fijamente cómo les ponen precio a esos viejos objetos, me pregunto si en realidad no recordará lo que hay en esas cajas, después de todo. Me ve antes de que tenga tiempo de hacer nada, así que me acerco a él, y me sonríe. Me rompe el corazón lo feliz que lo hace el recibir visitas, y no porque se sienta solo, sino porque antes la gente solía irritarlo, a menos que lograra convencerla de que le comprase algo, y ahora se contenta con verla a cambio de nada.

—Buenos días —digo.

—Ah, ¿a qué debo este placer? —pregunta—. ¿Hoy no trabajas?

—Eric me ha dejado salir antes —le explico diplomáticamente—. Y Lea me ha llamado. Ha dicho que era una emergencia, que te habías puesto a soliviantar a los internos, tratando de organizar otra fuga.

Él ríe, luego baja la vista a mis manos y se pone serio de inmediato. Ha reparado en la bolsa de las canicas rojas. La expresión de su rostro cambia. En sus ojos aparece una mirada que nunca le he visto y que desaparece al instante. Vuelve a sonreír, confuso, y pregunta:

—¿Qué es eso que tienes ahí?

Abro la mano, le enseño las canicas rojas en la bolsa de malla.

Se queda mirando. Espero a que diga algo, pero no emite sonido. Apenas parpadea.

—¿Papá?

Nada.

—¿Papá?

Pongo la mano libre sobre su brazo, suavemente.

—Sí. —Me mira, con dificultad.

Aflojo los cordones de la bolsa de malla y echo a rodar las canicas sobre la palma de mi mano. Las muevo, ruedan y entrechocan.

—¿Quieres sostenerlas?

Me mira de nuevo, con atención, como si tratara de averiguar algo. Quiero saber lo que está sucediendo dentro de su cabeza. ¿Demasiado? ¿Todo? ¿Nada? Conozco ese sentimiento. Busco ese destello de reconocimiento en su mirada. No lo encuentro. Solo veo molestia e irritación, tal vez porque no consigue recordar lo que quiere recordar. Me meto las canicas en el bolsillo con rapidez y cambio de tema, tratando de ocultar mi decepción.

Pero lo he visto. Algo como el chispazo de una llama. La agitación de una pluma. El centelleo del mar cuando el sol lo ilumina. Algo breve y que luego desaparece, pero que existe. Cuando vio las canicas reparé en que era un hombre diferente, con una cara que nunca le había visto.

5

Jugar a las canicas

Recoger ciruelas

Estoy en casa, no he ido a la escuela, tengo fiebre, es el primer y único día en que he faltado a clase. Odio el colegio. Hubiera querido que esto pasase cualquier otro día del año, cualquiera, menos hoy. El funeral fue ayer. Bueno, no fue un funeral con sacerdote, pero un amigo de Mattie trabaja en la funeraria y se enteró de dónde estaban enterrando a nuestra hermanita, en el mismo ataúd que una anciana que acababa de morir en el hospital. Cuando llegamos al cementerio la familia de la anciana estaba terminando su funeral, así que tuvimos que esperar. Mamá estaba feliz de que fuera una anciana y no la enterrasen con un viejo, o con otro hombre. La anciana había sido madre y abuela. Mami habló con una de las hijas de la difunta, que le dijo que su madre cuidaría del bebé. El tío Joseph y la tía Sheila pronunciaron todas las plegarias en nuestra ceremonia. Mattie permaneció callado —no creo que sepa ninguna plegaria— y Mami no podía ni hablar.

El sacerdote llamó y vino a casa para tratar de convencer a Mami de que evitara montar el espectáculo yendo a la tumba. Mami se lio a gritos con él y Mattie le quitó la copa de brandy de la mano al sacerdote y le dijo que saliera de su casa de una puta vez. Hamish ayudó a Mattie a deshacerse del cura; nunca antes los había visto del mismo lado. También vi la forma en que todo el mundo miraba a Mami mientras caminábamos por la calle camino del cementerio, vestidos de negro. Ellos la miraban como si estuviera loca, como si nuestra hermana pequeña nunca hubiera sido realmente un bebé, sencillamente porque no respiraba al salir del vientre materno. A pesar de que se supone que no debía hacerlo, la comadrona había dejado a Mami sostener en brazos a la pequeña. Mami la arropó durante una hora y cuando la partera, que comenzaba a impacientarse, trató de quitársela, entró Hamish, que se hizo cargo de la situación ante la ausencia de Mattie: cogió a nuestra hermana de los brazos de Mami y la bajó por las escaleras. La besó antes de devolvérsela a la comadrona, que se la llevó para siempre.

—Estaba viva dentro de mí —oí que Mami le decía al sacerdote, pero no creo que a este le gustara escuchar tal cosa. Parecía que le molestaba pensar en seres vivos en el interior de nadie. Pero ella lo hizo de todos modos, montó su propio funeral en el cementerio. Hacía frío y estaba gris y llovió todo el rato. Mis zapatos acabaron mojados, mis calcetines empapados, los pies entumecidos. Me pasé el día estornudando, por la noche no podía respirar por la nariz, los chicos me daban golpes para que dejase de roncar, y no paré de tiritar y de sudar. Soñé cosas raras: papá y Mattie luchando, el padre Murphy gritándome algo sobre bebés muertos mientras me pegaba, mis hermanos robándome mis canicas y Mami vestida de negro aullando de dolor. Pero esa parte era real.

A pesar de que siento que estoy envuelto en llamas y todo gira en torno a mí, no llamo a Mami. Me quedo en la cama, dando vueltas, a veces llorando porque estoy confuso y mi piel parece arder. Esta mañana Mami me ha traído un huevo duro y me ha puesto un paño frío sobre la frente. Se ha sentado a mi lado, vestida de luto, aún con una gran barriga, como si todavía llevara un bebé en ella, mirando al vacío, pero sin decir nada. Es algo así como cuando papá murió, pero diferente: con papá estaba enojada; esta vez está triste.

Por lo general, Mami no deja de moverse. Lava los pañales de Bobby, limpia la casa, sacude sábanas y mantas, cocina, prepara alimentos. Nunca se detiene, constantemente va de un lado a otro; nosotros siempre estamos en su camino, moviéndonos, y ella nos empuja a un lado como si caminase por el campo y fuésemos hierba. De vez en cuando se detiene para arquear la espalda y gemir, antes de volver a sus tareas. Pero hoy la casa permanece en silencio, y no estoy acostumbrado a eso. Por lo general, estamos gritando, luchando, riendo, hablando; incluso por la noche siempre hay un niño que llora, o Mami que canta una nana, o Mattie que choca con los muebles cuando llega a casa borracho y jurando en arameo. Oigo cosas que nunca he escuchado antes: crujir de tuberías y chirridos, pero no hay rastro de Mami. Esto me preocupa.

Me levanto de la cama con las piernas temblorosas. Me siento débil como nunca antes, y bajo por las escaleras agarrado al pasamanos. A medida que avanzo por la planta baja cada tabla del suelo cruje bajo mis pies descalzos. Entro en la sala de estar, junto a la cocina, una estancia pequeña en la parte trasera de la casa que es como un añadido, y la encuentro desierta. Ella no está aquí. Tampoco en la cocina, ni en el jardín. Me dispongo a salir cuando de repente la veo sentada vestida de negro en un sillón que solo Mattie usa, en un rincón de la sala de estar; he estado a punto de no verla. Mira al vacío, con los ojos rojos como si no hubiera dejado de llorar desde ayer. Nunca la he visto tan quieta. No recuerdo que hayamos estado solos yo y ella antes, solo los dos. Nunca he tenido a Mami para mí. Pensar en ello me pone nervioso: ¿qué le digo cuando no hay nadie alrededor para oírme, para verme, para reaccionar, para burlarse, cuando no hay nadie a quien chinchar, a quien impresionar? ¿Qué le digo a Mami cuando no la estoy usando para obtener algo de otra persona, para decirle algo a alguien, o para saber si lo que estoy diciendo es correcto o incorrecto, debido a sus reacciones?

Estoy a punto de salir de la estancia cuando pienso en algo, algo que quiero preguntar, que solo le preguntaría de estar los dos solos, sin nadie más alrededor.

—Hola —digo.

Me mira, sorprendida, como si le hubieran dado un susto, y luego sonríe.

—Hola, amor. ¿Cómo te sientes? ¿Necesitas más agua?

—No, gracias.

Sonríe.

—Quiero hacerte una pregunta —añado—. Si no te importa.

Me hace señas de que me acerque y me pongo delante, jugueteando con los dedos.

—¿De qué se trata? —me pregunta con cuidado.

—¿Crees que...? ¿Crees que ella está con papá?

Mis palabras parecen tomarla por sorpresa. Los ojos se le llenan de lágrimas y se esfuerza por hablar. Creo que si los demás estuvieran aquí no habrían hecho una pregunta tan estúpida. Y yo voy y consigo molestarla, la única cosa que Mattie nos ha pedido que no hiciéramos. Necesito solucionar esto antes de que se ponga a gritar o, peor aún, a llorar.

—Sé que ella no era de papá —continúo—, pero él te amaba, y tú eres su mamá. Y él amaba a los niños. No recuerdo muchas cosas sobre él, pero me acuerdo de eso. Tenía los ojos verdes y siempre jugaba con nosotros. Nos perseguía. Luchaba con nosotros. Lo recuerdo riendo. Era delgado, pero tenía unas manos enormes. Otros padres jamás juegan con sus hijos, así que sé que él nos quería. Creo que está en el Cielo y que la está cuidando, así que no creo que tengas que preocuparte por ella.

—Oh, Fergus, amor —dice Mami, abriendo los brazos mientras las lágrimas corren por sus mejillas—. Ven aquí conmigo.

Me abraza tan fuerte que casi no puedo respirar, pero tengo miedo de decírselo. Me mece susurrando: «Hijo mío, hijo mío...», una y otra vez, y me parece que he dicho lo correcto, después de todo.

Cuando me suelta, digo:

—¿Puedo hacerte otra pregunta?

Asiente con la cabeza.

—¿Por qué le pusiste Victoria?

Su cara se arruga más, de dolor, pero hace un esfuerzo e incluso sonríe.

—No le he explicado a nadie el motivo.

—Oh. Lo lamento.

—No, corazón, es solo que nadie me lo ha preguntado. Ven aquí, te voy a contar por qué —dice, y aunque ya soy mayor, me inclino sobre su regazo—. Me sentía diferente con ella. Y le dije a Mattie: «Me siento como una ciruela.» Y él contestó: «Pues la llamaremos Plum, ciruela.»

—Plum... —Me echo a reír.

Mami asiente con la cabeza y se enjuga las lágrimas de nuevo.

—Me hizo pensar en la casa de mi abuela. Solíamos visitarla: Sheila, Paddy y yo. Tenía manzanos, perales, moreras y dos ciruelos. Me encantaban los ciruelos porque solo hablaba de ellos, creo que no pensaba en otra cosa. No permitiría que esos árboles acabaran con ella. —Al decirlo le da la risa y, aunque no entiendo la broma, río también—. Creo que pensaba que era algo exótico, que cultivar ciruelas la convertía en una persona exótica, cuando en realidad ella era tan llana y simple como puede serlo cualquiera de nosotros. Hacía tartas de ciruelas y me encantaba ayudarla, hornearlas juntas. Siempre pasábamos mi cumpleaños con ella, por lo que cada año mi tarta era una tarta de ciruelas.

—Mmm —digo, lamiéndome los labios—. Nunca he comido tarta de ciruelas.

—No —dice Mami, y parece sorprendida—. Nunca he preparado una para vosotros. La abuela tenía ciruelas Opal, las rojas, pero los pinzones comían los brotes en invierno. Ella debía limpiar las ramas y se volvía loca, corriendo por el jardín para espantar a esos bichos con su paño de cocina. A veces nos ponía junto al árbol todo el día, solo para asustar a los pinzones; Sheila, Paddy y yo de pie, como espantapájaros.

Me río de esa imagen de ellos.

—Se ocupaba especialmente del ciruelo de las Opal porque sus frutos sabían mejor y eran más grandes, casi el doble del tamaño de las ciruelas del otro árbol, pero el Opal era muy delicado y no daba frutos todos los años. Mi ciruelo favorito era el otro, que daba ciruelas Reina Victoria. Era más pequeño, pero siempre daba frutos y los pinzones lo dejaban en paz. Para mí, eran las más dulces... —Su sonrisa se desvanece de nuevo, y desvía la mirada—. Bueno, eso es todo.

—Conozco un juego de canicas llamado Cosecha de Ciruelas —digo.

—¿Cómo es que no me sorprende? —se pregunta—. ¿Es que tienes un juego de canicas para cada ocasión?

Me empieza a hacer cosquillas, y me río.

—¿Quieres jugar? —digo.

—¿Por qué no? —contesta, sorprendida de su respuesta.

Estoy tan asombrado que subo las escaleras corriendo más rápido de lo que nunca lo he hecho, en busca de las canicas. Cuando regreso, ella todavía está allí, soñando despierta. Dispongo el juego y le voy explicando las reglas. No puedo dibujar en el suelo, así que uso un cordón de zapato para marcar una línea y coloco una hilera de canicas dejando en el medio un hueco equivalente al diámetro de dos de ellas. Luego uso una cuerda de saltar para marcar otra línea, esta en el extremo opuesto de la habitación. La idea es que nos ubiquemos detrás de la línea y nos turnemos para disparar contra la hilera de canicas.

—De modo que estas son las ciruelas —digo, señalando las canicas, y me emociono al saber que ella es toda mía, que me escucha mientras hablo de canicas, que va a jugar conmigo, que nadie puede robarme su atención. Mi fiebre y mis dolores han desaparecido, y ojalá los suyos también—. Tienes que lanzar tu canica contra las ciruelas, y te quedas con aquella que consigues sacar de la hilera.

—Eso es una tontería, Fergus —dice entre risas.

Pero lo hace y se divierte, frunciendo el ceño cuando falla y celebrándolo cuando acierta. Nunca la he visto jugar así, o alzar el brazo en señal de victoria cuando gana. Es el mejor momento que he pasado con ella en toda mi vida. Jugamos hasta que ya no quedan ciruelas y por una vez deseo perder, porque no quiero que termine. Cuando oímos voces en la puerta, los gritos y los insultos de mis hermanos que regresan de la escuela, recojo deprisa las canicas del suelo.

—¡Ahora vuelve a la cama! —dice Mami, y me revuelve el pelo y regresa a la cocina.

No les cuento lo que he hablado con ella ni les digo que en su ausencia jugamos a las canicas juntos. Quiero que sea algo entre Mami y yo.

Y esa misma semana Mami se quita el luto y nos hornea un pastel de ciruelas de postre, y no le cuento a nadie el porqué. Una cosa que he aprendido de llevar canicas en los bolsillos por si el padre Murphy me encierra en el cuarto oscuro, y de salir con Hamish a fingir ante otros niños que nunca he jugado a las canicas, es que guardar secretos hace que me sienta poderoso.

6

Las reglas de la piscina

Prohibido bucear

A media mañana, y de vuelta en casa, coloco las cajas de papá en el suelo de la sala y separo las dos que ya he mirado, cajas con objetos importantes o de valor sentimental, que hemos tenido que guardar. Las dejo a un lado para dar paso a las tres que son nuevas para mí. Estoy desconcertada. Mamá y yo empaquetamos, literalmente, todo su apartamento, pero no recuerdo haber guardado estas cajas. Me preparo un té y comienzo a vaciar la misma caja que abrí antes, con ganas de continuar donde lo dejé. Es curioso disponer de tiempo para mí misma. Con cuidado, empiezo a revisar el inventario de papá.

«... Remolinos de núcleo latticino, pinceladas de núcleo dividido, pinceladas de núcleo sólido...» Las saco y alineo al lado de sus cajas; estoy en cuclillas, como uno de mis hijos cuando juega con sus coches. Me las acerco a la cara, examino su interior, trato de compararlas y contrastarlas. Me maravillan los colores y los detalles; algunas son turbias, otras parecen haber atrapado en su interior un arcoíris, mientras las hay que tienen minitornados congelados. Otras presentan un color base y nada más. A pesar de estar agrupadas bajo diversos títulos extranjeros no consigo establecer la diferencia, da igual lo mucho que lo intente. Absolutamente todas y cada una de ellas es única, y debo tener cuidado para no mezclarlas.

La descripción de cada una de las canicas me perturba cuando trato de identificar cuál de las pinceladas del núcleo es la llamada grosella espinosa, cuál la caramelo, cuál la crema, cuál la «pelota de playa» con pinceladas de hierbabuena, cuál la de mica. Pero no tengo ninguna duda de que papá lo sabía, de que las conocía todas: micas, ojos de gato, opacas y transparentes, algunas tan complejas que es como si alojaran en el interior galaxias enteras; otras de un único color. Oscuras, brillantes, misteriosas e hipnóticas, todas ellas.

Y entonces topo con una caja que me hace reír. Mi padre, que odiaba a los animales, que ideó todas las escusas posibles para evitar que yo tuviera una mascota, guarda toda una colección de lo que se llama «Sulfuros». Son canicas transparentes que contienen figuras de animales, como si hubiera montado un pequeño zoo dentro de sus pequeñas canicas. Perros, gatos, ardillas y pájaros. Incluso tiene un elefante. La que más destaca es una canica clara con un ángel en su interior. Me pongo a estudiarlas, arqueando mi dolorida espalda, tratando de comprender lo que he encontrado, preguntándome cuándo, en qué etapa de su vida hizo realidad esta colección. Cuando salíamos de casa, ¿esperaba que nos alejásemos para correr junto a sus animales? ¿Lo hacía para perderse en su propio mundo? ¿Comenzó todo aquello antes de que yo naciese? ¿O fue después de que él y mamá se divorciaran, y de ese modo llenó su soledad con un nuevo pasatiempo?

Hay una pequeña caja vacía, de la Akro Agate Company, para ser precisos, que papá ha valorado en una sorprendente suma que va de los cuatrocientos dólares a los setecientos. Hay incluso una botella de vidrio con una canica en su interior, que aparece catalogada como «botella Codd» y está valorada en dos mil cien dólares. Parece que no se limitó a coleccionar canicas, que también coleccionaba las cajas en que venían, probablemente con la esperanza de encontrar las piezas faltantes del rompecabezas a medida que pasaban los años. Siento una oleada de tristeza porque sé que eso no va a pasar, que estas canicas han permanecido en cajas durante años y no atinó a preguntar por ellas porque olvidó que estaban allí.

Las alineo, las veo rodar, observo el movimiento de los colores en su interior, semejante a caleidoscopios. Y luego, cuando cada centímetro de la alfombra está cubierto, me incorporo y enderezo la columna vertebral hasta que hace *clic*. No estoy segura de qué más puedo hacer, pero no quiero guardarlas de nuevo. Es un espectáculo precioso: tapizan el suelo como un ejército de caramelo.

Cojo el inventario y pruebo una vez más a ver si soy capaz de identificarlas, jugando a mi propio juego de canicas, y mientras lo hago me doy cuenta de que no todo lo incluido en la lista está aquí.

Compruebo la caja de nuevo. Está vacía, aparte de algunas bolsas de malla y cajas pequeñas que tienen valor en sí mismas, aun cuando no contengan canica alguna. Retiro la tapa a la tercera y miro dentro, pero solo hay un montón de periódicos y folletos viejos, nada parecido a la cueva de Aladino de las dos primeras cajas.

Después de mi búsqueda exhaustiva, que repito dos veces más, corroboro que en el inventario faltan dos elementos. Marcadas con sendas pegatinas circulares de color turquesa y amarillo, una se describe como una caja de la Akro Agate Company, de alrededor del año 1930, la caja de muestras original que llevaban los vendedores. Papá ha fijado el precio en entre siete mil quinientos y doce mil quinientos dólares. La otra se llama Las Mejores Lunas del Mundo; es una caja original de veinticinco canicas de la Christensen Agate Company, cuyo precio oscila entre los cuatro mil y los siete mil dólares. Así pues, sus dos artículos más valiosos han desaparecido.

Siento una especie de aturdimiento, hasta que caigo en la cuenta de que estoy conteniendo la respiración y necesito expulsar el aire de los pulmones.

Debe de haberlas vendido. Se tomó la molestia de tasarlas, por lo que tendría sentido que lo hubiese hecho, dado que también eran las más caras. Estaba teniendo problemas de dinero, lo sabemos; tal vez se vio obligado a vender sus queridas canicas para salir del paso. Sin embargo, parece poco probable. Todo está tan bien documentado y catalogado que de haberlas vendido lo habría registrado, hasta es probable que hubiera incluido el recibo. Las dos colecciones que faltan están descritas en el inventario con evidente orgullo, tan presentes como todo lo que se acumula ahora sobre la alfombra.

En primer lugar, estoy desconcertada. Y molesta de que mamá nunca me hablara de esta colección. De que estos objetos fueran embalados y olvidados. No tengo ningún recuerdo de papá y sus canicas, pero eso no significa que no sucediera. Sé que le gustaba guardar secretos. Recuerdo al hombre antes del derrame y veo trajes a rayas, humo de cigarrillos. Hablando sobre los mercados de valores y la economía, de cotizaciones y las noticias; o de fútbol, siempre en la radio y la televisión, o, más recientemente, de coches. No tengo ningún recuerdo que pueda asociar con estas canicas, y me cuesta relacionar esta colección —esta cuidadosa pasión— con el hombre que recuerdo de cuando era pequeña.

De pronto, me pregunto si en realidad estas canicas son de papá. Tal vez las heredó. Su padre murió cuando él era joven, y tenía un padrastro, Mattie. Pero por lo que sé sobre este parece poco probable que le interesasen las canicas, y mucho menos que fuera responsable de su minuciosa catalogación. Tal vez fueran de su padre o de su tío Joseph, y papá se tomó el trabajo de hacer que las tasaran y catalogaran. Lo único de lo que estoy segura es de que la caligrafía es suya; todo lo demás es un misterio.

Hay una persona que me puede ayudar. Estiro las piernas y trato de alcanzar el teléfono para llamar a mamá.

—No sabía que papá tuviera una colección de canicas —digo de inmediato, tratando de disimular mi tono acusatorio.

Silencio.

—¿Perdón? —dice al fin.

—¿Por qué no lo sé?

Se ríe un poco.

—¿Es que ahora tiene una colección de canicas?

Qué tierno, Sabrina. Bueno, siempre y cuando sea feliz...

—No. No es de ahora. Las encontré en las cajas que has enviado al hospital —digo, ahora sin ocultar el tono acusatorio.

—Oh —musita, y a continuación se oye un suspiro pesado.

—Acordamos que guardarías sus cosas —añado—. ¿Por qué se las enviaste al hospital?

Aunque no sabía nada de las canicas, sí he reconocido algunos de los objetos de las otras cajas, que empaquetamos antes de poner a la venta el apartamento de papá. Todavía me siento culpable por ello, pero teníamos que sacar tanto dinero como fuera posible para pagar la clínica. Tratamos de mantener a salvo la mayor cantidad de recuerdos posible, como su camiseta de fútbol de la suerte o sus fotografías, que tengo en nuestro cobertizo del jardín trasero, el único lugar donde podía almacenarlos. Para el resto no tenía espacio, por lo que mamá se los llevó.

—Sabrina, iba a almacenar sus cajas, pero luego Mickey Flanagan se ofreció a guardarlas, así que se lo envié todo.

—¿Mickey Flanagan, el abogado, tenía las cosas privadas de papá? —inquiero, molesta.

—No se trata exactamente de un extraño —dice—. Es una especie de amigo de la familia. Fue el abogado de Fergus durante años. También gestionó nuestro divorcio. ¿Sabes?, fue él quien presionó a tu padre para obtener tu custodia en exclusiva. Tenías quince años, ¿qué demonios habría hecho Fergus contigo con quince años? Por no mencionar el hecho de que ni siquiera querías vivir conmigo a esa edad. Apenas te aguantabas a ti misma. De todos modos, Mickey se encargó de las cuentas del seguro y del hospital, y me dijo que guardaría las cosas de Fergus, que tenía un montón de espacio.

No puedo contener la ira.

—Si hubiera sabido que su abogado guardaba sus objetos personales —digo—, me habría encargado yo, mamá.

—Lo sé. Pero según tú no tenías espacio para nada más.

Ni lo tenía ni lo tengo. Apenas si dispongo de espacio para los zapatos. Aidan suele bromear diciendo que para cambiar de opinión tiene que salir de la casa.

—Entonces, ¿por qué Mickey le ha enviado las cajas al hospital esta mañana?

—Mickey tuvo que deshacerse de ellas y yo le dije que era lo mejor. No quiero que tengas que hacerte cargo de ese montón de cosas. Es una historia triste, en realidad: el hijo de Mickey ha perdido su casa y tiene que mudarse, él, su mujer y sus hijos, con Mickey y su esposa. Mickey tiene que almacenar sus muebles en el garaje, de modo que ya no podía conservar todas aquellas cajas. Lo cual es comprensible. Así que le dije que se las mandara al hospital. Son las cosas de Fergus. Que sea él quien decida qué hacer con ellas. Es perfectamente capaz de eso, lo sabes. Pensé que podría disfrutar de ellas —añade con prudencia, ya que estoy segura de que advierte lo frustrada que me siento—. Imagina el tiempo que va a pasar buscando en el baúl de los recuerdos.

Me doy cuenta de que estoy conteniendo la respiración. Exhalo.

—Eso del «baúl de los recuerdos», ¿lo discutiste primero con sus médicos? —pregunto.

—Oh —dice, como si acabara de caer en la cuenta—. No, no lo hice. Yo... Oh, querida. ¿Está bien, cariño?

Tengo la sensación de que su preocupación es sincera.

—Sí, llegué antes de que se las dieran.

—Lo lamento, no he pensado en eso. Sabrina, yo no te lo había dicho porque habrías insistido en encargarte tú y habrías llenado tu casa con cosas que no necesitas y que te llevarían demasiado tiempo, como siempre haces cuando no es necesario. Ya tienes suficientes cosas de qué ocuparte.

Lo que también es cierto.

No puedo echarle la culpa por querer librarse de las pertenencias de papá, ha dejado de ser su problema; de hecho, dejó de serlo hace diecisiete años. Y creo que lo estaba haciendo por mi propio bien, porque no quería cargarme con más cosas.

—¿Así que no sabías que tenía una colección de canicas? —pregunto.

—¡Oh, ese hombre! —Otra vez aflora su resentimiento hacia el otro Fergus. El Fergus del pasado. El viejo Fergus—. Será otra de sus absurdas colecciones. Sinceramente, el hombre era un acaparador. ¿Recuerdas cómo estaba el apartamento cuando lo vendimos? Cada vez que comíamos fuera se llevaba a casa esos sobres de mostaza, kétchup y mayonesa. Tuve que decirle que ya estaba bien. Creo que era una especie de adicción. Y ya sabes lo que se dice de las personas que lo acumulan todo, que tienen problemas emocionales. Que siguen aferrándose a todas esas cosas porque tienen miedo a dejarse ir...

Sigue y sigue, y dejo que el noventa por ciento de lo que dice me entre por un oído y me salga por el otro, incluyendo el hábito de referirse a papá en tiempo pasado, como si ya no viviese. Para ella, el hombre al que conocía ha muerto. Aunque le gusta bastante el hombre al que visita en el hospital cada quince días.

—Una vez tuvimos una discusión a propósito de una canica —añade con amargura.

Creo que tuvieron una discusión sobre casi todo al menos una vez en la vida.

—¿Cómo surgió?

—No lo recuerdo —responde con demasiada rapidez.

—Pero ¿nunca te enteraste de que tenía una colección de canicas?

—¿Cómo iba a saberlo?

—Porque estabas casada con él. Y porque yo no las guardé, por lo que debiste de hacerlo tú.

—Oh, por favor, no puedes pedirme que recuerde todo lo que he hecho desde que nos separamos, ni siquiera durante nuestro matrimonio —replica.

Me siento desconcertada.

—Algunos de los artículos que figuran en el inventario no están aquí —digo, mirando todo lo que cubre el suelo. Cuanto más pienso en ello, y más aún tras oír que estaban en posesión de su abogado, más sospecho que ha pasado algo—. No estoy sugiriendo que Mickey Flanagan los robara —añado—. Lo que quiero decir es que papá podría haberlos perdido.

—¿Qué falta? —pregunta, con auténtico tono de preocupación. El hombre del que se divorció era un imbécil, pero el buen hombre que está en la clínica no debe ser tratado injustamente.

—Parte de su colección de canicas.

—¿Se ha quedado sin bolas? —dice, y se echa a reír. Yo no. Finalmente, recobra el aliento—. Bueno, no creo que tu padre tuviera nada que ver con canicas, cariño. Tal vez se trate de un error, tal vez no sean de tu padre, o quizá Mickey le ha entregado las cajas equivocadas. ¿Quieres que lo llame?

—No —respondo, confusa. Desvió la mirada hacia el suelo y veo las páginas cubiertas con la letra de papá, el inventario detallado de estas canicas, de las que sin embargo mamá no parece saber nada—. Las canicas son definitivamente de él y todo lo que falta era valioso.

—Pero solo porque él determinó el valor, supongo.

—No sé quién estableció el precio, pero hay certificados que demuestran que se trata de piezas auténticas. Los de las canicas que faltan no están aquí. Según el inventario, el valor de uno de los artículos estaba estimado en doce mil dólares.

—¿Qué? —grita—. ¡Doce mil pavos por unas canicas!

—Una caja de canicas —puntualizo, y no puedo evitar sonreír.

—Bueno, no es de extrañar que casi estuviera en bancarrota. Durante el proceso de divorcio no se mencionaron como bienes.

—Tal vez entonces no las tenía —comento en voz baja.

Mamá se lanza a decir cosas como si yo no hubiera hablado en absoluto, soltando teorías conspirativas, pero hay una pregunta que sigue sin formular. Yo no las empaqueté y ella no sabía nada de ellas, pero de alguna manera fueron a parar con el resto de las pertenencias de papá.

Le pido el contacto de la oficina de Mickey y cuelgo.

La colección de canicas cubre todo el suelo. Son hermosas, se desperdigan por la alfombra como un cielo de medianoche.

La casa está sumida en el silencio, pero mi mente es un hervidero. Cojo el primer lote de canicas de la lista. La caja de rojas que le mostré a papá, catalogadas como «Aliadas».

Comienzo a sacarles brillo. Algo así como una disculpa por no saber nada de ellas hasta ahora.

Tengo una habilidad especial para recordar cosas que la gente olvida, y ahora sé algo importante acerca de papá que él se guardaba para sí y que ha olvidado. Hay cosas que queremos olvidar, cosas que no podemos olvidar y cosas que se nos olvidó que habíamos olvidado, hasta que las recordamos. Ahora hay una nueva categoría. Todos tenemos cosas que nunca querremos olvidar. Y todos necesitamos una persona que nos las recuerde, por si acaso.

7

Jugar a las canicas

Atrapar al Zorro

Se suponía que debía cuidar de Bobby. Eso es exactamente lo que dijo Mami cuando salió de casa, en su habitual tono amenazador:

—Quiero que cuides de él, ¿me oyes? No-le-quites-los-ojos-de-encima.

Cada palabra iba acompañada de un golpe en el pecho con su dedo seco y agrietado.

Se lo prometí. Hablaba en serio. Cuando ella se pone así uno dice lo que realmente quiere decir.

Pero entonces me distraje.

Por alguna razón mamá confiaba en que yo vigilaría a Bobby. Quizá guardase alguna relación con la breve charla que mantuvimos ella y yo sobre Victoria cuando los demás estaban en la escuela y con que llegásemos a jugar a las canicas juntos. Creo que ha sido diferente conmigo desde entonces. O tal vez no, tal vez todo esté en mi cabeza, tal vez solo a mí me parezca diferente. Pero lo cierto es que nunca antes la había visto jugar de ese modo; sí con los bebés, pero no en el suelo como hizo conmigo, con la falda recogida, de rodillas sobre la alfombra. Creo que Hamish también lo ha notado. Hamish se da cuenta de todo y quizás eso me haga un poco más guay para él; me refiero a que mamá confíe en mí y no me dé tantos coscorrones como haría normalmente. O tal vez ella se comporta así conmigo porque está de duelo. Un cura me enseñó algo acerca del duelo. Algo que podría haber hecho cuando papá murió. Pero no consigo recordar el qué. Además, creo que es solo para adultos.

Ahora Mami odia a los curas. Después de lo que aquel le dijo cuando Victoria murió, después de que Mattie y Hamish lo echaran de casa. Sigue yendo a misa, sin embargo; dice que no hacerlo es pecado. Nos arrastra a la iglesia de la calle Gardiner todos los domingos, a la misa de diez, vestidos con nuestras mejores ropas. Siempre puedo oler su saliva en la frente, después de que me alise el pelo. Los domingos por la mañana huelen a saliva e incienso. Como la mayoría de las familias, invariablemente nos sentamos en el mismo lugar, en la tercera fila. Ella dice que durante la misa es el único momento en que puede conseguir un poco de paz, y todos cerramos la boca. Incluso Mattie va, apestando a bebida de la noche anterior, y se mueve en su asiento como si todavía le durase la borrachera. En misa siempre estamos más tranquilos, porque mi primer recuerdo relacionado con la misa es cuando Mami nos enseñó a Jesús en la cruz, con esa sangre chorreando de su frente y de los clavos que sobresalían de sus manos y de sus pies, y nos dijo: «Si pronunciáis una sola palabra aquí, para avergonzarme, esto es lo que voy a haceros.» Yo la creí. Todos la creímos. De modo que hasta Bobby se queda quieto. Se sienta con su biberón en la mano mientras el cura alza la voz, que resuena en los techos enormes, mientras mira todos esos cuadros en las paredes de un hombre desnudo después de haber sido torturado de catorce maneras diferentes, y se da cuenta de que este no es lugar para andarse con chorradas.

Mamá está en la escuela con Angus, al que han pillado comiéndose todas las hostias después de la misa, en la que había hecho de monaguillo. Se comió una bolsa entera, trescientas cincuenta hostias. Cuando le preguntaron si tenía algo que decir, pidió un vaso de agua porque al menos una docena de ellas se le habían pegado al paladar.

—Tenía la boca seca como la entrepierna de una monja —dijo más tarde, por la noche, cuando estábamos todos en la cama, y casi nos meamos de la risa. Y luego, cuando ya casi nos habíamos dormido, Hamish susurró:

—Angus, no solo acabas de comerte el cuerpo de Cristo, ¡también te has zampado todos sus huesos!

Y empezamos de nuevo, obligando a Mattie a golpear la pared para que nos calláramos.

A Angus le gusta ser monaguillo, le pagan por ello, más en los funerales, y cuando está en clase el cura pasa por delante de la ventana y le muestra los pulgares hacia arriba o hacia abajo para hacerle saber que se le necesita para ese fin de semana. Si el pulgar está hacia arriba, es un funeral, y le pagarán más; si se trata de una boda, por ejemplo, le pagan menos. Nadie quiere ser monaguillo en una boda.

Duncan está en la carnicería de Mattie, desplumando los pollos y pavos como castigo por hacer trampa en un examen escolar. Dice que quiere dejar la escuela como Hamish, pero mamá no lo deja. Ella dice que no es tan inteligente como Hamish, lo que no tiene mucho sentido para mí, porque siempre pensé que quienes lo hacen mejor en la escuela son los más inteligentes, y que son los tontos los que deben dejar los estudios.

Tommy está jugando al fútbol fuera y me toca cuidar de Bobby. Solo que no lo estoy mirando. Ni siquiera Dios podría vigilar a Bobby todo el tiempo, es un tornado que nunca se detiene.

Mientras está jugando en el suelo con su tren, saco mi nuevo juego, llamado Atrapar al Zorro, que me regalaron cuando cumplí once años. Es de la Cairo Novelty Company, los perros son canicas chinas negras y blancas y el zorro una canica del tipo que llaman «petrolera». No veo a Bobby agarrar al zorro, pero con el rabillo del ojo advierto que de pronto se queda quieto y me mira. Lo miro a mi vez y veo que tiene la canica petrolera en la mano y que se lleva esta a la boca.

Lo hace mientras me lanza de soslayo una mirada descarada, con un brillo de malicia en los ojos azules, al igual que haría cualquier cosa para obtener algo de mí, incluso si esto significa su muerte.

—¡Bobby, no! —grito.

Él sonríe, disfrutando de mi reacción. La acerca aún más a su boca.

—¡No! —Corro hacia él, pero escapa, es el pequeño cabrón más rápido que hayas visto. Finalmente consigo acorrarlo. Tiene la canica contra los labios.

Se ríe.

—Bobby, escucha. —Trato de recuperar el aliento—. Si te metes eso en la boca, se te atragantará y te morirás, ¿me entiendes? Te-convertirás-en-un-puto-fiambre.

Se ríe de nuevo, acicateado por el miedo, por el poder que sabe que ejerce sobre mí.

—Bobby... —añado con voz seria, acercándome muy lentamente—. Dame esa canica...

Se la mete en la boca y me arrojo sobre él intentando sacársela.

A Bobby le gusta meterse cosas en la boca, sin más, piedras, caracoles, uñas, barro..., a veces un momento, como si fuera una especie de sala de espera, y luego las escupe. Pero no puedo sentir la canica en su boca, tiene las mejillas blandas, solo carne y saliva y mocos. Hace un sonido como si se asfixiara y por fin le abro la boca. Está vacía. Solo veo sus pequeños colmillos blancos como la leche y una lengua roja y blanda.

—Joder —mascullo.

—Gggoeerr —repite.

—¡HAMISH! —grito.

Se supone que Hamish debe de estar fuera, trabajando o buscando trabajo, o haciendo lo que sea que hace ahora que ya no va a la escuela, pero le he oído volver a casa, golpear la puerta cerrada y subir corriendo por las escaleras hasta nuestra habitación.

—¡HAAAMIIIIIISH! —grito de nuevo—. ¡Se ha comido el zorro! ¡Bobby se comió el zorro!

Bobby me mira, sorprendido por mi reacción, por mi miedo, y parece que está a punto de echarse a llorar, lo cual es la menor de mis preocupaciones.

Oigo los pasos de Hamish en la escalera, e irrumpe en la habitación.

—¿Qué pasa?

—Bobby se tragó el zorro.

Hamish se muestra confuso al principio, pero luego ve mi juego de canicas sobre la mesa y entiende. Hamish va hacia Bobby, que realmente parece a punto de echarse a llorar. Intenta echar a correr, pero Hamish lo agarra y el pobre empieza a chillar como un cerdo.

—¿Cuándo?

—Ahora mismo.

Hamish coge a Bobby y lo pone boca abajo. Lo sacude como si estuviera tratando de sacudir las monedas de los bolsillos, como le he visto hacer con otros chicos. Bobby empieza a reírse.

Hamish vuelve a ponerlo en pie y le mete los dedos en la boca. Bobby abre los ojos como platos y se pone a dar arcadas, hasta que finalmente suelta un vómito de papilla que apesta.

—¿Está ahí? —pregunta Hamish, y no sé de qué está hablando hasta que se pone de rodillas y busca la canica en el vómito.

Antes de que Bobby tenga ocasión de llorar, Hamish se apodera de él de nuevo y empieza a apretar y a sacudirlo, golpeándole en el vientre y las costillas. Bobby se echa a reír de nuevo, en medio del persistente olor a vómito, tratando de esquivar el dedo de Hamish, pensando que es un juego, mientras nosotros estamos cada vez más molestos.

—¿Estás seguro de que se la comió? —pregunta Hamish.

Asiento con la cabeza, pensando en lo que va a suceder.

—Ella me va a matar —digo, y siento que mi corazón late con fuerza.

—No te va a matar —dice, nada convencido, pero como si le hiciera gracia.

—Me advirtió que no jugara a las canicas delante de Bobby, que siempre trata de comérselas.

—Oh. Entonces sí que podría matarte.

Me imagino a Jesús en la cruz, los clavos a través de sus manos y me pregunto por qué nadie se planteó si María había hecho aquello. Si tal vez el más grande de todos los milagros no fue que la mamá de Jesús quedara embarazada sin tener que tocar un pito siquiera, sino que acabara saliéndose con la suya a pesar de haberlo clavado en una cruz. Si alguna vez yo también termino en una cruz, la primera persona de la que sospecharán será de mi madre, y ella ni se molestará con ese asunto de los catorce misterios del vía crucis, sino que me crucificará sin más.

—Pues parece estar perfecto —dice Hamish, y Bobby se aburre de la inspección y vuelve a jugar con su tren.

—Sí, pero tengo que decírselo —replico, hecho un mar de nervios, palpitaciones y temblores. Me imagino con una corona de espinas en la cabeza, clavos en las manos, un trapo alrededor de mis partes, medio desnudo a la vista de todos. Crucificado en algún lugar público también, como Jesús en la colina, tal vez en el patio de la escuela o detrás del mostrador del carnicero. O colgado de uno de esos ganchos para la carne gigantes, para que todos los que entren a comprar sus chuletas de los domingos puedan verme allí. «Ahí está ahora el muchacho que no supo cuidar de su hermano pequeño. Tse, tse, tse. Dos chuletas de cerdo, por favor.»

—No tienes por qué decirle nada —comenta Hamish con calma, y va a la cocina en busca de un trapo—. Toma, limpia el vómito.

Lo hago.

—¿Qué pasa si el zorro se le queda atrapado en algún lugar, ahí dentro? —pregunto—. ¿Y si deja de respirar?

Medita acerca de ello. Miramos a Bobby, que está jugando. Es un enano rubio y blanco que hace chocar un tren contra la pata de una silla una y otra vez, hablando consigo mismo en su propio idioma, incapaz de pronunciar bien las palabras debido a que tiene una lengua demasiado grande para su boca.

—Mira, no podemos decirle nada a mamá. —Hamish suena adulto y seguro de sí—. Mucho menos después de lo de Victoria, porque...

No es necesario que diga lo que haría mamá, ya hemos visto lo suficiente para imaginarlo.

—¿Qué voy a hacer? —pregunto.

Debe de ser por la manera en que se lo pido, por mi tono de niño pequeño, el mismo que otra veces hace que me odie y quiera pegarme, que, con suavidad, me dice:

—No te preocupes. Voy a solucionar el problema.

—¿Cómo?

—Bueno, solo hay una manera de que vuelva a salir. Tendremos que echarle un ojo al pañal.

Lo miro en estado de *shock* y se ríe, con esa risa perruna de fumador, pues a pesar de que solo tiene dieciséis años ya empieza a sonar como Mattie

—¿Cómo vamos a sacarla? —quiero saber, siguiéndolo igual que un perrito.

Abre la nevera, estudia el contenido y a continuación la cierra, inexpresivo. Golpea ligeramente con el dedo en la encimera y mira alrededor de la pequeña cocina, pensando. Estoy cagado de miedo, pero a Hamish estas cosas le infunden valentía. Ama los problemas, los ama tanto que hace de cada problema el suyo. Le encanta buscar soluciones, sentir que apenas quedan unos minutos para que nuestra vida se convierta en un infierno. La mayor parte de las veces, sin embargo, no encuentra las soluciones, y en su intento de arreglar las cosas las estropea todavía más. Así es Hamish. Pero es todo lo que tengo en este momento. Soy tan inútil como las tetas en un toro, como él dice.

Sus ojos se posan sobre el pan integral recién horneado que Mami ha dejado en la panera cubierto con un paño blanco y rojo. Lo horneó esta mañana, y su olor se extendió por la casa.

—Mamá me dijo que no lo toque —comento.

—También te dijo que no le quitaras la vista de encima a Bobby.

En eso tiene razón. Siento de nuevo un retortijón en la tripa, visualizo una corona de espinas, me veo cargando una cruz por la calle, aunque lo más probable es que fuera un cesto lleno de ropa sucia. Esa es la cruz que debe soportar Mami, como siempre dice. Esa y los seis niños.

—Y en el caso de que el pan no sea suficiente para conseguir que salga... —dice Hamish, cogiendo de la alacena la botella de aceite de ricino y una cuchara. A continuación coge el pan—. Oh, Bobby —canturrea, moviendo el pan ante su cara. A Bobby se le iluminan los ojos.

Una hora más tarde he cambiado dos de las mierdas más indescriptiblemente húmedas que he visto nunca, sin señal alguna del zorro.

—¿De verdad te lo has tragado? —le dice Hamish a Bobby, y suelta una risa histérica.

Le ofrece otra rebanada de pan moreno y una cuchara de aceite de ricino, y Bobby exclama:

—¡No!

Y huye. No lo culpo, y me alegro. Estoy literalmente hasta los codos de mierda. No sé cómo limpia los pañales mamá, pero he hervido un poco de agua y los he empapado durante todo el tiempo que he podido, escaldándome las manos mientras los restregaba para quitar las manchas, pero nada. Todavía pienso que tengo la mejor parte, ya que es Hamish quien hurga con un cuchillo en la primera caca antes de entregármelo. Si no estuviera tan aterrado ante la mera idea de que mamá puede llegar a casa y ver que el pan ha desaparecido y hay una canica atrapada dentro de su precioso bebé, creo que sería capaz de reír como mi hermano.

Hamish está inspeccionando el tercer pañal de Bobby cuando oigo la llave en la puerta. Mamá ha llegado y mi mundo se derrumba. El corazón se me desboca y noto que se me cierra la garganta.

—Date prisa —susurro, y Hamish busca más rápido entre la caca.

Se abre la puerta principal, Hamish escapa por la puerta trasera y mamá y Angus son recibidos por un Bobby desnudo de cintura para abajo que está girando en el suelo, con las piernas regordetas chocando contra todo lo que encuentra.

—¿Está todo bien? —pregunta Mami, entrando en la habitación.

Angus está detrás de ella, tranquilo, con la mejilla roja como si le hubieran dado una bofetada, las manos en los bolsillos y los hombros caídos, y salta a la vista que Mami le ha echado una bronca de las buenas. Me mira con recelo. Hamish está en el jardín trasero, buscando todavía en la caca. O por lo menos espero que así sea y no me haya abandonado a mi suerte.

Una sonrisa ilumina la cara de Angus. Sabe que he hecho algo. Debo de tener pinta de culpable. Le encantaría que me cogieran en falta. Convencido de que estoy a punto de ser cazado, de que dejará de ser el centro de atención por un tiempo, sonríe y me pregunta:

—¿Qué pasa, Garrapata?

—Pero ¿qué demonios...? —dice mamá, mirando a Bobby, que no para de dar vueltas. Acto seguido descubre el plato del pan en la mesa, vacío, rodeado de migas. A través de la ventana veo a Hamish con una mano cubierta de mierda, una canica entre los dedos y una gran sonrisa en el rostro. Mi alivio es inmenso, pero ahora tengo que vérmelas con el tema del pan.

—Bobby comió un poco, lo siento —me apresuro a decir.

Mami claramente sospecha que hay algo más.

—¡Mi pan integral! —grita—. ¡Era para el té! ¡Te dije que no lo tocases!

Hamish aparece a mi lado, me pone el pañal sucio en las manos y se guarda la canica en el bolsillo. Tiene las manos limpias.

—Lo siento, mamá, ha sido culpa mía —interviene—. Le dije a Fergus que yo cuidaría de Bobby por él, pero debo de haberme descuidado por un instante, porque se lo comió. Ya sabes cómo es con eso de llevarse cosas a la boca.

Pero Mami no lo mira, sino que sigue con la vista fija en el pan a medio comer, y él aprovecha y me guiña un ojo.

A continuación ella se pone a gritarle un montón de cosas a Hamish, y entonces pienso que debería interrumpirla y confesarlo todo, pero no. No puedo. Soy demasiado cobarde.

Mamá me ve con un pañal en la mano, y los otros pañales en el agua hirviendo, y su expresión cambia por completo, lo que me desconcierta.

—¿Cuántas veces lo has cambiado?

—Tres —respondo, con nerviosismo.

Pero entonces, para mi sorpresa, suelta una carcajada.

—Oh, Fergus —dice entre risas, y me revuelve el pelo y me besa en la coronilla. A continuación sale en dirección al cuarto de baño para limpiar la caca, y se ríe de nuevo, y veo que Hamish la observa con expresión de tristeza.

Más tarde, cuando los demás duermen, le pregunto por qué hizo eso por mí, por qué me ayudó y luego se autoinculpó.

—No lo hice por ti —responde—. Lo hice por ella. No quiere que tú también la decepciones, ya es suficiente con que yo lo haga.

Hamish es muy inteligente, Mami tiene razón al respecto, porque me dirigió una mirada y, muy serio, añadió:

—Me debes una.

Y yo sabía que hablaba en serio y que me tenía en sus manos. No sé si ya había planeado lo que haríamos a continuación y por eso se responsabilizó de lo del pan, a sabiendas de que yo no tendría más remedio que hacer lo que me pidiera, o si se le ocurrió después. En cualquier caso, aquello fue el comienzo de nuestras aventuras con las canicas, o más bien desventuras, e incluso sin el incidente de la canica lo cierto es que yo habría ido al fin del mundo con él.

Pero eso describe más o menos a Hamish. Estaba dispuesto a afrontar tanta mierda como fuera necesario para salvarme el culo.

8

Jugar a las canicas

Huevos entre los Matorrales

Son las tres de la mañana y salgo con Hamish. A menudo viene a buscarme en mitad de la noche, pero estos días es diferente, sin empujones ni patadas ni tapándome la boca con una mano para que no grite de miedo, como solía hacer cuando me despertaba a esas horas. En vez de eso, arroja piedrecitas contra la ventana para despertarme. Hace unos meses que ya no vive en casa, desde que Mami lo echó. Descubrió que estaba trabajando para el Barbero, pero no es por eso por lo que le dijo que se marchase. Mattie y él tuvieron una pelea horrible, y destrozaron la casa zurrándose entre sí. Hamish incluso atravesó con la cabeza de Mattie la puerta de la vitrina: había vidrios por todas partes y tuvieron que darle tres puntos de sutura. Tommy se meó en los pantalones, aunque luego lo negó.

Así que Hamish ya no vive en casa. Mami dice que, de todos modos, a sus veintiún años debería estar casado y trabajando. Aun así, todavía lo veo. No timamos a la gente como antes, ahora tengo quince años y todo el mundo sabe que soy el mejor jugador de canicas, o uno de ellos; un nuevo chico ha entrado en escena, Peader Lackey. A la gente le gusta vernos jugar el uno contra el otro: el Barbero organiza partidas por la noche, en la trastienda de su local, y al mismo tiempo vende bebidas y tabaco, tarjetas, canicas, mujeres, lo que sea. Hamish dice que el Barbero sería capaz de apostar en una carrera de caracoles. No se lo dice a la cara, obviamente. Nadie quiere molestar al Barbero. Si lo haces, corres el riesgo de entrar en su local para un corte y un afeitado y terminar recibiendo una zurra de las buenas.

El Barbero me da un poco de pasta por asistir, y Hamish se queda la mayor parte. Es lo mismo que con lo de los caramelos cuando tenía diez años: lo hacía gratis, y ahora también. Las personas apuestan a ver quién va a ganar y Hamish lo supervisa todo. Es mejor no pasarse de listo con él. Hamish se ha ganado el respeto de todos ahora que está asociado al Barbero, y los que no pagan saben que se meten en problemas.

Pero Hamish no me despierta esta noche. Lo encuentro en el callejón detrás de casa, en cuclillas buscando guijarros. Me acerco sigilosamente y le doy una patada en el culo, y salta como si el Barbero hubiese acercado una cuchilla caliente a su cuello.

Rompo a reír.

—¿Qué coño haces? —dice, tratando de parecer tranquilo, pero advierto que tiene las pupilas dilatadas.

—No es asunto tuyo.

—Ah, con que no lo es, ¿eh? —Sonríe—. He oído que has estado dándote el lote con una de las chicas Sullivan. Sarah, ¿verdad?

—Tal vez.

Siempre me ha sorprendido cómo se las ingenia Hamish para enterarse de todo. No le he dicho nada a nadie acerca de Sarah, lo he mantenido en secreto, y tampoco es que haya algo que contar, ella no va a hacer nada hasta el día de su boda, así me lo ha dicho.

Sarah es una chica muy dulce, pero esta noche no he estado con ella. He estado con su hermana Annie, que es mucho menos dulce. Dos años mayor que Sarah, me ha dado lo que esta no tiene intención de darme. Todavía me tiemblan las piernas, pero me siento vivo, todo un hombre, capaz de hacer cualquier cosa. Lo que es probablemente una mala forma de comportarse cuando Hamish está involucrado.

Me hace un gesto de que le siga, pero no me dice nada acerca de lo que vamos a hacer. Imagino que se trata de una partida de canicas que ha organizado en alguna parte, y que habrá gente que apostará, que es lo que normalmente sucede. Esta vez, sin embargo, toca visitar a unos chicos que no han pagado. Vamos a la escuela, saltamos la pared del fondo y llegamos a los dormitorios sin problemas. Hamish conoce una forma de entrar y, al colarme por la ventana, vuelco un frasco lleno de canicas que hay en un escritorio y se esparcen por el suelo. Espero que Hamish me dé una colleja, pero en lugar de eso se echa a reír. No aparece ningún cura, por suerte. Una cosa es que te caiga una buena bronca en hora de clase, y otra muy distinta que te suceda cuando se supone que no deberías estar allí. Hamish se ríe como un loco y tropieza con las canicas, y es entonces cuando advierto que huele a alcohol. Me preocupa un poco.

Dos chicos se sientan en sus camas, muertos de sueño. Tienen quince años, como yo, aunque parezco más joven.

—Levantaos, maricas —masculla Hamish, propinándoles sendos coscorrones. Les ata las manos a la espalda y los tobillos a las patas de la silla utilizando cordones de zapatos y unas corbatas y les dice que vamos a jugar a un pequeño juego. Mientras se divierte con ellos, pongo en orden las canicas en el suelo y les echo un vistazo. No tienen ningún valor, son un simple montón de agüitas, ojos de gato y otras por el estilo, nada de pinceladas ni tréboles, nada en perfecto estado, nada coleccionable. Esto me sorprende, porque sé que uno de los chicos es un niño rico. Su papá es médico, conduce un coche de lujo, así que esperaba algo un poco mejor que esto. Busco en el fondo del frasco y encuentro oro. Hay una de dos colores, una Peltier, lo sé por las tonalidades, y mi suerte no acaba ahí, porque otras tres tienen impresos sobre la superficie otros tantos personajes de cómic. El chico me ve estudiarlas, y tiene motivos para sentirse preocupado. Los personajes son Smitty, Andy y, ¿puedes creerlo?, Annie. Annie es de color rojo sobre blanco. Es el destino. Pero no soy un cabrón, y solo me guardo una: Annie.

Hamish les dice que estamos jugando a Huevos entre los Matorrales. Es un juego de adivinanzas que no requiere ninguna habilidad especial. El tipo de juego al que jugamos cuando viajamos en familia, aunque no es que seamos muy viajeros, la verdad. Es demasiado caro y Mami dice que de todos modos no puede llevarnos a ningún sitio porque somos una auténtica pesadilla. Normalmente terminamos dividiéndonos y pasando una semana con diferentes miembros de su familia. Dos años seguidos me tocó ir con la tía Sheila, que tiene dos niñas y, de hecho, vive a la vuelta de la esquina. Eso supuso dormir de nuevo en el suelo, y lo cierto es que no guardo buenos recuerdos de aquel lugar. Más aun, son las peores vacaciones de verano de que tenga memoria, salvo por el hecho de que mi prima Mary era amiga de Sarah Sullivan y así fue como la conocí. De modo que valió la pena fingir durante una semana ser el primo caballeroso y educado.

Pero volvamos al juego: un jugador recoge una serie de canicas en la mano y pide a los otros jugadores que adivinen el número exacto. Si aciertan, se quedan con las canicas; si se equivocan, tienen que pagarle al que pregunta la diferencia entre la cantidad que han dicho y la verdadera. Pero Hamish ha introducido una variante. Ahora, cada vez que se equivoquen, la diferencia entre una cantidad y otra será el número de puñetazos que recibirán en la cara y en el cuerpo. Deja de ser divertido muy rápido. Hemos ido a reclamar el dinero de las apuestas un par de veces antes, de modo que sé lo que es asustar chicos. Por lo general basta con que vean a Hamish en su habitación por la noche, pues saben que lo ha enviado el Barbero. Pero nunca he visto nada como lo de ahora. Hamish está fuera de sí. Los golpea demasiado y con demasiada saña, los chicos sangran y lloran, atados a las sillas.

Trato de decirle que es suficiente y se revuelve contra mí, me coge del pelo y tira con tanta fuerza que por un instante creo que me ha arrancado varios mechones. Tiene los ojos inyectados en sangre y el aliento le huele cada vez más a alcohol, como si recién ahora le estuviese haciendo efecto de verdad. Lo que confundí en el callejón con un susto y luego alegría al verme era otra cosa. Él los zurra un poco más y uno de los chicos llora muy fuerte pidiendo auxilio, con la nariz sangrando y un ojo cerrado y tumefacto. Aquello no me gusta nada, solo son niños y ni siquiera se trata de una cantidad elevada de dinero. Hamish toma los ahorros de los dos y se lo lleva todo. Una vez fuera, caminamos de regreso a casa en silencio; él sabe que yo desapruebo lo que acaba de hacer, y odia eso. A pesar de que trata de ser un jefazo, lo que realmente quiere es gustarle a todo el mundo. Pero nunca ha sabido cómo hacerlo.

No me acompaña hasta casa, sino que me deja en la entrada del callejón. Creo que va a alejarse sin pronunciar palabra, pero tiene algo más que decir.

—Oye, el Barbero me dijo que te diga que mañana por la noche no debes ganar.

—¿Qué?

—Lo que oyes. No debes ganar.

—¿Por qué?

—¿Por qué crees? Trama algo con alguien. Si pierdes, gana algo. Y tú puedes conseguir algo.

—¿Contra quién juego?

—Contra Peader.

—No voy a perder contra Peader, de ninguna manera.

—Pues tienes que hacerlo.

—No tengo que hacer nada. Yo no trabajo para el Barbero, tú sí, y no voy a perder para nadie.

Hamish me agarra del cuello y me empuja con fuerza contra la pared, pero no tengo miedo, solo me siento triste. Allí donde una vez vi a un héroe, no veo a mi hermano sino a un matón.

—Estarás aquí mañana a las once de la noche —dice—, ¿de acuerdo? O de lo contrario...

—O de lo contrario, ¿qué? ¿Dejarás de ser mi hermano? —De repente, estoy furioso. Furioso por la forma en que Hamish golpeó a esos chicos, furioso por la forma en que me está implicando en los trapicheos del Barbero, furioso por que crea que todavía puede decirme qué hacer, y que lo haré sin hacer preguntas—. ¿Me vas a dar una paliza como a esos chicos? No lo creo. ¿Crees que mamá te permitirá poner un pie en casa de nuevo si haces eso?

Se remueve con inquietud. Sé que quiere volver a casa más que nada en el mundo. Es un tipo familiar, a pesar de que tiene una manera divertida de demostrarlo. La clase de chico que se burla de una chica si ella le gusta, que te trata mal si quiere ser tu amigo, que se mete con su familia y actúa con malos modos cuando en realidad quiere que lo acepten como a uno más.

—El Barbero irá a por ti —me amenaza.

—No, no lo hará. El Barbero tiene cosas mejores que hacer que preocuparse por mí y un juego de canicas. Él solo lo utiliza como una distracción para que no se vea lo que de verdad hace en esa trastienda. Te utiliza, Hamish, eso es todo. ¿Alguna vez te ha invitado a esa habitación trasera? Ni siquiera se molestará en ir por ti, buscará a otra persona que lo haga en su lugar. No significas nada para él. No voy a perder por él, no voy a perder por ti. No voy a perder, y punto.

Debe de ser por el modo en que lo he dicho, porque lo pilla enseguida, me cree, sabe que no significa nada para el Barbero, que siempre ha tratado de aparentar que es más importante de lo que realmente es, y el espectáculo de esta noche ha sido una prueba de ello. Lo he puesto en evidencia, y eso lo enfurece. Sabe que no hay nada que pueda hacer para convencerme de una cosa o de la otra.

Echo a andar por el callejón y, de repente, cuando estoy cerca de casa, siento un golpe en un lado de la cabeza. Duele. Al principio creo que es el Barbero, o uno de sus chicos. Pero no, es Sarah, y está llorando.

—¡Sarah! ¿Qué haces aquí a estas horas?

—¿Es verdad? —grita—. ¿Tú y Annie lo habéis... hecho?

Al día siguiente ya puedo olvidarme de Annie, ya puedo olvidarme de Sarah y de Hamish.

Los guardias vienen en busca de Hamish, pero Hamish ha puesto tierra de por medio. Es más afortunado de haber escapado de la ira de Mami que de los guardias y de lo que estos pudieran hacerle. Todo el mundo cree que sé dónde está, pero no. Y así se lo digo, y añado que tampoco me importa. Es cierto. La noche anterior se pasó de la raya y no puedo dar la cara por él. Por primera vez, no puedo. Debería estar triste por ello, pero no, me siento más duro, más fuerte, como si pensar que soy mejor que Hamish me proporcionara superpoderes. Nunca se me había ocurrido pensar que puedo ser mejor que Hamish, y me paso el día eufórico, presa de un sentimiento parecido al orgullo.

Esa noche, en la cama, los chicos y yo hablamos en voz baja. Tenemos que hacerlo, porque Mami está tan fuera de sí que se desquitaría con cualquiera de nosotros. Duncan dice que un muchacho al que conoce y que trabaja en los muelles vio a Hamish subir a un barco con destino a Liverpool.

Ahora me siento menos como un superhéroe. Ni por un instante se me ocurrió pensar que nuestro encuentro sería el último. Quería una oportunidad para hacer las paces, para que me dijera que lo sentía, para demostrarle que soy un tipo grande. Los chicos hablan de lo que hará Hamish en Inglaterra y ríen imaginándoselo en distintas situaciones, pero todo lo que puedo hacer es estar tumbado, en la oscuridad y ver cómo atraviesa Inglaterra hasta Escocia, una imagen anticuada de él caminando por todo el país con un bastón, buscando a la familia de nuestro padre para mudarse con ella, viviendo en una granja de la que no consigo recordar nada, trabajando la tierra como papá. Imaginar todo aquello me ayuda a quedarme dormido, pero no estoy menos preocupado, no me siento menos culpable, y los superpoderes que había sentido momentos antes se han evaporado.

Recibo una advertencia de los guardias por ser un mocoso estúpido y estar en el lugar equivocado en el momento equivocado, por dejarme influenciar por mi hermano mayor. Para enmendarme, le devuelvo su canica Annie al niño rico al que Hamish golpeó. Pero se la gano de nuevo unas cuantas semanas más tarde. Esa y toda la colección. Cada vez que veo esas canicas me recuerdan la noche en que me hice un hombre con Annie y la noche en que decidí mi camino y Hamish tomó el suyo. Y a veces, cuando realmente quiero dejarme ir, como Hamish, cuando la vida me está pidiendo que lo haga, las miro como un recordatorio y se silencia la voz que me habla.

No veo a Hamish durante mucho tiempo, y cuando por fin lo hago, su simple presencia me basta para que decida no cruzar nunca al otro lado, nunca. Y es que la visión de un cadáver consigue ese efecto en la mayoría de la gente.

9

Las reglas de la piscina

Prohibido jugar a la pelota

Armada con la nueva información de que me ha provisto mamá, me subo al coche y conduzco hasta Virginia. Aparco frente a la oficina de Mickey Flanagan, que está entre un videoclub cerrado y un restaurante chino de comida para llevar que aún no ha abierto. La ventana que da a la calle es de vidrio esmerilado y su nombre está escrito en color negro. La secretaria de Mickey, que según su placa identificativa se llama Amy, se sienta detrás de un cristal perforado, ya sea para permitirle respirar, ya para que hablemos a través de él. En cuanto voy a hablar me doy cuenta de que he estado aguantando la respiración. Debo de llevar haciéndolo durante todo el camino hasta Virginia, porque me duele el pecho.

—Hola, soy Sabrina Boggs —digo.

Pedí cita tan pronto como colgué el teléfono con mamá y amablemente me buscaron un hueco, aunque ahora que miro alrededor de la sala de espera vacía no estoy segura de que fuera necesario.

—Hola. —Amy me dirige una sonrisa amable—. Por favor, toma asiento, estará contigo tan pronto como le sea posible.

La sala de espera queda al lado del vidrio esmerilado. Me siento entre un dispensador de agua fría y una maceta que tiene todo el aspecto de ser de plástico. La radio está encendida para ocultar el habitual silencio incómodo en una sala de espera. No hablan más que del eclipse total de sol de hoy, como todos los demás *talk shows* y emisoras durante la semana pasada: ¿qué podemos esperar ver?, ¿dónde podemos verlo?, ¿cómo mirar y cómo no mirar al sol?, ¿dónde es mejor hacerlo? Estoy totalmente... eclipsada. Aidan se ha tomado la tarde libre para recoger a los niños en la escuela: irán a un cámping, uno de los lugares oficialmente habilitados para contemplar el eclipse total. Se unirá a su hermano y los hijos de este, que ha decidido montar un negocio invirtiendo sus ahorros en gafas especiales para contemplar el eclipse, que las últimas semanas ha estado vendiendo a un precio desorbitado. Mis hijos están tan entusiasmados que usan las gafas en casa; hacen versiones de eclipses solares con cajas de cereales, espuma de poliestireno y ovillos de lana y decoran su habitación con pegatinas fosforescentes en forma de luna. A que todo el mundo muestre interés en mirar el cielo ayuda el que el eclipse tenga lugar un viernes por la noche, en pleno mes de mayo, y que haga buen tiempo. No es que no me interese contemplar las nubes, pero no soy campista, por lo que voy a tener una noche para mí sola.

—Acampar no está entre mis prioridades —le dije a Aidan cuando me habló de sus planes la semana pasada.

—Di mejor que no te hace feliz —replicó, mirándome.

Yo sabía que estaba mirándome, pero fingí que no, y seguí preparando el almuerzo de los niños. Su comentario me había irritado, pero no quería que se diera cuenta. Rebanada de pan, mantequilla, jamón, queso, rebanada de pan. El siguiente. Continuaba mirándome cuando metí unas uvas pasas en las fiambreras.

«Se trata de un fenómeno natural —está diciendo un científico en la radio—. En algunas culturas antiguas y modernas, los eclipses solares se han atribuido a causas sobrenaturales o han sido considerados como malos augurios. Para aquellos que ignoraban que existía una explicación astronómica era aterrador ver cómo el sol desaparecía durante el día y el cielo se oscurecía en cuestión de minutos.»

—Creo totalmente en todo eso —dice de repente Amy—. Tenía un novio que perdía la chaveta por completo cuando había luna llena. —Se lleva un dedo índice a la sien—. Una vez me encerró en un armario, arrojó mis zapatos al inodoro. Me acusaba de decir cosas cuando ni siquiera había abierto la boca, de cambiar de lugar objetos suyos que yo ni siquiera sabía que tenía. Me decía: «Mi, ¿qué has hecho con mi tablero de ajedrez?», y yo pensaba: «¿Qué tablero de ajedrez?» Además, odiaba que me llamara Mi. Mi nombre es Amy. ¿No es raro que me llamase Mi, como si quisiera que *yo* formara parte de *él*? Era todo muy raro. Si me hubiese quedado, estoy segura de que me habría matado como mató a aquella rata. —Me mira y añade—: La tuvo tres días en el sótano, torturándola.

Me imagino a una rata siendo electrocutada.

—Días como el de hoy me dan miedo. Especialmente cuando tratas con público. Tú no creerías las llamadas que recibimos. Chiflados. La palabra lunático viene de ahí, ¿lo sabías?

Asiento con la cabeza, pero ella continúa de todos modos.

—Lunar. Lunático. Se pone de manifiesto lo peor de las personas: la violencia, estados mentales alterados, lo que sea. Tengo una amiga que trabaja como paramédico y dice que cuando más trabajo tiene es en los días y las noches de luna llena. La gente simplemente se vuelve loca. Tiene que ver con el efecto de las mareas y el agua en nuestros cuerpos. —Se queda un momento en silencio, pensando—. Aunque creo que realmente había algo que estaba mal con George. Enloquecía incluso los días en que ni siquiera se podía ver la luna.

Pienso en eso de tirar la taza contra la pared en el trabajo. Y en decirle a Eric: «La luna me ha hecho hacerlo.»

Sería ridículo, por supuesto, pero no tan extraño para mí. Siempre he tenido dificultad para dormir cuando hay luna llena. No porque me duela la cabeza, sino porque pienso demasiado. Demasiados pensamientos, demasiado rápidamente, todos juntos, como si la luna actuase como una antena para mi cerebro. Todo fluye de una sola vez en lugar de filtrarse lentamente. Pienso que estoy sentada aquí, en una búsqueda relacionada con unas canicas de mi padre, y me pregunto si no será una locura, después de todo. «La luna me ha hecho hacerlo.» Pero no me importa cuál es la causa. Lo estoy haciendo, y si necesito que la luna me ponga las pilas, pues mejor.

Pienso en lo mucho que se emocionarán los niños cuando el día se oscurezca de pronto. Si las nubes no cubren el cielo y arruinan las posibilidades de ser testigos de todo eso, claro. Me pregunto dónde estaré, qué haré durante el eclipse, y espero que coincida con mi descubrimiento, en plan Scooby-Doo, de las canicas de papá en la casa de Mickey Flanagan, colándome al amparo de la oscuridad para robarlas de su caja fuerte, que está justo detrás de una pintura al óleo en el estudio forrado de paneles de nogal.

—Hoy hay luna nueva —continúa Amy—, también conocida como interlunio, y solo se ve una mancha negra. Y, ya se sabe, del mismo modo que se vuelve loca cuando hay luna llena, la gente pierde la chaveta imaginando una luna llena negra. Quiero decir que hoy deberíamos habernos quedado en casa y cerrado las puertas. ¿Quién sabe lo que va a pasar?

De pronto suena el teléfono y las dos damos un respingo, y luego nos reímos.

—Le digo que pase.

Entro en la oficina de Mickey Flanagan con una sensación de ansiedad acerca de lo que voy a hacer, y me veo frente a un hombre rechoncho, bajito y calvo que me da la bienvenida. Nos vimos después del ataque que sufrió papá para discutir la forma de gestionar sus asuntos, pero desde entonces solo hemos intercambiado algún ocasional correo electrónico. Cada vez que me escribe temo que lo haga porque el dinero se ha acabado, lo que supondría que la rehabilitación de papá tendría un final abrupto. Desde entonces he evitado cualquier tipo de encuentro con él para no verme envuelta en una discusión. Mickey se pone en pie, su vientre choca con el borde de la mesa y rodea esta para estrecharme la mano con expresión jovial, antes de regresar a su asiento.

Estoy nerviosa. Saco de mi bolso la carpeta de plástico con el inventario de papá y me preparo para dar comienzo al interrogatorio. Si Mickey se ha quedado con las canicas, sé que no lo admitirá de inmediato, tal vez incluso no lo admita en absoluto, pero espero que por lo menos mi visita despierte su conciencia. He pensado en todas las posibilidades, he imaginado cada respuesta probable: «Tuve que venderlas, llevaba meses sin pagarme. ¿Es que esperas que trabaje gratis?» O, por supuesto: «Me las vendió, teníamos un acuerdo, mira este contrato, es una forma de pago.»

He pensado en todo, pero mi respuesta será la misma: «Quiero recuperarlas.»

—Encantado de verte, Sabrina, ¿cómo está tu padre? —pregunta.

«¿Que cómo está?, me pregunto, y siento que las piernas empiezan a temblarme, y a continuación todo el cuerpo, de hecho, incluyendo los labios, lo cual me enfurece. Quiero ser capaz de decir lo que quiero decir, sin impedimento alguno. Necesito sentirme emocionalmente libre, pero la simple frase «¿Cómo está?» ha alterado algo dentro de mí, ha actuado como un disparador, y la emoción me nubla la mente. Este sentimiento me recuerda un sueño recurrente en mí en el que intento explicarme ante alguien. Siempre es una persona diferente, pero el chicle que estoy masticando aumenta de tamaño y me impide hablar, y cuanto más intento sacármelo de la boca, más grande se hace, y me atraganto.

Por fin, me aclaro la garganta y digo:

—A veces ni siquiera se acuerda de lo que pasó el día anterior. Pero te contará una historia con una precisión milimétrica de cuando era un niño, de modo tan claro y vivo que es como si estuvieras allí con él. Esta mañana, por ejemplo, me habló de la final del campeonato de Irlanda de hurling de 1963, cuando Dublín venció a Galway. Él no era más que un niño entonces. Se acordaba de cada pormenor, me lo ha explicado con tanto detalle que me sentí como si estuviera allí con él.

—Bueno, ese sí que es un día para recordar —dice amablemente con buen carácter.

—Y luego él se va a olvidar algo que alguna vez es o fue aparentemente muy importante para él. —Me aclaro la garganta otra vez. «A por todas, Sabrina»—. Al igual que sus canicas. Hasta hoy yo ni siquiera sabía que tenía canicas. Pero tiene cientos. De hecho, probablemente miles, si nos pusiéramos a contarlas. Algunas son valiosas, pero más allá del precio, todas son importantes, o de lo contrario ¿por qué se habría tomado la molestia de hacer todo esto? —Le paso el inventario con dedos temblorosos. Él revisa cada página, de arriba abajo, una y otra vez—. Mickey —prosigo—, no hay manera de decir esto cortésmente. Tenías estas canicas en tu poder hasta ayer. Hay una parte de la colección que falta. ¿Sabes lo que pasó con esas canicas de mi padre?

Se muestra sorprendido, con el inventario todavía en la mano.

—¡Por Dios, no!

—Mickey —digo—. De verdad que necesito saberlo. No te estoy acusando de robarlas, me refiero, obviamente, a que podría haber habido un acuerdo con alguien, tal vez con papá, donde este te autorizó a tomarlas. No necesito saber qué pasó. Solo quiero recuperarlas y completar la colección.

—No. No, no me las he quedado y no hubo ningún acuerdo con nadie al respecto, y eso incluye a tu padre. —Se endereza y, con tono firme, prosigue—: Como sabes, las cajas me fueron entregadas después de su accidente cerebrovascular y, como dices, él no recuerda nada de las mismas, por lo que no podría haberme dado instrucciones acerca de qué hacer con ellas, ni tampoco yo les habría puesto, jamás, un dedo encima. —Está claramente molesto de que se le acuse al respecto, pero se muestra profesional—. Tienes mi palabra, Sabrina.

—¿Alguien podría haber tenido acceso a ellas en tu casa? ¿Fuiste objeto de un robo? —Trato de suavizar la acusación—. Las canicas que faltan eran las más caras; al parecer alguien revisó el inventario y las escogió.

Tiene la cortesía de hacer como que piensa en ello antes de contestar.

—Te puedo asegurar que ni yo ni nadie que estuviera en mi casa es responsable de las canicas que faltan. Nunca abrí las cajas. Fueron selladas cuando llegaron y continuaban selladas al salir. Durante el año pasado permanecieron guardadas en el garaje, y en todo ese tiempo han estado fuera de la vista y del alcance de todo el mundo.

Le creo. Pero estoy atascada, porque no sé adónde acudir después de esto.

Mickey mira el inventario y observo la preciosa caligrafía picuda de papá: «Sabrina no pudo ir a la escuela hoy porque tenía una cita con el médico.» Veo tarjetas de cumpleaños escritas a mano. Veo toda clase de notas.

Aprieto los labios, siento que aún estoy un poco

ruborizada, avergonzada por la acusación que he hecho, y poco importa cómo haya tratado de expresarlo.

—Bueno, hay una cosa más —digo—. Aparte de querer encontrarlas, sería útil saber quién te las trajo. Mamá y yo lo guardamos todo en el apartamento y nunca vi estas cajas antes.

Frunce el ceño, genuinamente confuso.

—¿Es eso así? —pregunta—. ¿No tuvisteis ayuda... de alguien más, de algún otro miembro de la familia?

Niego con la cabeza.

—Solo éramos nosotras dos —respondo.

Se toma su tiempo pensando en ello.

—No estoy seguro de si sabes cómo llegué a guardar las cosas de tu padre —dice al fin.

—Mamá me explicó que te ofreciste amablemente. Yo no tengo espacio para guardarlas y ella... Bueno, ella, obviamente, siguió adelante.

—Lo que pasa es que no me ofrecí voluntario —dice amablemente, con un destello en sus ojos azules—. Tu madre no ha sido del todo sincera, pero yo voy a serlo, especialmente porque has venido aquí preocupada, y con razón, ya que las cajas estuvieron en mi poder durante el año pasado.

Me muevo en mi asiento, incómoda ahora.

—Tus tíos, los hermanos de Fergus, expresaron su descontento por que Gina guardara las cosas de tu padre —prosigue—. Consideraron que las cajas no estaban seguras en manos de Gina, dados sus sentimientos hacia él. Pero Gina sospechaba de la verdadera razón por la que querían las cajas, ya que, en su opinión, Fergus y ellos no tenían una buena relación, de modo que se decidió que las cajas las guardara un tercero. Ambas partes consideraron que yo me encontraba en una situación lo bastante neutral para confiar en mí. No es lo habitual, pero le tengo cariño a Fergus, de manera que acepté. Desafortunadamente, mis circunstancias personales han cambiado y ya no tengo espacio para guardar sus cosas.

Asiento con la cabeza con rapidez, intentando disimular el bochorno que siento, sorprendida de que mamá no me contara nada de esto. ¿Acaso pensaba callárselo? Yo era ajena a todo este drama familiar mientras mandaba a papá a rehabilitación. Me concentré en él, todo el día del hospital a su apartamento, al trabajo, cuidando de los niños, completamente agotada, como una zombi. Tomé fotos de los muebles de papá y los vendí *online*, repartiendo sofás por toda la ciudad, encontrándome con gente en George Street a las cinco de la mañana para entregarles una mesita baja. Pienso en los días que tardé en ordenarlo todo, en las cosas de las que me deshice, en cómo vivía mi padre, en sus pertenecias, todo bastante simple en realidad, aparte de las nauseabundas cantidades de barras de chocolate y la inquietante colección de vídeos que una hija nunca quiere imaginar que su padre ve, pero no había grandes revelaciones. En aquel lugar no había señales de ninguna persona que no fuera papá. Inspeccioné todas las habitaciones, todos los armarios, todos los cajones y vendí todos y cada uno de esos armarios, y todo lo que no estaba pegado al suelo o a la pared. En ninguna de las cajas que preparé me encontré con una sola canica. Alguien debió de guardarlas y enviarlas a la casa de Mickey, y si no fuimos ni mi madre ni yo, entonces, ¿quién?

—No sé de qué otra manera puedo ayudarte, Sabrina.

—Yo tampoco.

—En mi opinión, no estaban en las cajas antes de que me fueran entregadas, y si solo fuisteis tú y tu madre quienes guardasteis todo, entonces no sé qué pensar.

Es absolutamente obvio. Está siendo educado, pero si yo no fui, entonces tuvo que ser mamá, y ella ya me ha mentido acerca de por qué las cajas terminaron en poder de Mickey.

Tantos secretos, tantas cosas que no conocía. ¿Cuántas más no sabré?

10

Jugar a las canicas

Gorila

Vuelvo a ver a Hamish cuando tengo diecinueve años de edad. Es lo último que habría esperado: subir a un avión y salir de Irlanda por primera vez en mi vida adulta, desde mi llegada en barco cuando tenía cinco años, y todo por esta razón.

Mami recibe la visita de un policía, que a su vez ha recibido una llamada telefónica de la embajada irlandesa informando de que un tal Fergus Boggs ha sido encontrado muerto en Londres, y que alguien tiene que ir a identificar el cadáver.

—¿Londres? ¡Pero si Fergus está aquí!

Mami grita y todo el mundo corre hacia ella, y el que no corre hacia ella corre en mi busca. Estoy en el *pub* delante de una pinta de cerveza y jugando al Gorila cuando debería estar en la carnicería de Mattie con los otros chicos. Acabo de empezar y me obligan a hacer los peores trabajos, como lavar las tripas, lo que hizo que la primera semana me la pasara en el baño vomitando. Ya no me mareo, solo me aburro, y me tomo unas pintas en el almuerzo para hacer las tardes más llevaderas. Estoy más interesado en la clase de carne que compra Mattie; me gustaría entrar en ese aspecto del trabajo, quién lo abastece de los mejores tipos de carne, que es algo de lo que quiero hablar con él, pero sé que no me va a escuchar hasta que lleve al menos un año en el apestoso y nauseabundo puesto que tengo en la trastienda.

Angus me encuentra en el *pub*, me dice que no diga nada, que no quiere oírlo, y me arrastra camino de casa. Creo que me he metido en problemas por salir de la carnicería para tomar una pinta cuando debería haber estado comiendo un sándwich en el patio trasero. Duncan se encuentra con nosotros en la puerta principal, que está abierta. Mami los ha reunido a todos en la sala, está rodeada de mujeres preocupadas, té y bollos. Con tres años de edad, Joe está sentado en sus rodillas, rebotando hacia arriba y hacia abajo, asustado y preocupado por la histeria de Mami. Todo el mundo me espera como si yo fuera el niño prodigio que siempre ha deseado tener. Ella me ve venir igual que a un ángel, con expresión de amor y ternura, y yo estoy cagado y no sé qué coño pasa.

Ella deja a un lado a Joe y se levanta. Él se aferra a su pierna. Mami me coge la cara, noto sus manos calientes de tantas tazas de té que ha cogido, la piel áspera de una vida de limpiar y fregar. Su cutis es más suave que nunca, sus ojos de un azul penetrante. Supongo que he visto esta expresión antes, cuando ella era más joven, hace muchos años, y amamantaba a un bebé, y las miradas de ambos estaban conectadas, como si mantuvieran una conversación silenciosa. No recuerdo que me haya mirado como lo hace ahora.

—Hijo mío —dice con ternura, con alivio—. Estás vivo.

Al oírla no puedo evitar sonreír, porque no tengo ni idea de la razón por la que me lo dice, lo único que sé es que me han arrastrado fuera del *pub* para tomar parte en este drama sin sentido. La señora Lynch se muestra impaciente, y quiero que se calme, porque eso ayudará a que mi madre se tranquilice.

De pronto, la mirada de serenidad se desvanece y Mami me abofetea con fuerza. No debo parecer lo suficientemente arrepentido, porque lo hace de nuevo.

—Ya está bien, mamá —dice Angus, alejándome de ella—. Él no lo sabía. No sabía nada.

—¿Que no sabía el qué? —pregunto.

—Un policía ha llamado...

Veo que ayudan a Mami a sentarse; es el duelo de la abeja reina.

—Ha dicho que han encontrado muerto a Fergus Boggs. En Londres —me explica Angus. Me golpea fuerte en el hombro, me aprieta—. Pero no estás muerto, estás de muerte, ¿verdad?

No puedo responder, mi corazón va a mil. Sé qué ha sucedido, sencillamente lo sé. Hamish. Nadie más podría haber escogido mi nombre y él tampoco habría elegido el nombre de ninguna otra persona. Siempre era yo. Yo y él. Él y yo. Incluso si no lo sabíamos en su momento, lo sé en este instante en que creo que está muerto. Siento su pérdida ahora más que cuando se fue.

—Tranquilo todo el mundo, ¿vale? —dice Duncan, y las mujeres empiezan a relajarse, como si de pronto viesen el lado divertido de lo que ha sucedido.

Pero mamá no se ríe. Y yo no me río. Nuestras miradas se encuentran.

Ambos sabemos qué ha pasado.

Es mi primer vuelo. Hay turbulencias y reboto en el avión. Me olvido de Hamish mientras procuro salvar la vida y pienso en lo extraño que sería morir justo cuando voy a ver si un chico que se llamaba a sí mismo como yo está muerto.

Seamus, el hijo de la señora Smith, está viviendo en Londres y lo ha dispuesto todo para que pueda quedarme unas pocas noches con él. No sé qué le ha dicho Seamus a su madre sobre su nueva vida, pero no me imagino que sea esto. Comparte una húmeda habitación victoriana con otros seis chicos, lo que no es mi idea de hacer algo grande en Londres, así que trasnocho todo lo que puedo en mi primera noche para no tener que dormir en ese piso. Evito el *pub* irlandés del que todos me hablan, por si me veo obligado a unirme a ellos, y en su lugar, después de preguntar por allí con acento inglés, encuentro un lugar llamado Briklayer's Arms donde se juega a las canicas. Pero primero recorro las calles durante horas consciente de que cada minuto que pasa se acerca el momento de ver a Hamish, y a veces quiero que el tiempo se detenga y, otras, que acelere.

Juego a las canicas con algunos de los parroquianos, solo una partida de Gorila, como si llevara rato haciéndolo, como si la retomase allí donde la había dejado. No puedo creer que sea el mismo día y esté en un país diferente a la espera de identificar el cuerpo de alguien que dice ser yo, sintiéndome una persona distinta.

Para el Gorila se requiere entre dos y cuatro jugadores, y de los tres que jugamos uno acaba vomitando y se queda dormido en un rincón, con los pantalones empapados de orín. Ahora quedamos yo y un tipo llamado George, que me llama Paddy como si no supiera que para un irlandés equivale a un insulto. Da igual, porque le gano de todos modos. No se trata de tener una enorme habilidad: se trata de tirar canicas, no de dispararlas. A las canicas medianas las llamamos *piwis* o tiradores; el primer jugador lanza su *piwi*, el segundo jugador trata de golpearla, y así sucesivamente. Es prácticamente lo único que George puede hacer, pues está borracho como una cuba. Si se golpea una *piwi*, el dueño de esta paga al lanzador una canica, pero este no puede pedir que se dé la *piwi*, y ello representa un problema para George, porque su *piwi* es la única canica en la que estoy interesado. Así es como lo hacen los gorilas.

Es una checoslovaca de molde metálico, que presenta un acabado escarchado. George me dice algo sobre un baño de ácido.

Le pregunto si puedo comprársela y responde que no, pero me la regala. Le he dicho el motivo de que esté aquí y a quién creo que voy a ver y siente lástima por mí, dice que una vez tuvo que ver un cadáver que había sido cortado en trozos y me pregunto si se trataba de una identificación oficial o de algo relacionado con su estilo de vida. Incluso me pregunto si fue él quien tuvo que trocearlo. Su historia no me asusta, curiosamente, pues la canica me hace sentir un poco mejor. Me la meto en el bolsillo y después de estar perdido durante casi dos horas, a las cuatro de la mañana me dejo caer en la pocilga de Seamus Smith, donde paso por encima de los cuerpos para llegar a mi espacio. Hay un tipo matándose a pajas hasta altas horas pensando que nadie lo oye.

Cuatro horas más tarde estoy en el depósito de cadáveres ante el cuerpo de Hamish, desnudo sobre una losa. El juez de instrucción solo me muestra su cara, pero tiro de la sábana hacia abajo. Hamish tiene una marca de nacimiento en el ombligo con la forma de Australia. En realidad, no se parece a Australia, pero admitirlo habría arruinado la broma: «¿Quieres ver qué guardo en las antípodas?», le oigo decir a Hamish a las chicas, tan claramente que hasta me parece que sus labios se han movido. Sonrío, acordándome de él, de todo lo bueno de él, y el forense me mira, molesto, como si yo sonriera porque me alegro de que esté muerto.

—Estaba pensando en algo gracioso que él solía decir —le explico.

Me mira como si le diese igual: solo está aquí por el aspecto científico, no por el emocional.

Siento la canica checa en el bolsillo.

—¿Le dispararon? —pregunto. Siempre pensé que si Hamish iba a morir antes de llegar a viejo, es así como lo preferiría. Como un vaquero, como los protagonistas de esas películas que amaba.

—No. ¿Ves un agujero de bala? —me pregunta, como si estuviera defendiéndose a sí mismo, como si lo acusase de no ver las pruebas.

—No.

—Bien, entonces...

—¿Qué le sucedió?

—La policía te lo dirá.

Y cubre el rostro de Hamish de nuevo. No he visto a mi hermano durante cuatro años, pero nunca sabré hasta que punto cambió en ese tiempo, porque está tan hinchado y magullado que apenas puedo reconocerlo. Sé que es él, pero no sabría decir qué aspecto tiene. Ellos piensan que ha estado dos días en el agua, probablemente más, porque cuando su cuerpo flotó hasta la superficie la descomposición ya había comenzado. El agente de policía dice algo sobre la piel del pie, sobre que se desprende igual que un calcetín, pero es ahí cuando desconecto. Lo que más recuerdo, por encima de cualquier otra cosa, es que nadie había denunciado su desaparición.

Fergus Boggs estaba borracho. El sábado por la noche había bebido demasiado, había intentado entrar en la discoteca Orbit y los dos porteros no lo habían dejado. Dicen que entonces se puso agresivo. No tengo ninguna razón para no creerles, parece que los chicos Boggs, al menos hasta ahora, no soportamos un no por respuesta. Incluso el pequeño Joe se tira al suelo y empieza a patear sin tener en cuenta dónde está. Como es el menor, Mami rara vez le dice que no. El caso es que uno de los gorilas se cabreó tanto con Fergus que finalmente le dijo que lo dejaría entrar, pero por una puerta lateral, para que el jefe no viera que estaba borracho, y sin pagar. En vez de eso, lo llevó a un callejón oscuro y le dio una paliza. Con la nariz y una costilla rotas, Fergus Boggs se marchó, tropezó, cayó al río y se ahogó. Tenía veinticinco años.

Cuando salgo del depósito de cadáveres, Seamus Smith me está esperando. Fuma un cigarrillo y lanza miradas furtivas, con las manos metidas en los minúsculos bolsillos de su chaqueta de cuero.

—¿Es él? —pregunta.

—Sí.

—Mierda.

Saca un paquete de cigarrillos y me da uno. Le agradezco que me haya llevado a un *pub*, porque después del cigarrillo no recuerdo nada. Al día siguiente yo y Hamish montamos en un barco juntos por segunda vez, rumbo a casa.

La policía no presentó cargos contra el gorila que le dio la paliza, porque todos se mostraron de acuerdo en que Fergus estaba siendo una molestia y el portero no tenía intención de matarlo: fue la borrachera de Fergus la causante de que se ahogase. Así es como lo hacen los gorilas.

11

Las reglas de la piscina

Prohibido empujar

Cuando abrí la caja de canicas, abrí una lata de gusanos.

No sé si lo sentí cuando las miré, cuando las tuve en mis manos y estudié el inventario, pero lo supe cuando vi el modo en que a papá le cambiaba la cara tan pronto como vio las rojas. Y aún más al enterarme de la confusión que mi familia ha creado al tomar la decisión de almacenar las cajas y dónde. No sé qué hacer a continuación. Es la luna, tengo demasiados pensamientos a la vez, no puedo procesarlos todos. Respiro hondo.

Una vez fuera de la oficina de Mickey llamo a mamá echando humo.

—¿Cómo está la señora Canica? —Se ríe de su propia broma—. ¿Viste a Mickey Flanagan?

Percibo la ansiedad en su voz y me pregunto si tiene miedo de que haya descubierto su mentira.

—¿Cuál de los hermanos de papá no quería dejarte almacenar esas cajas? —pregunto.

Suspira.

—Veo que Mickey te lo ha dicho. Oh, cariño, yo no quería que te lo contara.

—Soy consciente de ello, mamá, pero para encontrar esas canicas necesito la verdad.

—¿Realmente vas a buscar las que faltan? Sabrina, amor, ¿va todo bien con Aidan? ¿Todavía vais a terapia?

—Sí, estamos bien —respondo de forma automática. Nunca debería haberle mencionado lo de la terapia a mamá, ahora piensa que todo lo que digo y hago es el resultado de nuestra terapia de pareja, a la que voy por Aidan, aunque yo estaría perfectamente feliz ahorrándomela. Pero la he estado mencionando mucho últimamente, sin pensar realmente en lo que hacía. ¿Estamos bien? Cambio de tema—. Dime lo que sucedió con las cajas y los hermanos de papá.

Suspira, sabiendo que no tiene más remedio que contármelo, y mientras habla noto ira en su voz. No contra mí, sino contra él, por la situación del año pasado.

—Angus me llamó, pero los que tenían un problema eran ellos, todos. Habían oído que habíamos estado vaciando el apartamento de Fergus. No me querían con sus pertenencias. No les molestaba que te las quedaras, pero les dije que no tenías espacio. Ya sabes el resto.

Trato de imaginar a Angus. Nunca estaba particularmente cerca de mis tíos y tías. Nunca los traté mucho, sencillamente porque papá no lo hacía. Los veía en las típicas reuniones familiares, pero nunca nos quedábamos mucho tiempo y papá siempre se mostraba tenso; invariablemente alguien decía algo para molestarlo y entonces se mosqueaba y nos marchábamos temprano. Mamá no protestaba; también odiaba esos eventos familiares en los que siempre hay alguien que termina echando una bronca, o un primo borracho que se pelea con una novia, o cuñadas con lengua viperina que no saben cerrar el pico. Siempre había drama en las reuniones de los Boggs-Doyle, así que rara vez asistíamos. La mayor parte de las veces solo pasábamos por allí o, como decía papá, íbamos «a mostrar la cara». Eso es todo lo que siempre quiso con su familia, que le vieran la cara y ya está. Tal vez eso sea lo que hizo con nosotros también, porque ¿quién es este hombre del que estoy descubriendo tantas cosas?

Angus es el mayor de los hermanos, tiene una carnicería, de modo que no es el que tiene una furgoneta. Creo que el de la furgoneta es Duncan, pero eso no significa que estuviese en la inopia. Ha pasado mucho tiempo desde la última vez que los vi a todos. No me han arrastrado a una reunión familiar desde que tenía dieciocho años, y por supuesto no los invité a mi boda. Aidan y yo celebramos una ceremonia íntima en España, con veinte invitados. ¿Realmente quiero visitar a Angus para preguntarle qué pasó el año pasado? «¿Por qué no querías que mi madre guardase las cosas de papá? ¿Las querías para ti, para poder robar las canicas?» Son preguntas ridículas. Y realmente no culpo a mis tíos por no querer que mamá guardara las cosas de su hermano. Tenían toda la razón, ahora lo sé. En cualquier momento mamá podría haber decidido arrojarlas a una fogata alimentada con vino y el amargo recuerdo del modo en que papá le hizo la vida imposible, a pesar de que mamá ha vuelto a casarse y es feliz en su matrimonio.

—¿Sabías que tenía una colección de canicas? —le

pregunto de nuevo, con firmeza—. ¿Las guardaste tú en su apartamento?

—De ningún modo. Te dije que ayer.

Hay contrariedad y dolor en su voz, la creo.

—Y si las hubiera encontrado cuando estábamos haciendo las cajas, las habría tirado a la basura de inmediato —añade ella, desafiante—. Un hombre adulto con canicas, qué bochorno.

La creo, pero hace que me pregunte qué vio en el apartamento que no consideró digno de guardar. Tal vez ella no fuese la persona adecuada para ayudarme en aquel momento. Y ¿por qué estoy pensando en todo esto ahora? La culpa me corroe. Estaba ocupada, estaba estresada, estaba preocupada. Debería haber manejado todo mejor. Quizá debería haber invitado a sus hermanos a unirse a nosotros, a ver si había algo que les gustaría haber conservado de su pasado. Tal vez por eso se enojaron con mamá, por no haber pensado en ellos. Yo sola me hice cargo de todo, convencida de que sabía todo lo que había que saber sobre mi padre.

—Mamá, ¿has recordado por qué discutiste con papá a cuenta de unas canicas?

Me niego a dejarlo pasar. Sé que quiere ocultarlo, pero necesito saber tanto como pueda en este momento. Basta de secretos.

—Oh, apenas puedo recordarlo ahora... —Se queda en silencio por un instante y parece que ese es el final de su respuesta, cuando, de repente, continúa—: Estábamos en nuestra luna de miel, de eso me acuerdo. Un día desapareció, como hacía siempre, sin ninguna explicación, y regresó después de gastarse nuestros ahorros en una ridícula canica.

Echo un vistazo al inventario mientras voy conduciendo, procurando estar atenta a la carretera.

—¿Era un corazón?

—No recuerdo el diseño. —Hace una pausa—. Sí, creo que lo era. Me volvía loca que se hubiera gastado todo el dinero en ella. Pasamos tres días en Venecia sin poder comer nada. Recuerdo que un día tuvimos que compartir una lata de Coca-Cola porque el dinero no nos alcanzaba para otra cosa. Tonto del culo —masculla en escocés—. Pero así era tu padre. Por cierto, ¿cómo sabes que era un corazón?

—Oh. Lo he... adivinado.

Deslizo un dedo sobre unas líneas escritas por papá: «Corazón — dañado. Estado: coleccionable. Venecia 79.»

De modo que mamá no guardó las canicas ni se las quedó. Creo que ha dejado claro que no quería tener nada que ver con ellas.

¿Quién pudo haber accedido a esas cajas? Mickey no fue, no era de la familia. No hay manera de saberlo, pero debo confiar en él. Acceso. Comunicarse con la empresa que hizo el traslado parece una posibilidad remota: «Disculpe, ¿recuerda una entrega que hicieron el año pasado, sabe si robaron algo de ella?» Tal vez Mickey esté equivocado acerca de que las canicas no estaban en las cajas cuando estas llegaron a su casa. Quizá desaparecieron ayer mismo, y contactar con la persona que hizo la entrega no sea una posibilidad remota.

—¿Puedo ayudarte, Sabrina? —me pregunta Amy suavemente, mientras camino de vuelta a la sala de espera.

Trato de calmarme.

«La luna me hizo hacerlo.»

—Ayer recibí unos paquetes que Mickey envió a la clínica donde está internado mi padre, e intento averiguar quién los entregó. ¿Sabes algo al respecto?

—¿Que si sé algo al respecto? Pasé el fin de semana en el garaje, sin que nadie me pagase por ello, organizando las entregas. No es mi trabajo, pero díselo tú a Mickey.

El corazón me late con fuerza, siento un poco de esperanza.

—¿Estaban las cajas cerradas antes de que las enviases? —pregunto, como quien no quiere la cosa, esperando no ofenderla.

—Oh, Dios —dice—. Sí, y almacenadas con mucho cuidado, te lo aseguro. ¿Qué ocurre? ¿Se ha roto o perdido algo?

—Bueno, sí, en realidad faltaban un par de cosas.

—Looper.

—¿Perdón?

—Lo siento, es Looper. El tipo de las entregas. Mira, sí, las cajas estaban cerradas y tenía órdenes estrictas de no abrirlas. Mickey no quería verme hurgando en sus pertenencias; las tuyas no eran las únicas que había allí, por cierto. Había un montón de cosas que tenían que salir: muebles viejos, ropa, todo bien embalado y cubierto de polvo; no lo había tocado nadie en años. De todos modos, llamé a Looper para que hiciese las entregas, porque es sobrino de Mickey. Ha sido objeto de muchas quejas, pero no tengo más remedio que emplear sus servicios. Mickey está tratando de ayudar a la familia, ya sabes. Mira, es algo entre tú y él, me temo, y no quiero verme involucrada, pero te puedo dar sus datos.

—Sí, por favor —digo felizmente, con la sensación de que tal vez no todo esté perdido. Voy avanzando.

—¿Conoces la zona? —pregunta, dándome la dirección de mala gana.

—No, pero tengo GPS.

Amy se muerde el labio inferior.

—El GPS ni siquiera sabrá dónde vas —dice—. Es un lugar muy alejado.

—Está bien, tengo tiempo —digo, acercándome a la puerta. Por primera vez en no sé cuánto tiempo siento una oleada de excitación.

—Ve con cuidado —me advierte Amy—. No es una persona particularmente amable, sobre todo en un día como hoy. —Hace un ademán en dirección al cielo—. Los días como hoy están hechos para gente como él —añade, y cierro la puerta.

Conduzco hasta la dirección que Amy me ha proporcionado, y miro hacia el sol y me pregunto por qué habrá dicho Amy lo que dijo. ¿Qué pasa con los días como hoy? ¿Acaso estamos condenados? ¿Es hoy el día en que finalmente me he hecho un lío yendo a la caza de unas canicas, supuestamente perdidas, de cuya existencia en realidad no tengo otra prueba que un inventario escrito a mano hace muchos años? ¿Es por eso por lo que estoy a punto de contactar con un hombre llamado Looper, que vive en medio de la nada, y acusarlo de robo? Después de conducir por algunas calles al azar, el GPS me deja colgada en cuanto me alejo de los límites de la ciudad, tal como Amy me advirtió. Finalmente, sin embargo, encuentro el lugar correcto. Looper, un nombre poco común, todo sea dicho, vive en un pequeño bungaló, una construcción estilo años setenta al borde de la ruina. El patio delantero está cubierto de piezas de automóviles, neumáticos, motores, elementos aleatorios esparcidos por el lugar. Hay una furgoneta blanca de debajo de la cual asoman dos piernas cubiertas por unos tejanos sucios y un par de botas de trabajo. En una radio cercana suena AC/DC. Voy hacia la puerta principal, que está cerrada con candado y en la que un cartel reza PROHIBIDO EL PASO-PERROS GUARDIANES, junto a una imagen de dos perros que gruñen.

Salgo del coche y me planto ante la verja preguntándome si al fin me habré vuelto loca.

—Disculpa —llamo al par de piernas, en voz alta—. ¡Looper!

Las piernas se mueven y, finalmente, se deslizan debajo de la furgoneta y aparece un joven con el pelo largo y sucio, con profundas entradas, una camiseta blanca cubierta de aceite, sudor, grasa y quién sabe qué más. Es más grueso que musculoso, pero alto y corpulento, y por un instante pienso que no se vería fuera de lugar en la Tierra Media.

Me mira, limpia una herramienta en su camiseta y se acerca lentamente. Se queda mirando el coche, luego a mí y luego se pasea de un lado a otro con la llave en la mano, como si tuviese todo el tiempo del mundo y estuviera meditando detenidamente si va a golpearme con esa llave o no. Se detiene a pocos pasos de la puerta. Se lame los labios con su lengua de serpiente y me mira de arriba abajo. Suelta un chasquido, soy su próxima comida.

—¿Eres Looper? —pregunto.

—Tal vez. Tal vez no. Depende de quién lo pregunte.

—Bueno... Yo... —Esbozo una sonrisa vacilante.

A Looper no le gusta mi sonrisa, debe de creer que me estoy burlando y no está seguro del motivo, no entiende. La confusión le hace sentir menos hombre, así que escupe en el suelo en clara señal de protesta.

—¿Eres quien se encarga de hacer las entregas por aquí? —pregunto.

—El único. ¿Tienes un trabajo para mí? Porque yo sí tengo un trabajo para ti... —dice, y se lleva una mano a la entrepierna.

Doy un paso hacia atrás, con asco.

—¿Eres el sobrino de Mickey Flanagan?

—¿Quién lo pregunta?

—Yo. Una vez más —digo con rotundidad—. Soy una cliente. Él me envió aquí —añado con énfasis, para advertirle de que su tío sabe que estoy aquí y si no regreso en un tiempo prudencial me van a echar de menos. «¡No me mates!»—. ¿Hiciste una entrega ayer en Dublín para tu tío?

—Hago muchas entregas en Dublín.

Sinceramente, lo dudo.

—Específicamente, en una clínica.

—Que es donde vives, ¿no? —se burla, revelando que los pocos dientes que tiene son de un color verdoso. Él me mira de arriba abajo, como haría un gato con un ratón. Quiere jugar. Sus ojos son de un color turbio, y no parecen reflejar una gran actividad cerebral. Pensar que este hombre puede estar en posesión de las preciosas canicas de mi padre me pone enferma. Yo no confiaría en este tipo para nada. Miro alrededor, sobre todo en busca de ayuda, para tener algún testigo en caso de que todo vaya mal, para pedir a alguien que me ayude en el caso de que Looper haga lo que estoy pensando que quiere hacer. La casa está en medio de infinidad de hectáreas desiertas. En un campo sin cultivar veo un coche quemado.

Looper me observa contemplar las tierras que se extienden en la distancia.

—Este lugar me rompe el corazón —dice—. Solo sirve para cultivar patatas. Papá era agricultor. Los promotores inmobiliarios le ofrecieron una fortuna, él no aceptó, dijo que era agricultor y que qué otra cosa iba a hacer. Ellos se fueron, él murió y me lo dejó a mí, y ahora nadie está interesado en comprarlo. Es un desperdicio de tierra.

—¿Y por qué no cultivarla?

—He montado mi negocio. Mi garaje y mi servicio de mensajería.

Nada en el patio que tengo ante mí se parece ni remotamente a un negocio.

—¿Quieres entrar? Te lo mostraré.

Miro por la puerta principal abierta y veo el caos que reina en aquel lugar. Niego con la cabeza.

—Llevaste unas cajas del garaje de Mickey a donde vive mi padre. Faltan algunas cosas de una de ellas y me pregunto si podrías ayudarme.

—¿Me estás llamando ladrón?

—No, necesito tu ayuda —subrayo—. ¿Te detuviste en algún lugar? ¿Alguien más tiene acceso a tu furgoneta?

—Las metí en la furgoneta y las llevé a Dublín. Tan simple como eso.

—¿Las abriste en algún momento? ¿Podría haberse caído algo?

Él sonríe.

—Te diré lo que voy a hacer: responderé a tu pregunta si me das un beso.

Retrocedo.

—¡Vale, vale! —Se ríe—. Responderé a tu pregunta si me das la mano.

No es que me guste, pero le seguiré el juego. Quiero que responda a mi pregunta.

Looper da un paso adelante y extiende la mano. Se mete la llave en el bolsillo de atrás y levanta la mano para demostrar que va desarmado.

—Venga. Si me das la mano voy a responder a tus preguntas. Soy un hombre de palabra.

Miro su mano con recelo. Extiendo la mía y él me la toma, saca el brazo más o menos, tirando de mí hacia él, me agarra por la nuca, saca la cabeza y me planta un beso. Sus labios tocan los míos y estoy inmovilizada. Cierro la boca, bien apretada, no dejo que una parte de él entre en mí. Trato de moverme, pero no puedo, debido a la mano que me apresa la nuca. Intento apartarlo de mí, pero es demasiado fuerte y siento un pánico creciente. Por último, se echa hacia atrás y se lame los labios aullando de risa.

Me seco la cara con furia, con ganas de correr hacia mi coche. Mi corazón late con fuerza, miro alrededor en busca de ayuda, pero él ya no quiere nada de mí, está quieto, sonriendo.

—No has respondido a mi pregunta —digo con rabia, limpiándome los labios. Me niego a marcharme sin una respuesta, o mejor aún, sin las canicas. Este viaje no va a ser en vano.

Looper me mira, otra vez llave en mano, divertido.

—Recogí las cajas donde Mickey —dice—, me detuve en la autopista y les eché una mirada. No había nada bueno en ellas, así que las cerré de nuevo y me dirigí a Dublín. —Se encoge de hombros—. Papeles y algunas canicas de niños, nada interesante. Yo no me quedé con nada. Te sugiero que busques en otro lugar.

Y le creo. No tiene cerebro para pensar siquiera en mirar el inventario. Es un libro, y dudo de que haya leído uno en su vida, ni que posea el sentido común suficiente para asociar los elementos descritos en la lista con las canicas de las cajas. La persona que cogió las más caras tuvo que disponer de tiempo para revisar la lista y las canicas, no fue algo improvisado. Se llevó las dos más caras, y le habría llevado tiempo descubrir que la lista no va de abajo hacia arriba, sino que se clasifica por los nombres de las canicas.

—¿Ha valido la pena mi ayuda? —dice, y me guiña un ojo mientras echo a correr hacia el coche.

Pongo el motor en marcha. Sí, ha valido la pena.

Looper no robó las canicas. No estaban en la caja cuando salieron de la casa de Mickey Flanagan. Ahora estoy absolutamente segura de ello. Y no estaban en las cajas cuando llegaron a la casa de Mickey. Así que tengo que volver. Volver al año pasado. Tal vez incluso más atrás.

12

Jugar a las canicas

Moonie

—¡Fergus, ha llegado el momento! —dice alegremente Lea, la enfermera, mientras entra en mi habitación con una gran sonrisa en el rostro. Siempre está sonriendo, en las mejillas tiene sendos hoyuelos que parecen lo suficientemente grandes para albergar canicas, quizá no de tamaño medio, pero sí de las más pequeñas. Es una muchacha joven, de campo, procedente de Kerry. Tiene una voz cantarina y su risa puede oírse desde el escritorio de las enfermeras hasta mi habitación al final del pasillo. Mi estado de ánimo es, por lo general, bueno, pero ella tiene la capacidad de mejorarlo. Si he tenido un día duro en la fisio —y hay un montón de ellos—, Lea siempre llega con una sonrisa en el rostro, una humeante taza de café y un *cupcake*. Ella misma los hace y se los regala a todo el mundo. Le digo que si pusiera tanto empeño en sus novios los tendría comiendo de su mano, pero está soltera y siempre tiene historias de citas desastrosas, que comparte conmigo.

Siento debilidad por ella. Me recuerda a Sabrina.

O a cómo solía ser Sabrina antes de que nacieran los niños. Ahora tiene otras cosas en que pensar, obviamente, con tres críos tan hiperactivos. Empezamos una conversación y nunca la terminamos, una gran parte del tiempo apenas tiene ocasión de terminar la frase. Es mucho más atolondrada que antes; acostumbraba a ser aguda, como Lea. Siempre está cansada, también ha engordado. Mi madre siempre fue tan dura como unas botas viejas; solo se ablandaba un poco, que yo recuerde, cuando había bebido más de un brandy, lo que era raro, tal vez dos veces al año. Era delgada, siempre corriendo detrás de los siete hijos, y después de sus embarazos invariablemente conseguía recuperar la figura. Tal vez si hubiera conocido a mi madre antes de que ella nos pariese habría percibido también un cambio en ella, tal vez tuviera un espíritu despreocupado antes de nosotros y las presiones de la vida y la maternidad la cambiaron. Dios sabe que yo he cambiado en mi vida; ahora estoy aquí, sin ir más lejos. No puedo imaginarla sin preocupaciones, ni siquiera en las fotos, donde siempre aparece rígida, con aspecto tenso. Los brazos a los lados del cuerpo, sin contacto físico, mirando a la cámara con expresión sombría, y seguro que esa era su mejor cara. Hay una fotografía de mamá, sin embargo, una que guardo cerca de mí en todo momento, en la playa, tomada por papá, en Escocia. Está sentada sobre una toalla, en la arena, apoyándose en los codos, la cara levantada hacia el sol, con los ojos cerrados. Está riendo. No sé cuántas veces la he estudiado y me pregunto de qué se ríe. Es una pose sexy, provocativa, aunque estoy seguro de que no tenía intención de que fuera así. Hamish es un bebé y aparece sentado a sus pies. Probablemente, ella se ríe de algo que Hamish ha hecho, o de algo que papá ha dicho, algo inocente que provocara esa pose. Es extraño, lo sé, guardar fotos provocativas de tu madre, los psicoterapeutas tendrían mucho que decir al respecto, pero me pone de buen humor.

Cuando imagino a Sabrina visualizo una cara jodida, de preocupación.

—¿Vamos a ver una película en 3D? —le pregunto a Lea, aludiendo a las divertidas gafas que lleva puestas.

—Tengo un par para ti también —dice, sacando un par del bolsillo y entregándomelas—. Póntelas.

Me las pongo y saco la lengua, y se echa a reír.

—¿Qué pasa, Fergus? —dice—. ¿Se te olvidó que hoy es el eclipse?

No estoy seguro de haberlo olvidado, ya que no recuerdo que lo supiese.

—Tenemos un cielo perfecto para verlo, ni una nube. Por supuesto, no estamos en el lugar perfecto. En la radio siguen hablando del mejor modo de verlo, pero el sol es el sol, y si te pones de pie seguro que lo verás. He hecho *cupcakes* para todo el mundo. *Cupcakes* de vainilla. Quería hacerlos de chocolate, pero Fidelma, mi nueva compañera de piso (¿recuerdas que te hablé de ella, la enfermera de Donegal?), es una cerda: se comió todas las barras de chocolate Cadbury que tenía en la nevera —añade—. Cuatro, y de las grandes. He puesto Post-its por todos lados, NO TOCAR ESTO, NO COMER ESTO. Solo con verla me vuelvo loca. ¿Y recuerdas el nuevo televisor de plasma que me dio mi vecino, que iba a tirarlo a la basura? Ella no tiene ni idea de cómo funciona, sigue utilizando los putos mandos a distancia equivocados. La encontré apuntando el mando a distancia del aparato de aire acondicionado a la pantalla del televisor.

Los dos nos echamos a reír. Ella suelta pestes, pero no en un tono agresivo sino humorístico, y siempre con una sonrisa en los labios y esa voz cantarina. Es preciosa, como un pájaro que pía en la ventana en un día soleado de mayo. Me cuenta esta historia mientras me ayuda a levantarme de la silla de lectura y sentarme en la de ruedas. Lea está conmigo casi todos los días, pero cuando no está los otros tienen un estilo diferente, y me resulta difícil adaptarme. Algunos son más tranquilos, tratan de mostrarse respetuosos, o solo piensan en ellos mismos, en su propia vida, o son demasiado mandones y me hablan de un modo que me recuerda a mi madre riñéndome, cuando era un niño. No son groseros, pero solo Lea posee ese toque mágico. Sabe hablarme, consigue que olvide que lo que está sucediendo, sucede. Que es justamente lo que buscas en alguien que debe limpiarte el culo y las pelotas. El silencio de los otros, por el contrario, me hace comprender que está sucediendo realmente. Tom, el de la cama contigua, no la soporta.

—¿Es que nunca se calla? —se queja. Lo dice tan fuerte que estoy seguro de que ella lo ha escuchado, pero no le hace caso. Al fin y al cabo, así es Tom, no sería feliz si no tuviera algo de qué quejarse.

Lea me saca al pequeño jardín donde nos sentamos en los días soleados como el de hoy. Todo el mundo está fuera y mira al cielo con esas ridículas gafas de plástico. La radio está encendida. En Radio Uno ofrecen un comentario en directo de lo que vamos a ver, como lo han estado haciendo durante toda la semana. Nunca había oído hablar tanto de sombras y penumbras, y luego hablan de cosas como la relación entre el vudú y la luna llena, en lo que sí creo. Sabrina no podía dormir de niña cuando había luna llena. Siempre se colaba en nuestra habitación, se metía en la cama, entre Gina y yo, y allí me la encontraba despierta, suspirando en voz alta, tocándome en el hombro, la cara, cualquier cosa para hacer que me despertara y tener un poco de compañía. Yo la bajaba a la planta baja y le preparaba un chocolate caliente y nos sentábamos en la cocina a oscuras, con las luces apagadas, bien despiertos, y ella miraba la luna como si estuviese hipnotizada, como si tuviera una conversación silenciosa con ella, y yo acababa dormido en la silla. Gina bajaba y me gritaba, que si al día siguiente había que ir a la escuela, que si eran las tres de la mañana, que qué pensaba que estaba haciendo. Ya te digo.

Pienso en ella ahora las noches de luna llena, me pregunto si estará levantada, sentada en su cocina delante de una taza de chocolate caliente, los largos rizos cayéndole sobre la espalda, aunque ya no tiene rizos, por supuesto.

Todo el mundo está muy excitado con el eclipse. Lea me está contando la cita que tuvo ayer por la noche mientras me aplica crema solar en la cara y los brazos. Fue al cine con un policía de Antrim. Muy mal.

—En el cine no se puede hablar —le digo—. Nunca vayas al cine en una primera cita.

—Lo sé, lo sé, me lo dijiste en su momento y tienes razón, pero después fuimos a tomar algo y creo que me alegré de haber pasado dos horas con él sin hablar. Es un idiota, Fergus. Que si su ex novia esto, que si su ex novia aquello... Bueno, ¿sabes qué te digo?, que te vuelvas con tu ex novia. Yo paso.

Me río.

—Te daré un *cupcake*, ¿lo quieres? —añade con una sonrisa—. Los tengo con jalea y malvaviscos, y los tenía con M&M, pero Fidelma se los ha zampado.

—Qué sorpresa —digo.

Cuando ella se ha ido miro alrededor y veo que hoy hay una gran cantidad de visitantes. Los niños corren alrededor de la hierba, uno tiene una cometa, aunque no importa lo rápido que corra, no va a despegar desde el suelo, y no sopla una gota de viento. El cielo está de un bello color azul añil con tenues pinceladas blancas. Esto me dice algo, pero no consigo recordar el qué. Me sucede a veces. Muchas, en realidad. Y me frustra.

—Aquí tienes.

Lea vuelve con un plato con dos *cupcakes* y un refresco.

Los miro, y me siento un poco confuso.

—¿No los quieres? —pregunta.

—No, no, no es eso —respondo—. ¿Vendrá mi mujer?

Ella se envara un poco, pero coge una silla y se sienta a mi lado.

—¿Te refieres a Gina?

—Por supuesto que me refiero a Gina. Mi esposa, Gina. Y Sabrina, y los chicos.

—¿Recuerdas que hoy los chicos van de acampada con su papá? Aidan iba a llevarlos a Wicklow con sus primos.

—Ah. —No me acuerdo de eso. Suena divertido para ellos. Alfie, sin duda, irá en busca de gusanos, le gusta eso. Me recuerda un poco a Bobby cuando era pequeño, pero en lugar de comérselos como Bobby, a

Alfie le gusta ponerles nombre. En una ocasión me hizo tener a su gusano *Whilomena* en una taza un día entero.

Pero ¿qué pasa con Sabrina? ¿Dónde está? Me imagino que preocupada, con el ceño fruncido, concentrada como si estuviera tratando de resolver un problema, o de recordar la respuesta a algo que ha olvidado. Sí, es eso. Siempre como si se hubiera olvidado de algo. Si los chicos están fuera, de paseo, entonces debe de estar sola. A menos que esté con Gina, pero Gina está ahora muy ocupada con Robert, su nuevo marido. Por supuesto, es por eso por lo que Lea me mira de esa manera, debo dejar de llamar a Gina «mi esposa». A veces me olvido de estas cosas.

—Sabrina estaba aquí esta mañana, ¿recuerdas? Creo que tenía que cuidar algunas cosas, pero volverá a visitarte mañana, como de costumbre, estoy segura.

Busco en mis bolsillos.

—¿Puedo ayudarte, Fergus?

Lea de nuevo, siempre en el momento oportuno.

—Mi teléfono, creo que lo dejé en mi habitación.

—Se está acercando el eclipse. Iré a buscártelo después, ¿de acuerdo? No quiero que te lo pierdas por hablar por teléfono.

Pienso en Sabrina y me asalta un sentimiento abrumador: espero que no esté sola. Vuelvo a verla como a una niña, su rostro pálido y serio iluminado por la luz blanca.

—Ahora, por favor, si no te importa —digo.

Lea está de regreso en un abrir y cerrar de ojos. Estaba sumido en mis pensamientos, pero ahora no consigo recordar en qué pensaba. Lea recobra el aliento y me siento mal porque ha estado a punto de perderse el eclipse por mi culpa. Se la ve muy excitada. Si hubiera tenido un poco de tiempo libre, seguro que habría concertado una cita para verlo, y de forma egoísta me alegra de que no haya sido así. Cualquiera de los otros habría esperado hasta después del eclipse para traerme mi teléfono.

Marco el número de Sabrina.

—Papá —responde de inmediato, al primer timbrazo—. Justamente estaba pensando en ti.

Sonrío.

—Pues te he leído el pensamiento —digo—. ¿Está todo bien?

—Sí, sí —responde, y parece como si algo la distrajese—. Espera, que me alejo un minuto para poder hablar.

—Oh. ¿Es que no estás sola, entonces?

—No.

—Bueno. Tenía la esperanza de que no lo estuvieras. Sé que Aidan y los chicos han ido de acampada. —Me siento estúpidamente orgulloso de mí mismo por sonar como si lo recordara, cuando no lo hice—. ¿Dónde estás?

—Sentada en el capó de un coche en mitad del campo, en Cavan.

—¿Eso es la tierra?

Ríe, y siento que todo se ilumina.

—¿Estás con amigos?

—No. Pero hay un montón de personas para verlo. Es uno de esos lugares oficiales de visualización. —Silencio. Hay más, pero no me lo quiere decir—. Estoy viajando un poco, buscando algo, eso es todo.

—¿Has perdido algo?

—Sí. En cierto sentido.

—Espero que lo encuentres.

—Sí. —Suena distante de nuevo—. Entonces, ¿cómo te encuentras? ¿Se puede ver bien el eclipse desde donde estás?

—Estoy genial. Estoy sentado fuera, en el césped, rodeado de gente que come pasteles y bebe refrescos, mirando el cielo. No creo que estemos en el lugar correcto, o como se llame, pero nos está manteniendo a todos ocupados. Estaba pensando que hoy algo me recordó un incidente de cuando tenías dos años. —Era la sonrisa de Lea lo que desencadenó el recuerdo, los hoyuelos de Lea, donde cabrían las canicas en miniatura, y pensé en las canicas a causa de la bolsa de Sabrina esta mañana—. Y creo que nunca te lo he contado.

—Si hice algo malo, estoy segura de que mamá me lo dijo.

—No, no, ella nunca se enteró —respondo—. No le dije nada.

—¿Eh?

—Un día debía hacer un recado —digo—, o tal vez fuera al médico, o a un funeral, no lo recuerdo exactamente, pero te dejó conmigo. Tenías dos años. Te las arreglaste para echar mano a algunas canicas que encontraste en mi despacho.

—¿En serio? —Suena asombrada, interesada, hasta ansiosa y sorprendida, cuando ese no es el punto álgido de la historia—. ¿Qué tipo de canicas eran?

—Oh, unas muy pequeñas... Aquí está oscureciendo, ¿allí también?

—Sí, aquí también —responde—. Sigue.

—¿Es un perro lo que oigo aullar?

—Sí, los animales se están poniendo nerviosos.

Creo que no están contentos con la situación. Dime más, papá, por favor.

—Bueno, te metiste la canica en un orificio nasal, ahora no recuerdo si el derecho o el izquierdo.

—¿Que hice qué? —pregunta—. ¿Por qué iba a hacer eso?

—Pues porque tenías dos años.

Ella ríe.

—Bueno, el caso es que no podía sacarte aquella maldita cosa —prosigo—. Lo intenté, pero finalmente tuve que llevarte a urgencias. Trataron de extraerla con unas pinzas, de hacer que te sonaras la nariz, pero sin éxito, seguías respirando por la boca, hasta que, finalmente, el doctor Punjabi, un indio con el que posteriormente tuve trato, te hizo una especie de reanimación cardiopulmonar. Te sopló en la boca mientras te presionaba el orificio nasal cerrado y, *plop*, la expulsaste.

Los dos nos echamos a reír. Ya ha anochecido y todo el mundo a mi alrededor está alzando la vista, con gafas y pinta de chiflados, yo incluido. Lea me ve y tiende un puño hacia mí con el pulgar hacia arriba, emocionada.

—Cuando tu madre llegó a casa ese día —prosigo— le dijiste que un hombre indio te había dado un beso. Fingí no tener ni idea de lo que estabas hablando, que lo habías visto en un dibujo animado o algo así.

—Recuerdo esa historia —dice—. Nuestra vecina de al lado, Maria Hayes, me dijo que yo le conté que me besó un indio. Nunca supe de dónde venía aquello.

—Se lo contaste a toda la calle, creo.

Nos reímos.

—Quiero saber más sobre la canica piedra lunar —dice Sabrina.

Estoy sorprendido por la pregunta. Me perturba y no sé por qué. Me siento incómodo y un poco molesto. Es todo muy confuso. Tal vez tenga que ver con lo que está pasando allá arriba, en el cielo. Tal vez todo el mundo se sienta como yo ahora mismo. Es una posibilidad.

—La canica piedra lunar... —digo, evocándola—. Una historia apropiada para hoy; tal vez sea por eso por lo que me ha venido a la mente. Yo estaba buscando un tipo particular de canica, pero no lo pude encontrar, solo se podían conseguir las miniaturas. Una caja de doscientas cincuenta de ellas, como pequeñas perlas, y venían en un tarro de cristal maravilloso, semejante a un bote de mermelada de gran tamaño. No sé cómo pudiste encontrarlo. Te habría dejado sola por un momento, supongo, o no estaba mirando cuando debería haberlo hecho.

—¿Y cómo era esa canica?

—Oh, es un tema muy aburrido, Sabrina.

—No, no lo es —replica—. Es importante. Estoy interesada. Dímelo, que quiero oírlo.

Cierro los ojos y lo imagino: me relajo.

—Una piedra lunar es una canica translúcida, y supongo que la razón de que me guste tanto es que cuando una luz brillante proyecta una sombra sobre ella es como si ardiese un fuego en su centro. Tienen un notable brillo interior.

Es extraño, y me siento tan extraño en este momento inusual en que el sol ha desaparecido detrás de la luna en plena tarde, que me doy cuenta de que es exactamente por eso por lo que me aferro a la fotografía de Mami. Se debe a que, al igual que la piedra lunar, se puede ver arder un fuego en su centro, y es algo que en cualquier cosa y cualquier persona es digno de contemplar, de recoger y conservar, de sacar a colación cuando uno siente la necesidad de reafirmarse o de elevarse, tal vez cuando siente que el resplandor dentro de sí se ha atenuado y que lo que antes era un fuego interior ahora se siente más como brasas.

—¿Papá? Papá, ¿estás bien? —susurra, y la verdad es que no sé por qué lo hace.

La luna ha pasado por completo ante el sol y la luz del día ha regresado. Todos los que me rodean se muestran animados.

Siento que una lágrima se desliza por mi mejilla.

13

Las reglas de la piscina

Prohibido hacer pis en el agua

Estoy sentada en el capó de mi coche, en un campo en el que he aparcado para ver el eclipse. Un inteligente agricultor de la zona ha cobrado dos euros a todo el mundo por aparcar en su terreno y contemplar cómodamente el eclipse. En cada capó hay varias personas sentadas con sus gafas ridículas. Acabo de hablar por teléfono con papá y siento un nudo en la garganta, pero intento hacer caso omiso mientras recorro las páginas del inventario de canicas de papá. De repente, lo veo.

«Canicas piedra lunar.»

Tiene muchas, pero recorro con el dedo la lista y encuentro lo que estoy buscando.

Canicas piedra lunar en miniatura (250) y existe también una mención al bote de vidrio, en perfecto estado. Debajo de eso está la «mejor piedra lunar del mundo», una canica única de la Christensen Agate Company. Según la descripción de mi padre, se trata de «una canica blanca opalescente translúcida, con pequeñas burbujas de aire en el interior y un tinte ligeramente azulado. Cortesía del doctor Punjabi».

Todos los que me rodean se muestran muy animados y el sol ha aparecido de nuevo en su forma habitual. No sé cuánto tiempo ha durado, tal vez unos pocos minutos, pero todo el mundo se está abrazando y aplaudiendo, emocionado por el evento. Noto los ojos húmedos. Era el tono de la voz de papá lo que me sorprendió y emocionó. Parecía alterado, sonaba como si fuese otro hombre contando una historia secreta de él y yo cuando era niña. Pero había algo más: era una historia de canicas. En treinta años de vida no recuerdo que haya pronunciado la palabra «canica» jamás. Me quito mis ridículas gafas y me seco los ojos. Tengo que ir a ver a papá y hablar directamente con él sobre las canicas. Antes, cuando estaba claro que no se acordaba, no me sentía con derecho a plantearle la cuestión, pero tal vez ver las canicas rojas le haya evocado algún recuerdo.

Exhalo lentamente, deliberadamente, y escucho la voz de Aidan de una conversación anterior.

—¿Qué pasa?

—Nada.

—Suspiraste —dice, y deja escapar un suspiro pesado, lento y triste—. Lo haces todo el tiempo.

—No suspiraba, solo estaba... exhalando.

—¿No es lo mismo que suspirar?

—No, no lo es. Yo solo... No importa. —Continúo haciendo el almuerzo escolar en silencio. Rebanada de pan, mantequilla, jamón, queso, rebanada de pan. Siguiente.

Golpea la nevera cerrada. Me doy cuenta de que de nuevo no me estoy comunicando.

—Es solo un hábito —digo, haciendo un esfuerzo para comunicarme y no enfadarme. Debo seguir las reglas del terapeuta. Esta semana no quiero volver a ser el centro de atención por mis malos hábitos. No quiero hacer terapia. Aidan piensa que nos ayudará. Yo, por el contrario, creo que el silencio y la tolerancia son el mejor camino a seguir, incluso si la tolerancia parece no existir, en particular cuando no sé cuál es el problema o incluso si existe. Solo sé que me dijeron que mi comportamiento apunta a que debe de existir algún problema, y que exige silencio y paciencia. Es un círculo vicioso.

—Aguanto la respiración y después expulso el aire —le explico a Aidan.

—¿Por qué tienes que aguantar la respiración? —pregunta.

—No lo sé.

Creo que va a estallar de nuevo, debido a que piensa que le oculto algo, algún secreto enorme que sencillamente no existe, aunque él crea lo contrario. Pero no dice nada, reflexiona.

—Tal vez estés esperando que algo suceda —dice por fin.

—Tal vez —digo, sin pensar realmente en ello, feliz de que no me haya montado un número. Hemos evitado una bronca. Ya no tengo que preocuparme. O tal vez sí.

Pero pienso en ello ahora. Sí, tal vez estoy esperando a que algo suceda. Algo que quizá nunca suceda. Algo que tal vez tenga que hacer que suceda. Quizás eso es justamente lo que estoy haciendo ahora.

Mi teléfono suena y no reconozco el número.

—¿Hola?

—¿Sabrina? Mickey Flanagan. ¿Puedes hablar?

—Sí, por supuesto. Estoy de camino a mi casa, me paré a ver el eclipse. —Me pregunto si sabrá que he visitado a su sobrino. Espero que no. Acusarlo a él es una cosa, acusar a su sobrino sería un doble insulto. A pesar de que resulta que sí que abrió las cajas.

—Ah, ha sido espectacular ¿eh? Me fui a casa a verlo con mi media naranja, Judy. Estábamos hablando de ti y de las canicas. —Hace una pausa y ambos sabemos que algo se acerca—. Estábamos hablando de tus cajas y Judy recordó que no todas llegaron juntas el mismo día ni en una sola entrega.

—¿No? —Me siento más derecha, freno el coche.

—Las primeras cajas las trajo la persona que me hace las entregas, tal como se había dispuesto con la familia. Pero Judy recordaba hace un momento que a los pocos días llegaron más cajas. Yo lo había olvidado, pero Judy no. Lo recuerda porque yo no le había dicho que estaba guardando las pertenencias de nadie, y de pronto se encontró con una mujer que llegó a la casa con tres cajas más. Judy me llamó a la oficina para comprobarlo. No estaba segura de si aquella desconocida era una embaucadora.

—¿Una mujer?

—Eso es, correcto.

—¿Una repartidora?

—No, Judy no cree que lo fuera. Y Judy es buena para esas cosas. A pesar de que sucedió hace un año, es perspicaz y tiene muy buena memoria. La mujer no vino en una furgoneta sino en coche. Judy no sabe nada de ella, apenas si hablaron. En ese momento pensó que tal vez fuera una vecina o una colega.

—¿Y esa mujer os dio tres cajas?

—Sí.

Que debían de ser las cajas con las canicas, ¿verdad? Una vez más pienso en mamá y me pregunto si por alguna razón ella me está mintiendo, si lo que ocurre es que no había querido mostrarme esas tres cajas.

—Otra cosa —añade, y suena algo confuso—. Judy dice que era rubia.

Mi madre no es rubia. Pienso en mis tías, pero lo descarto rápidamente. Aunque no las he visto desde hace años, por lo que sé podrían tener el pelo morado, o haberlo tenido rubio el año pasado o no tener ahora pelo en absoluto. Tengo más dudas, pero no creo que pueda ayudarme.

—Buena suerte, Sabrina —dice Mickey—. Espero que las encuentres.

Seguro que eso me dejaría más tranquila.

14

Jugar a las canicas

Balines

Canicas de barro, las canicas de los pobres. Fueron las primeras. Hechas de arcilla, no siempre redondas y perfectas, eran baratas y consiguieron que todos los niños jugaran al aire libre durante la Primera Guerra Mundial. A continuación, vinieron las ágatas y las de porcelana, y luego las de vidrio, más bonitas y de las que no hay dos iguales. Son mis preferidas. Pero también las hay de metal. Tengo algunas. Los «balines» son de metal sólido revestido con cromo, como caballeros en la batalla, y son unas tiradoras natas. Son pesadas y rápidas y sirven para sacar expeditivamente del *ring* las canicas del oponente. Así me siento yo en la actualidad. Estoy rodeado de vidrio y porcelana, tal vez incluso de un poco de arcilla, pero soy un balín de metal. Tengo veinticuatro años, es el día de mi boda y estoy sacando del *ring* a todos los hombres en la vida de Gina.

La iglesia parroquial de Iona es el lugar para el gran día. Aquí es donde bautizaron a Gina, donde tomó la primera comunión vestida como una pequeña novia, donde se confirmó e hizo sus votos, y ahora, por fin, donde se casa. El mismo sacerdote que llevó a cabo todos esos actos a lo largo de su vida, hoy se dispone a casarnos, y me mira de la misma manera que lo ha hecho desde que me vio por primera vez.

El hijoputa me odia.

¿Qué clase de familia tiene un cura como amigo de la familia? Una familia como la de Gina. Enterró a su padre, consoló a su madre durante muchas noches de whisky gratis y ahora me mira como si fuera el bastardo que está robándole el lugar en el clan familiar. Se lo dije a Gina, que me estaba mirando de manera extraña. Ella dijo que es porque él la conoce desde que nació, porque es protector, porque es paternal. Y yo no he dicho que creo que es la mirada de un padre que merece estar encerrado y recibir una buena tunda.

Gina replica que soy un paranoico y que la mayoría de sus amigos no me gusta. Tal vez. Creo que me miran raro. O tal vez sea el hecho de que son tan amables, como si yo pudiera averiguar lo que realmente quieren, porque no me están gritando en la mesa o inmovilizándome ni me dicen lo que realmente piensan, y eso me hace sospechar de ellos. No hay la menor cortesía en mi familia, no hay cortinas de humo. Ni en mi casa, ni en mi escuela, ni en mi calle. Sé cuál es mi situación con ellos, pero al cura no le gusto y lo sé. Lo sé por la forma en que me mira cuando Gina no está mirando. Dos hombres, dos machos que en cualquier momento arremeten con la cornamenta el uno contra el otro. Yo estaba contento de que el padre de Gina estuviera muerto, así que no tendría que hacer frente a esa mierda de machos, de «el chico te está robando la hija», pero no esperaba tener el problema con el sacerdote de la familia.

Y el médico de familia.

Dios, él también. ¿Qué clase de familia tiene un médico de cabecera?

Una familia como la de Gina.

Cuando estábamos enfermos, mamá tenía sus propias maneras de conseguir que nos pusiéramos mejor. El bicarbonato de sodio y el agua para las quemaduras solares; la mantequilla y el azúcar para la tos; el azúcar moreno y el agua hirviendo para el estreñimiento. Recuerdo que me salió un bulto en la rodilla y que Mattie me sumergió esta en agua hirviendo y luego se puso a golpear el bulto con un libro: sencillo, desapareció. Una verruga en la nariz de Hamish se solucionó con tijeras y luego se trató con loción para después del afeitado. Yodo para los cortes, gárgaras de agua salada para las gargantas irritadas. Rara vez tomamos antibióticos. Rara vez nos relacionábamos con un médico el tiempo suficiente para entablar la amistad que Gina y su Mami tienen con su médico de cabecera. Sin médico de familia y sin que a nadie le importe con quién te casas. Pero eso es la familia de Gina. Lo que es peor, o mejor, no estoy seguro, es que voy a ser parte de su familia. Puedo oír a Hamish riendo. Le oigo mientras me anudo la corbata en el baño y me preparo para la recepción que ha pagado el abuelo de Gina.

—¿El mejor día de tu vida? —pregunta Angus descaradamente, echando una meada a mi lado, interrumpiendo mis pensamientos.

—Sí.

Le he pedido a Angus que sea mi padrino de boda. Habría preferido que lo fuera Hamish, aun cuando hubiese sido un auténtico riesgo y hubiera vuelto locos a todos los parientes con su discurso durante la recepción. No, soy injusto. Hamish era sutil. No era como el resto, sino que observaba, sabía actuar con prudencia, analizar el entorno y hacer lo que tocaba. Esto no significa que fuera incapaz de hacer nada malo, pero al menos se lo pensaba dos veces, no decía lo primero que le venía a la cabeza, como los demás. Cinco años después de su muerte, sigue vivo en mi memoria. Pero Angus es la persona más parecida a Hamish que conozco, y mi familia me habría colgado si no hubiera involucrado a algún miembro en la boda. Si realmente hubiera podido elegir, se lo habría pedido a mi amigo Jimmy, pero hubiese sido complicado. Y una vergüenza, la verdad, ya que es la persona con la que más me gusta hablar. Hablo con él más que con nadie. Siempre estamos hablando de algo, sea lo que sea. Podría pasarme el día charlando con él. Tenemos la misma edad y le gustan las canicas demasiado, así es como nos conocimos, y jugando a las canicas un par de veces a la semana. Es el único hombre que conozco que lo hace. Dice que sabe de algunos otros y bromeamos acerca de reunir un equipo y competir por el título internacional. No lo sé. Tal vez se haga realidad algún día.

Parece extraño eso de no contarle nada a Jimmy sobre mi boda. Los amigos no harían eso, ¿verdad? Nosotros sí, sin embargo. Y no es que él hable de sí mismo por los codos, solo cuenta lo suficiente para que con el tiempo yo pueda averiguar las cosas, pero a veces es críptico de cojones. Me gusta que sea así. ¿Por qué? Me lo he preguntado muchas veces. Me gusta cuando puedo guardarme las cosas y así controlar lo que la gente sabe acerca de mí. El chico de Escocia que se trasladó a Dublín mientras todo el mundo hablaba; el que durmió en el suelo durante un año mientras todo el mundo seguía hablando antes de mudarse a la casa de Mattie después de un matrimonio rápido, mientras todo el mundo seguía hablando... Y tenían razón, porque Tommy nació «antes de fecha», y entonces nosotros éramos unos niños, salvajes, pero unos niños; y luego, mucho más tarde, después de que Hamish muriera, todo el mundo hablando de lo que hizo o dejó de hacer. Todos lo resumen en una frase, una palabra o una mirada, como si lo conocieran, pero nunca consiguieron hacerlo. No como yo. No creo que ni mis hermanos supiesen cómo era Hamish. Y deseaba alejarme de todo eso. De todos los que hablan. Yo quería ser lo que quería ser, sencillamente porque quería. Nada de razones, nada de cháchara. Hamish lo hizo, pero abandonó el país. Yo no sé si podría hacerlo.

Alejarme de todos ellos, pero no demasiado. Aunque me vuelven loco, los necesito. Necesito verlos al menos de lejos, saber que están bien.

Si hubiera querido casarme con una chica a la que metía mano cuando tenía catorce años me habría quedado en el mismo sitio, pero no. Con veintitrés años de edad estaba listo para el matrimonio, y abandonar mi hogar para conocer a Gina fue lo mejor. No es que tuviera que ir muy lejos, apenas quince minutos a pie. En una nueva comunidad, eso es todo. Y ojo, que tampoco vengo de la nada. He vivido en una granja en Escocia hasta la edad de cinco años, mamá se reunió allí con papá cuando se trasladó para trabajar de niñera. Después dormimos en el suelo de la tía Sheila, pero a continuación nos mudamos a una casa adosada muy bonita, en St. Benedict's Gardens, a la vuelta de ese viejo terruño que es Dorset Street, donde estaba la casa familiar de Mattie, que él se quedó cuando sus padres estiraron la pata. A Mattie le va bien con la carnicería, donde todos trabajamos en la actualidad, dando cada centavo que ganamos a Mami, hasta el matrimonio. Pero no se trata de dónde nos criamos sino de la forma en que nos criaron, y a Gina su madre la crio de manera diferente de como la nuestra lo hizo con nosotros. Criar varones no es lo mismo, le oí decir a Mami en una ocasión cuando aquella y la señora Lynch estaban hablando de sus hijas.

Yo quería a alguien mejor que yo. No supe hasta más tarde que la razón era que quería ser mejor, como si ella pudiera darme algo capaz de transformarme. Dinero, no, sino esa cortesía, el interés sincero que mostraba fuera cual fuese la chorrada que le estuviera contando. Los dos perdimos a nuestros padres a una edad temprana, por lo que no se puede decir que ella hubiese tenido una vida fácil, ningún niño debería tener que pasar por eso, pero todo lo que hacía estaba a tres calles de su casa. Y otro tanto ocurría con sus amigos. Escuela, tiendas, trabajo. Su padre tenía una fábrica de botones, vivían en una de esas grandes casas de Iona, un montón de espacio para un montón de niños que no llegaron a tener porque un día él cayó muerto de un ataque al corazón. Su madre convirtió la casa en una casa de huéspedes, y les va bien los días de partido, con Croker tan cerca, y Gina trabaja allí con ella. Siempre han sido las anfitrionas perfectas. Corteses. Acogedoras. Cada vez que me encuentro con ellas, da igual el lugar, es como si estuvieran de pie ante su mostrador.

Sabía que el padre de Gina había muerto y lo usé como excusa para charlar con ella. Le hablé de mi padre muerto y le conté un montón de patrañas acerca de lo mucho que lo echaba de menos, de cómo sentía su presencia, de cómo me preguntaba si me estaría mirando, etcétera. He aprendido que a las mujeres les gusta que les hables de ese tipo de cosas. Me gustaba fingir que era la clase de muchacho que habla de esa manera, pero nunca he sentido la presencia de mi padre. Ni una sola vez. Jamás. Y mucho menos cuando lo necesitaba. No me siento amargado, papá está muerto, muerto de verdad, y se supone que cuando estás muerto te gustaría disfrutar de estar muerto y no tener que preocuparte por la gente que dejaste atrás. La preocupación es para los vivos.

Con Hamish, sin embargo, no sé..., a veces pienso que estoy con él, que anda cerca. Si estoy a punto de hacer algo que tal vez no debería hacer, lo oigo, oigo la risa de fumador que tenía ya a los dieciséis años, o lo oigo advertirme de algo, el sonido de mi nombre brotando a través de sus dientes apretados, o siento su puño contra mis costillas mientras trata de detenerme. Pero son imaginaciones mías, ¿verdad? Él no puede ayudarme como si fuera un fantasma.

Podría haber hablado con Gina sobre Hamish, pero no lo hice. Elegí a papá. Resultaba más sencillo. No me convertía en un mentiroso o una mala persona. Yo no sería el primer chaval que conseguía salir con una chica a la que acaba de decir precisamente las cosas que ella quería oír. Angus consiguió a Caroline tras fingir durante seis semanas, y después de que ella lo atropellara con su bicicleta, que tenía la pierna rota. Cada vez que ella iba a verlo, sintiéndose culpable, él volvía a casa corriendo tras jugar al fútbol en el callejón, se tumbaba en el sofá y apoyaba la pierna sobre un cojín. Todos tuvimos que seguirle el juego. Imagino que Mami lo encontraba divertido, aunque jamás sonrió siquiera. Pero tampoco le dijo a Angus que parara. Creo que le gustaba Caroline. Solían hablar. Creo que le gustaba tener una chica en casa. Angus la consiguió finalmente. Duncan, también. Durante todo un año fingió que le gustaba Abba. Él y Mary incluso eligieron la música de estos para su primer baile el día de su boda, antes de que, esa misma noche, él le confesara, borracho, que odiaba a Abba y que no quería volver a escucharlos en su vida. Ella corrió al baño a llorar y se necesitaron cuatro chicas y un kit de maquillaje para sacarla.

En nuestra primera cita seria llevé a Gina a un restaurante italiano de Capel Street. Pensé que le gustaría algo exótico, a pesar de que la pasta no era lo mío. Le hablé de jugar a las canicas y se echó a reír, pensando que bromeaba.

—Ah, vamos, Fergus, en serio, ¿a qué es a lo que realmente juegas? ¿Al fútbol?

Fue entonces. No se lo dije, por varias razones. El que se hubiese reído hizo que me avergonzara. Me sentía incómodo en el restaurante, los camareros me pusieron nervioso, sentía que me miraban como si fuera a robar el cuchillo y el tenedor. Los precios en el menú eran más caros de lo que pensaba y ella había pedido un entrante y, además, un segundo plato. Si se le ocurría pedir postre iba a tener que inventarme alguna excusa. De todos modos, al oír su risa pensé que sí, que tal vez tuviera razón, que tal vez yo fuera un estúpido, que no iba a jugar más. Y luego pensé que podía hacer ambas cosas, jugar a las canicas y salir con ella, y que no por eso la engañaba, aunque para entonces ya lo había hecho un par de veces, engañarla digo. A la espera de llegar al matrimonio, me alivié un par de veces con Fiona Murphy. Juro que Gina se daba cuenta de lo desesperado que estaba tan pronto como me veía. No he traído a Gina a mi local por muchas razones, demasiadas; Fiona Murphy es una de ellas, y cualquier otra chica con la que haya estado es otra. Fiona, literalmente, me tenía en la palma de su mano. Su padre trabajaba en la fábrica Tayto y ella siempre tenía aliento a queso y cebolla. Pero ahora que estoy casado voy a tener que cambiar todo eso. Un voto es un voto.

He estado con Gina durante un año y en ese tiempo no ha tratado mucho a mi familia. A veces lo suficiente para que ninguna de las partes se sienta indignada, pero sé que no basta. Visitas breves, visitas rápidas. Decir «Hola» en casa, dejarnos caer en una fiesta. No dejar que llegue a conocerlos, porque entonces me conocería a mí, o a esa parte de mí que podría pensar que soy. Quiero que me conozca por estar conmigo.

—Hay un poco de drama con una de las damas de honor de Gina —dice Angus—. La de los barriles por tetas.

Me río.

—Michelle.

—Dice que su novio sencillamente se levantó y salió de la iglesia, antes de que ella hubiera hecho su gran entrada.

Hago muecas ante el espejo.

—Eso es un poco duro.

—Todas las chicas están ahora en el baño, tratando de arreglarle el maquillaje.

Hago muecas de nuevo. Pero no estoy escuchando a Angus, me concentro más en lo que estoy a punto de decir. Lo correcto, de la manera correcta.

—Angus, qué hay del discurso.

—Sí, lo tengo aquí. —Lo saca de su bolsillo. Son unas pocas páginas, más, en cualquier caso, de lo que esperaba. Las agita frente a mi cara con expresión de orgullo—. He pasado todo el verano escribiendo esto. Hablé con algunos de tus compañeros de colegio. ¿Recuerdas a Lampy? Tenía un par de historias que contar.

Eso explicaría por qué Lampy se disculpó conmigo después de la ceremonia.

Angus se lo mete de nuevo en el bolsillo y da unas palmaditas a este como para asegurarse de que está a salvo.

—Sí, bueno... —digo—, solo recuerda que, ejem, la familia y los amigos de Gina son... bueno, ya sabes, que no son como nosotros.

Sé que son las palabras equivocadas en cuanto las pronuncio. Lo sé por la cara que pone. Salta a la vista que no son «como nosotros», lleva viéndolo todo el día. Son más tranquilos, para empezar. No sueltan un taco cada dos palabras. Pueden expresarse sin necesidad de ello.

Trato de dar marcha atrás.

—No es más que eso, no son exactamente como nosotros. Y ¿sabes? Tienen un humor diferente. Nosotros, los Boggs y los Doyle, tenemos una forma distinta de ver las cosas. Así que me estaba preguntando si podrías ser amable en el discurso. ¿Sabes a qué me refiero? Los abuelos de Gina son viejos. Unos auténticos meapilas.

Lo sabe. Me mira con desprecio absoluto. La última vez que vi esa mirada en su rostro, le siguió un cabezazo.

—Claro —se limita a decir. Acto seguido me mira de arriba abajo como si él no tuviera idea de quién soy, como si su propio hermano no estuviera de pie delante de él—. Buena suerte, Fergus.

A continuación sale del baño y me deja hecho una mierda.

Su discurso es aburrido. Es el discurso más abrumadoramente aburrido de la historia. No hay chistes, es todo formalidad. No busca su discurso en el bolsillo, no busca las páginas que, según él, pasó semanas escribiendo y, probablemente, toda la noche ensayando cómo decirlas. Es, sin duda, el peor discurso de la historia. Sin emoción. Sin amor. Si se le lo hubiese pedido a un desconocido que pasara por la calle, lo habría hecho mejor. Así de simple. Un desconocido, alguien que no me conoce de nada, lo habría hecho mejor.

La madre de Gina, el médico de cabecera y el cura, la familia entera, creen que es «fenomenal».

Mami lleva la misma indumentaria que en la boda de Angus. Lució otra en la boda de Duncan hace unos meses y luego de nuevo esta para la mía. Es de color verde guisante, vestido, abrigo y zapatos de tacón bajo. Un clip en el pelo brillante. Su mejor broche. Fue un regalo de papá, lo recuerdo. Un broche de Tara con piedras verdes. Va maquillada, lo que le hace que se vea más pálida, y el carmín rojo le ha manchado los dientes. No ha salido a bailar. En la boda de Angus bailó toda la noche. Ella y Mattie lo dieron todo, fue la única vez que los vi tocarse. En la de Duncan tuvimos que llevarla a casa. Y aquí está ahora, sentada con la espalda rígida, frente a una copa de brandy, y me pregunto qué le habrá contado Angus. Mattie mira a las chicas bailar, pasándose la lengua por los labios como si estuviera eligiendo el menú. Mamá y Mattie están solos ante la mesa redonda. Todos mis hermanos y sus parejas se han ido temprano con Angus; imagino que este les habrá contado lo que le he dicho. Algo así como pedirle que no fuese un Boggs, fingir que era otra persona. Pero eso no es exactamente lo que he dicho, ¿verdad?

Da igual, sin ellos puedo relajarme más. Nadie va a salir volando por la habitación para estrellarse contra una mesa porque ha mirado mal a alguien o ha dicho algo raro.

Voy a sentarme con mamá y charlamos. En un momento dado, y sin que venga a cuento, me da una bofetada en la mejilla.

—¿Mamá?

La mejilla me arde, miro alrededor para comprobar si alguien lo ha visto. Hay demasiada gente.

—No eres él.

—¿Qué? —Mi corazón empieza a latir con fuerza—. ¿De qué estás hablando?

Me da otra bofetada. En la misma mejilla.

—No eres él —repite. Y la forma en que me mira...—. Nos vamos.

Le arroja su bolso a Mattie y este deja de mirar a las chicas, mete la lengua en la boca y se pone en marcha.

—Nos vamos.

Para la medianoche, toda mi familia se ha ido.

—Tienen un largo camino de vuelta —dice la madre de Gina, cortésmente, como si tratara de hacerme sentir mejor, pero no es así.

Me digo que no me importa, que puedo bailar, puedo charlar, me puedo relajar con todos ellos lejos de allí. El tipo duro, el irrompible, el balín de metal.

15

Jugar a las canicas

El bombardero

Nunca le han hecho un masaje, y en cuanto llegamos al hotel, en Venecia, va directa al *spa*. Está excitada, se siente mayor. Nos casamos ayer y todavía no hemos hecho el amor. La fiesta dura hasta las tres de la mañana, a pesar de que todos los Boggs y los Doyle se largaron antes. La juerga estaba en su apogeo cuando nos fuimos y ambos nos dejamos caer en la cama y teníamos que levantarnos una hora más tarde para coger el vuelo de las seis de la mañana. Definitivamente no hay tiempo para el sexo, sobre todo es la primera vez. Para ella, obviamente, no para mí. Me siento en la cama de matrimonio y me pongo a rebotar. Llevo esperando un año, así que supongo que puedo esperar a que le den un masaje. Ella cree que también soy virgen, no sé por qué se le metió en la cabeza, pues nunca he afirmado que lo fuera, pero así son todas las personas de su vida, del tipo «seguimos las reglas básicas» y se les ha metido en la cabeza que yo también. Para no meterme en líos, les he seguido el juego.

Sé lo que quiero hacer con ella. La primera vez. He pensado en ello. Quiero que juguemos al bombardero. Se dibuja un pequeño círculo en el suelo. Ambos jugadores disparan una canica hacia el círculo. Si los dos, o ninguno, introducen su canica en el círculo, tiran de nuevo. Si solo uno la mete en el círculo, el que lo hace recibe diez puntos, y así cada vez que lo consigue en tiros posteriores. Gina nunca usa sostén, no lo necesita, y siempre lleva camiseta sin mangas bien apretada. Tampoco se maquilla, con todas esas pecas que le cubren la nariz, las mejillas y el escote. No dejaré ni una sola sin besar. La mayoría ya las he besado. El primer jugador en llegar a los cien puntos es el ganador, y el perdedor pierde un número de canicas determinado de antemano. Solo que, en nuestro juego, implicará que bebamos vino blanco, porque ahora estamos casados y somos adultos, y el que no acierte en el círculo tendrá que quitarse una prenda de ropa. Ella nunca ha jugado a las canicas antes, y va a fallar mucho, mientras que yo fallaré las veces necesarias para que se sienta cómoda. En el momento en que llegue a cien, la quiero en el círculo, desnuda. Pero esto no sucederá, lo sé. Es solo lo que llevo un año fantaseando, mientras voy de tipo caballeroso y duro. Jamás he mezclado canicas y sexo, y aunque Gina se rio la primera vez que le dije que jugaba a las canicas, quiero hacer esto con ella, con mi esposa.

Gina merece la pena, me refiero a esperarla. Es hermosa, cualquier chico que conozco haría lo mismo. Y demasiado buena para mí, por supuesto. No para el yo que conoce, pero sí para el que no conoce. La parte de mí que conoce es un hombre que inventé a lo largo del tiempo. Es bueno con la gente, paciente, amable, atento. No cree que deba desconfiar de todas las personas que ella le presenta. Sin duda es mejor ser él, les hace la vida más fácil, a ambos. Pero él no es yo. Trato de mantenerla alejada de mi familia tanto como puedo: cada vez que ella y mamá hablan me sudan las manos. Pero mamá nunca le dirá nada, conoce el trato, sabe que estoy en algo que me queda grande, pero quería que me casase con ella tanto como yo, porque podía tachar la casilla correspondiente en su lista: otro hijo del que ya no tiene que preocuparse. Gina y Angus se conocieron brevemente en la boda; él vive en Liverpool, y Duncan, Tommy, Bobby y Joe están bien en pequeñas dosis. Ella piensa que siempre están ocupados. Vale.

Gina sabe que uno de mis hermanos murió, pero piensa que se ahogó. Así fue, solo que ella cree que fue un accidente un poco extraño. Mi plan es que siga creyéndolo. Los problemas de Hamish eran de él, y no quiero que me persigan en mi nueva vida. Gina es dulce, es ingenua, y juzga a las personas. Si oyera una cosa así, su visión de mí cambiaría. Y tendría razón, probablemente. No es que sea un problema, estoy siempre en el lado correcto de la ley, pero no soy el muchacho que le prometerá jugar al croquet con su abuelo. Gracias a Dios, su padre ha muerto, y su abuelo le sigue los pasos.

Elegí Venecia para pasar la luna de miel. He querido venir aquí desde que vi un documental sobre la fábrica de cristal de Murano. Una isla entera dedicada a la fabricación de vidrio es un sitio que quiero, si no habitar, al menos visitar. Nunca he tenido mucho dinero; de hecho, contamos con muy poco para gastar aquí, pero no me voy a ir de este país sin un bolsillo lleno de canicas, aunque tenga que mendigar, pedir prestado o robar. Esta luna de miel está financiada por el abuelo de Gina, que no pudo dejar de intervenir cuando nos oyó decir que íbamos a ir a Cobh. «Elegid un lugar —dijo—. Cualquier lugar del mundo.» Gina esperaba ir una semana a Yugoslavia, porque ahí es donde una de sus amigas se fue de luna de miel, pero me las arreglé para negociar con ella y convencerla de pasar tres días en Venecia. Tal vez algún día pudiéramos pagarnos un viaje a Yugoslavia, pero a Venecia, jamás. Venecia es una auténtica vía de escape, una aventura a otro mundo. Lo entendió, porque se lo dije en serio. No me importa que su abuelito me esté ayudando, que me dé dinero. Voy a aceptar cualquier mano que me echen, no me duele el orgullo. Si no lo tengo, pues sencillamente no lo tengo; si alguien quiere dármelo, entonces me lo llevo.

Recorro la pequeña habitación; no es el hotel más lujoso del mundo, ni mucho menos, pero me gusta estar aquí. Podría dormir en cualquier lugar, y me muero por salir y explorar.

Pensé que estaría hecho polvo de la noche anterior, y sin embargo me siento lleno de energía, ansioso por ponerme en marcha. No sé cuánto tiempo dura un masaje, pero no voy a quedarme sentado aquí en esta habitación cuando hay un mundo ahí fuera esperando. No creo que Gina quiera pasar mucho tiempo mirando canicas, no de la manera que yo quiero hacerlo, así que me escapo. No tengo que ir muy lejos para dar con las canicas más increíbles que he visto en mi vida. Son obras de arte contemporáneo, definitivamente no son para jugar, sino para coleccionar. Estoy tan asombrado que no puedo apartarme del escaparate. El vendedor sale y me invita a entrar: se puede leer que tengo el deseo escrito en la cara. El problema es que tengo el deseo, pero no el dinero. Él responde a una pregunta tras otra, me permite examinar aquellas obras de arte bajo una lupa de diez aumentos para que pueda ver la habilidad del creador. Son canicas de cristal hechas a mano, con elaborados diseños en el interior. Una de ellas es transparente, y atrapado en su interior hay un trébol verde de cuatro hojas; otra tiene un pez de colores que parece nadar entre burbujas; otra, un cisne blanco en medio de un remolino azul. Hay un torbellino, pinceladas de púrpura, verde, turquesa, tormentas que se retuercen hasta el centro mismo de la canica. Me hipnotiza. Otra tiene un ojo. Una canica transparente con un ojo verde oliva y una pupila negra, con venas rojas a los lados. Siento que me está mirando. Otro se llama «Nueva Tierra» y es todo el planeta, con todos los países en su interior y nubes en la capa exterior. Es obra de un auténtico genio. El planeta entero capturado en una simple canica. Es la que quiero, pero apenas puedo permitirme una, por no hablar de la colección. El precio equivale a la cantidad de dinero de que dispongo para los tres días en Venecia.

Tengo que alejarme, y es este hecho el que pone al vendedor en acción. El mejor negociador es el que siempre está dispuesto a alejarse, y el hombre piensa que estoy jugando con él, lo que no es cierto, porque vendería mi casa para comprar esta colección, si tuviera una casa. Mientras tanto, y hasta que reunamos el dinero para el depósito, viviremos con la madre de Gina. Pensar en comprar cualquiera de estas canicas es absurdo, y lo sé. Pero me siento vivo, la adrenalina corre por mis venas. Este es el único lado bueno de mí, el mejor, y ella no lo conoce. Con esta canica juro aquí serle fiel, y no me refiero a no dormir con otras, sino a permitirle ver mi verdadero yo por primera vez. Al mostrarle esta canica voy a mostrarle la parte más grande y mejor de mí.

Compro una canica transparente con un corazón rojo en el interior. Presenta pinceladas que trazan remolinos de color rojo oscuro, como gotas de sangre capturadas en una burbuja. Negocio duro y pago casi la mitad de lo que se me pedía. Es demasiado dinero, pero para mí representa mucho más que una canica: es para Gina, es una ofrenda de quien realmente soy. Significa más para mí que el día de ayer y las palabras de una ceremonia que no siento en mi corazón. Esto sí significa algo para mí. Este es el acto más valiente que haré en mi vida adulta. Voy a darle este corazón, mi corazón, y a decirle quién soy. Con quién está casada.

El vendedor envuelve el corazón en plástico de burbujas, lo mete en una bolsa de terciopelo color burdeos y cierra esta mediante un lazo de trenzas de oro y perlas de vidrio que no puedo dejar de admirar. Incluso las cuentas de la bolsa son preciosas. Me meto la bolsa en el bolsillo y regreso al hotel.

Descubro que Gina ha estado llorando, pero trata de ocultarlo. Lleva un albornoz atado firmemente a la cintura.

—¿Qué ocurre? ¿Qué ha pasado? —pregunto, listo para golpear a alguien.

—Oh, nada. —Se enjuga las lágrimas con la manga del albornoz hasta que la piel alrededor de los ojos se le enrojece.

—Dímelo —Siento la ira en mis venas. Mantén la calma o ella no te lo dirá. Sé paciente, un tipo comprensivo que sabe escuchar, no vayas por ahí golpeando a la gente. Aún no.

—Fue tan embarazoso, Fergus. —Se sienta en la cama, y esta es tan grande que ella parece minúscula. Tiene veintiún años de edad. Yo veinticuatro—. Me tocó...

Abre los ojos y la rabia me deja y estoy a punto de echarme a reír.

—¿Sí? ¿El qué? —Me acuerdo de mi fantasía de jugar al bombardero. Ella, mi esposa, está en la cama, cubierta únicamente con un albornoz.

—¡No es gracioso! —Se gira y se cubre el rostro con una almohada.

—No me estoy riendo —digo, y me siento a su lado.

—Pues no lo parece. —Su voz suena apagada—. Yo no sabía que un masaje podía ser tan invasivo. No he esperado todo este tiempo para tener relaciones sexuales con una *mamma* italiana canija antes que contigo.

Ahora sí que no puedo evitar soltar una carcajada.

—¡Para! —se queja, pero advierto que, medio oculta contra la almohada, sonríe.

—¿Te gustó que te metiera mano? —pregunto, tomándole el pelo, mientras mi mano viaja por su pierna.

—Basta, Fergus.

Pero ella se refiere a la burla, no a que la toque, porque por primera vez no me lo impide. Tengo que hacerlo ahora, sin embargo, tengo que mostrarle la canica ahora, para que el que ella conoce sea yo, para ser yo con quien ella hace el amor por primera vez, y no otro.

Dejo de mover la mano y ella se sienta, confusa, el pelo sobre la cara.

—Quiero darte algo primero.

Ella se aparta el pelo y está tan dulce y tan inocente en este momento que retengo la imagen en mi memoria. Ahora aún no lo sé, pero en el futuro trataré de recordar esa mirada en los momentos en los que siento que la he perdido, o cuando la odio tanto que no puedo evitar mirar hacia otro lado.

—Fui a dar un paseo. Y me encontré con algo especial para ti. Para nosotros. Es importante para mí. —Mi voz tiembla, por lo que decido callar. Saco la bolsa de mi bolsillo, saco el corazón de la bolsa con dedos temblorosos. Me siento como si estuviera dándole una parte de mí mismo. Nunca me he sentido así antes—. Ayer te casaste conmigo, pero hoy me conoces por primera vez. Mi nombre es Fergus Boggs, mi vida está marcada por las canicas. —Desenvuelvo el plástico de burbujas y la sostengo en mi palma. Primero, que reaccione, y luego mi explicación. Y darle tiempo para que lo asimile.

—¿Qué es esto? —pregunta, con voz inexpresiva.

La miro sorprendido, siento el corazón latiendo en mi garganta. Inmediatamente me pongo a dar marcha atrás, retrocedo, me escondo en mi concha. El otro yo comienza a calentar en el banquillo.

—Quiero decir, ¿cuánto te ha costado? —añade—. Acordamos que no nos compraríamos nada aquí el uno al otro. No podemos permitírnoslo. Basta de regalos, ¿recuerdas? Después de la boda. Lo acordamos —repite.

Apenas ha mirado la canica, está molesta. Sí, lo acordamos, lo prometimos, pero esto es más que una pieza de joyería, significa más para mí que el anillo que ella ama tanto y que adorna su dedo. Quiero decírselo, pero no lo hago.

—¿Cuánto ha costado?

Tartamudeo y balbuceo, profundamente herido para responder con sinceridad. Estoy atrapado entre ser él y ser yo, y soy incapaz de concentrarme en ser alguno de los dos.

La sostiene en la mano sin tener cuidado, la mueve de un lado a otro, podría fácilmente dejarla caer. Me siento tenso observándola.

—¡No puedo creer que hayas gastado tu dinero en esto! —exclama, levantándose de un salto de la cama—. En un..., en un... —Lo estudia—. ¡Un juguete! ¿Qué estabas pensando, Fergus? Oh, Dios mío. —Se sienta de nuevo, con lágrimas en los ojos—. Hemos estado ahorrando tanto tiempo... Quiero escapar de la casa de mi madre, que seamos solo tú y yo. Hemos calculado los gastos de este viaje tan cuidadosamente, Fergus... ¿Por qué...? —Mira la canica en su mano, aturdida—. Quiero decir, gracias, sé que estabas tratando de ser amable, pero...

Su rabia comienza a desvanecerse, pero ya es demasiado tarde.

Posa las manos en mis mejillas, sabe que ha herido mis sentimientos, aunque no lo voy a admitir ante ella. Voy a devolverla, le digo, con mucho gusto voy a devolverla, no quiero volver a verla jamás, para que no me recuerde este momento cuando ofrecí mi verdadero yo y fui rechazado. Pero no puedo devolverla porque ella la deja caer, por accidente, y la superficie queda rayada, lo que significa que nunca volverá a tener un corazón perfecto.

16

Las reglas de la piscina

Prohibido tirarse en bomba

En mi viaje de vuelta de Cavan a Dublín no puedo evitar perderme en mis pensamientos. Mi forma de conducir es torpe, tengo que pedir perdón a los demás conductores demasiadas veces, por lo que bajo la ventanilla para que entre el aire fresco.

Aidan suena en el altavoz del coche. Necesitaba llamarlo para unirme a la vida. Para hablar con alguien real.

—¿Así que ahora estás buscando las canicas que faltan? —pregunta después de que le informe sobre todo lo que ha ocurrido hasta hoy, salvo el incidente de la taza, y oigo gritos de alegría al fondo; son los niños, que están haciendo una guerra de agua.

—Ni siquiera sé si ahora se trata de ellas —respondo—. Conocer a papá parece ser mucho más importante que encontrarlas. Comenzó con las canicas, pero eso ha suscitado más preguntas, grandes huecos que tengo que llenar. Hay un lado de papá que no sabía que existía, una vida que me ocultó, y quiero descubrirla. No solo para mí. Pero si él es incapaz de recordar, ¿cómo va a recuperar esa parte de sí mismo?

Aidan deja escapar un largo silencio que trato de interpretar. Piensa que estoy loca, decido, que finalmente he perdido la cabeza, o quizás esté saltando de júbilo por verme con energía renovada. Pero su respuesta está llena de calma, medida.

—Tú sabrás, Sabrina. No te voy a decir que no. Si piensas que va a servir de ayuda, adelante.

No necesita decir nada más, entiendo lo que significa. Si lo que hago me ayudará y, como consecuencia, nos ayudará.

—Creo que servirá —contesto.

—Te amo —dice—. Trata de no dejar que más hombres te besen.

Me río.

—En serio. Ten cuidado, Sabrina.

—Claro.

Los niños gritan por el teléfono, «¡Besos, mamá, te echamos de menos!», y se van.

Una mujer rubia entregó las canicas. Voy a retrasar mi visita a papá por ahora. Tengo que encontrar a esa mujer, la que conoce el hombre que yo no conozco, y solo puedo pensar en una que se ajusta a esa descripción. Accede a reunirse conmigo tan pronto como la llamo.

Está sentada en el rincón más oscuro, lejos de la ventana, de la luz, de los ruidos de la cafetería. Parece mayor de lo que recuerdo, pero es que, efectivamente, es mayor de lo que recuerdo. Han pasado casi diez años desde que nos vimos por última vez, y casi veinte desde que la vi por primera vez. Sigue siendo rubia, debe de teñirse una vez a la semana, aunque en las raíces se distinguen hebras grises. Tiene cuarenta y dos años, diez más que yo, que siempre he pensado que era joven, o al menos demasiado joven para él. Parece aburrida mientras espera, y me pregunto si el aburrimiento oculta cierto nerviosismo. A medida que me acerco a ella, aumenta mi ansiedad. Me ve y cambia de postura, levanta la barbilla con orgullo, y siento que la odio como siempre la he odiado. Esa perra que se cree mejor que nadie, que siempre ha dado por supuesto que todo lo que quiere debe automáticamente ser suyo. Trato de calmarme, de no permitir que la ira me domine.

La vi con mi padre cuando tenía quince años. Fue antes de que mis padres se separaran. Él me la presentó al cabo de un año, o así. Se suponía que yo debía pensar que acababan de conocerse, que aquello era el comienzo de una hermosa relación nueva para él, que iba a ser su feliz apoyo, pero yo sabía que se veían desde hacía tiempo. Cuánto, lo ignoro, y nunca pregunté nada al respecto. Él no solo le había mentido a mamá, también me había mentido a mí, porque me miró y me dijo las mismas palabras. Mentiras.

Los vi un mediodía, borrachos, y cada vez que paso por delante de aquel restaurante me provoca la misma sensación en el estómago. La gente no tiene ni idea de lo mucho que lastiman a sus seres queridos cuando hacen cosas que no deberían, cosas hirientes que echan raíces y tocan bajo la superficie otras partes de las vidas de aquellos a quienes hacen daño. Nunca es un error, nunca es un momento, siempre se convierte en una serie de momentos, y cada momento echa raíces que se ramifican en diferentes direcciones y con el tiempo se convierten en algo confuso, como un viejo árbol torcido y lleno de nudos que se estrangula a sí mismo.

Había salido de la escuela temprano para ir al dentista, una de mis muchas citas para intentar averiguar por qué me sangraba la cara interna de la mejilla, que me raspaba al hablar y masticar. Recuerdo mi palpitante boca mientras caminaba por la acera con lágrimas en los ojos, llena de frustración porque ese día en la escuela otro niño cruel me había hecho otra broma cruel, y ya estaba cansada de las burlas y de fingir que no me importaba. Fue entonces cuando vi a papá. En un restaurante de lujo, uno de los más caros de la ciudad, por cuya terraza me daba vergüenza pasar. A los quince años, sintiendo todos los ojos en mí desde todos los rincones de la calle, con la cabeza inclinada, mis mejillas ya rojas, mi caminar ensimismado, no pude evitarlo. Cuando intentas no mirar algo, eso significa que deberías desviar la vista para no mirar ese algo. Pero en lugar de ello miré todos los ojos que temía que me estuviesen mirando, y entonces los vi. De hecho, me detuve por un instante, y alguien chocó contra mí por detrás. Fue solo por un segundo y seguí andando, pero vi lo suficiente. Ella y él sentados a una mesa junto a la ventana, sus caras de borrachos, los ojos ebrios, un beso rápido, tomados de la mano. No le dije nada a mamá al respecto porque, bueno, ella y papá estaban tan mal en ese momento que pensé que tal vez lo supiera, y pensé también que aquella mujer era la razón, o al menos una de las razones de que las cosas estuvieran tan mal. Nunca dije que los había visto juntos, ni siquiera cuando meses más tarde papá me la presentó en aquella farsa inventada y ensayada, como si se hubieran conocido recientemente. Siempre la odié.

Regina.

Me recuerda la palabra «vagina». Y no era más que eso. Cada vez que oía su nombre, cada vez que tenía que pronunciarlo, pensaba «vagina». Hasta el punto de que una vez la llamé así. Se echó a reír y dijo «¿Qué?», pero fingió que había oído mal. Rio para sí pensando que oía cosas extrañas y divertidas.

Y ahora, aquí estoy, cara a cara con Vagina. Y tengo que pedirle que me ayude. Odio hacerlo, pero es necesario. Ella es la única pista de que dispongo, la única mujer que sabía qué pasaba en la vida de papá durante la mayor parte del tiempo, la única que tenía acceso a sus pertenencias, a sus objetos personales, a su apartamento, a la rubia que entregó las canicas en casa de Mickey Flanagan. La única que podía ayudarme a resolver el misterio. No nos abrazamos ni besamos al saludarnos, no somos viejas amigas, ni siquiera conocidas, ni siquiera enemigas. Solo dos personas que se han cruzado porque sí.

Ella trabaja en el salón de belleza contiguo a la cafetería en la que estamos, la misma peluquería que mamá y yo llevamos casi veinte años evitando. Le telefoneé desde el coche, después de la llamada de Mickey, y no sé lo que esperaba, pero había llegado con algunas conjeturas. Podría haberme dicho que no la llamara de nuevo. Podría haber declinado amablemente el encuentro, sugerido una fecha futura que iría posponiendo. No esperaba que accediera a reunirse de inmediato. Estaba a punto de tomar un café, podía encontrarse conmigo en treinta minutos. Yo no estaba preparada para eso. Veinte minutos al teléfono con Aidan, explicándolo todo, y todavía no estoy preparada.

—Realmente aprecio que accedieras a reunirte conmigo en tan poco tiempo —digo, mientras me siento y me quito la chaqueta, confusa como cuando tenía quince años de edad, de nuevo con sus ojos fijos en mí, y cuelgo torpemente la chaqueta en el respaldo de la silla—. Estoy segura de que fue una pequeña sorpresa para ti.

—Estaba aguardando a que llamases —dice, como sin darle importancia—. No, aguardando no. Esperando —añade. Lleva una chaqueta negra de punto muy larga y estira las mangas como si tuviera frío, pero no es frío lo que siente, hace un día precioso, y me doy cuenta de que está nerviosa.

—¿Por qué? —pregunto, imaginando a la esposa de Mickey Flanagan al teléfono, agarrando el auricular con ambas manos, diciéndole en voz baja y tono de urgencia: «Ella lo sabe, Regina. Sabrina sabe que estabas aquí y que nos entregaste las canicas. Y ahora mismo va a verte.»

—No lo sé —responde—. Siempre me ha parecido que tenías un montón de preguntas que hacer, y que nunca harías ninguna. Yo esperaba que llegase el momento, pero nunca llegó.

—No creo que buscase particular nada en ti, ni que quisiera hacerte preguntas —digo—. Sabía que papá estaba contigo antes de separarse, te vi en un restaurante mucho antes... —Hago una pausa para ver su reacción—. Lo pasé mal escuchando vuestras mentiras. Me daba cuenta de que los dos disfrutabais con eso.

Mis palabras suponen una sorpresa para ella, una

pequeña sacudida, y se pone muy recta en la silla. A continuación sonríe.

—¿Así que es esto de lo que se trata? ¿De hacerme saber que no te di gato por liebre? —dice como si le hiciera gracia, sin el menor asomo de disculpa o de disgusto consigo misma. No sé por qué, pero esperaba algo distinto.

—No, en realidad no —digo, y bajo la vista, añado un poco de azúcar a mi capuchino, lo revuelvo, tomo un sorbo. Me centro en mí misma—. Estoy aquí por una razón. Como sabes, hay algunas cosas que papá no logra recordar.

Asiente con la cabeza; parece realmente triste.

—Así que a veces tengo que ponerme en contacto con la gente de su vida para ver si consigo llenar los agujeros —añado.

—Ah —dice, en tono humilde ahora—. Lo que sea para ayudar.

Respira.

—¿Sabías algo sobre su colección de canicas? —pregunto.

—¿Que si sabía algo sobre qué?

—Sobre su colección de canicas. Tenía una colección. Y también jugaba a las canicas.

Niega con la cabeza, el ceño fruncido.

—No —responde—. ¿Canicas? ¿Te refieres a esas cosas con que juegan los niños? No, nunca, nunca.

Se me encoge el corazón. Había pensado que tal vez...

—¿Entregaste unas cajas en una casa en Virginia el año pasado?

—¿El año pasado? ¿En Virginia? ¿En Cavan? No, ¿por qué iba hacerlo? Hace casi cinco años que no veo a Fergus, e incluso cuando estábamos juntos estábamos más fuera que dentro de algo. Lo nuestro no fue exactamente platónico. Nos veíamos de vez en cuando, ya sabes...

No quiero saber los motivos, no necesito escucharlos, ya que están claros. Me siento muy decepcionada, solo quiero agarrar mi chaqueta y largarme. No tiene sentido seguir con esta conversación, ni terminar mi café.

Ella parece presentirlo, y se esfuerza por ser útil.

—¿Sabes una de las razones por las que Fergus y yo nos separamos para siempre? —pregunta.

—Déjame adivinarlo —respondo, con ironía—. Te engañó.

Se lo toma bien, lo que hace que no quiera echarle más basura encima, porque siento que quien ha acabado manchada he sido yo.

—Probablemente —dice—. A pesar de que esa no era la razón. Él era muy reservado. Yo nunca sabía exactamente qué estaba haciendo ni dónde. Y no porque no contestase a mis preguntas al respecto, sino porque él respondía y me daba cuenta, después de escucharlo, de que yo seguía sin saberlo. Era confuso. No sé si se trataba de algo deliberado, pero pedirle que se explicara significaba confundirlo, molestarlo, parecer una quejica, lo cual nunca he querido ser, pero él tenía la capacidad de hacer que una persona pareciera una quejica, porque en realidad nunca contestaba, nunca explicaba. No entendía por qué yo tenía que saber tanto. Y empezó a pensar que había algo malo en mí. Le pregunté si me estaba engañando. Y lo cierto es que no me importaba, no teníamos esa clase de relación, pero me molestó no obtener respuestas. Así que empecé a seguirlo. —Toma un oportuno sorbo de su té, disfrutando con la atención que pongo a cada una de sus palabras—. Y muy, muy pronto me di cuenta de que no era tan emocionante como parecía. Que todo el tiempo, o al menos la mayor parte del tiempo, iba al mismo lugar.

—¿Dónde?

—Iba a un *pub*. —Enarca una ceja—. Le gustaba beber. Aburrido, ¿verdad? Tenía la esperanza de que hubiera otra persona. Lo seguí durante dos semanas. Y una vez... ¡Dios mío, fue tan divertido, a punto estuvo de descubrirme!

Se echa a reír y advierto que se prepara para una larga charla. Pero no tengo tiempo.

Termino mi capuchino.

—Regina —digo, y no puedo evitar oír la palabra «vagina» en mi mente—. ¿A qué *pub* iba?

Se da cuenta de que no estoy aquí para escuchar sus historias de detectives sobre el comportamiento de mi padre. Retoma la actitud en que estaba cuando entré. Aburrida. Infeliz. Decepcionada con que su vida no esté a la altura de todo lo que podría haber sido. A la espera de personas a las que quiso en el pasado: para que aparezcan y pongan emoción en su vida, para hacer que se sienta poderosa.

—Uno de Capel Street.

—Mi padre no era un alcohólico —digo, aunque no estoy muy segura de ello. No conozco su vida al dedillo, pero creo que algo así lo habría sabido, ¿no?

—Oh, lo sé. —Se ríe, y me siento estúpida, mis mejillas arden—. Mi padre sí que lo era, y, créeme, no podría pasar ni dos minutos con uno. Pero tenían algo en común. Fergus mentía sobre la mayoría de los lugares a los que iba. Acerca de visitar a su madre, de ir al *pub*, de ir a ver un partido, de asistir a reuniones o de estar ausente durante un fin de semana. No mentía porque fuera a un lugar más emocionante o más atrevido, o con otra mujer. La vida a la que escapaba no era para nada exótica. Se quedaba sentado en un bar. Ni siquiera tenía que mentirme, yo no trataba de controlarlo.

—Se inclina, las manos juntas, los ojos brillantes como si estuviera disfrutando de cada momento de la revelación—. Sabrina, tu padre mentía todo el tiempo. Mentía porque quería, porque le gustaba, porque de algún modo le excitaba. Mentía porque esa es la clase de persona que eligió ser, y el tipo de vida que eligió vivir. Y eso es así.

—¿Cuál era el nombre del *pub*? —le pregunto, negándome a creer su explicación. Sé que papá mentía, pero lo hacía por una razón. Y quiero averiguar cuál era.

Parece como si estuviera tratando de decidir si me lo dice o no, como un gato jugando con un ratón a un último juego conmigo antes de que no vuelva a verme jamás.

—The Marble Cat —dice finalmente.

—Aidan —digo en voz alta, sacando el vehículo de mi plaza de aparcamiento.

—¿Cómo estás? —pregunta.

—Me he reunido con Regina —digo con confianza, y siento que estoy volando.

—¿Con Vagina? No pensé que te gustaría hacerlo. Creía que esa mujer te producía pesadillas.

—Ya no —respondo con confianza—. Ya no.

—Entonces, ¿adónde vas ahora? —pregunta.

—A un *pub* en Capel Street. The Marble Cat. Creo que estoy cerca de algo.

—Está bien, cariño, está bien —dice al cabo de una pausa—. Si piensas que va a ayudar.

Suena tan incierto, parece tan nervioso y con tanto miedo de expresarlo que nos echamos a reír.

17

Jugar a las canicas

Dar coles

Estoy tumbado sobre una manta de pícnic, aunque todavía puedo sentir el suelo debajo de mí, las piedras y los agujeros. Me estoy asando en mi traje. La corbata desanudada, las mangas subidas hasta los codos, las piernas como si me ardiesen dentro de mis pantalones negros, bajo el caluroso sol de verano. Hay una botella de vino blanco junto a nosotros..., bueno, media, y no creo que consigamos regresar a la oficina. Es viernes por la tarde y, como de costumbre, el jefe difícilmente vuelva tras el almuerzo. Fingirá que está en una reunión, pero en lugar de eso estará en el Stag's Head bebiendo Guinness, pensando que nadie lo sabe.

Estoy con la chica nueva. Es nuestro primer viaje de ventas juntos, a Limerick. La estoy ayudando a establecerse, aunque ahora mismo está a horcajadas sobre mí y poco a poco va desabotonando su blusa de seda color salmón. Yo diría que la he ayudado a establecerse muy bien. Nadie nos verá, insiste, aunque no sé cómo puede estar tan segura. Supongo que ha hecho esto antes, si no aquí, en algún lugar como este. No se quita la blusa, pero se suelta el sujetador sin tirantes. También se ha quitado las bragas, lo sé porque estoy acariciando el lugar donde deberían estar.

Su piel es de un color que nunca antes he visto, de un blanco tan blanco que brilla, pálido y lechoso. Me sorprende que por ahora no se fría bajo el resplandor del sol. Su cabello es rubio, pero si me hubiera dicho que es color melocotón me lo habría creído. Sus labios sí son de color melocotón, y las mejillas también. Ella es como una muñeca, una de las muñecas de porcelana de Sabrina. Frágil. De aspecto delicado. Pero no es frágil ni delicada, sino muy segura de sí misma y tiene un brillo de malicia en los ojos, y a escondidas se lame los labios mientras ve lo que quiere llevarse, y se lo lleva.

Es irónico que estemos en este campo de coles un viernes por la tarde, el día en que mi madre nos servía la sopa de col. Definirla como sopa es una exageración: era agua caliente y salada en la que flotaban unas tiras viscosas y recocidas de repollo. El dinero siempre se acababa el viernes y mamá ahorraba para el asado del domingo. El sábado estábamos abandonados a nuestra suerte, teníamos que valernos por nosotros mismos. Solíamos ir a la huerta y arrancar manzanas de los árboles, o pedíamos y molestábamos a la señora Lynch, o íbamos a robar algo en la calle Moore, pero eran muy rápidos y nos lo ponían difícil, así que no podíamos ir mucho por allí.

Es doblemente irónico que estemos en este campo de coles porque, en un juego de canicas la práctica prohibida de mover la canica más cercana al blanco se llama «dar coles», lo que significa estar engañando o haciendo trampas. Esto no es una coincidencia, por supuesto. Se lo digo, pero no le hablo de mi interés por las canicas, no, solo los hombres con quienes juego lo saben, y no hay mucho más acerca de mí. Sencillamente comparto el término con ella a medida que pasamos por esos campos de coles, yo en el asiento del acompañante. Ella ha insistido en conducir, lo que me parece muy bien, porque estoy bebiendo de la botella de vino, que de vez en cuando le paso para que tome un trago. Ella es salvaje, es peligrosa, es la que me va a meter en problemas. Tal vez sea lo que quiero. Quiero que me descubran, no quiero fingir más, estoy cansado. Tal vez la mera mención de una expresión relacionada con las canicas suponga el comienzo de mi perdición. Ella me mira cuando se lo cuento y acto seguido pisa el freno, derrama el vino, hace un giro en U y se dirige de nuevo al lugar de donde venimos. Detiene el coche frente al campo de coles, apaga el motor, se apea, coge una manta del asiento trasero y se dirige hacia el campo. Se recoge la falda para pasar por encima del murete, y veo sus muslos flacos y pálidos, y luego se ha ido.

Salto del coche y voy tras ella, botella en mano. La encuentro tendida en el suelo, boca arriba, con una sonrisa de satisfacción en el rostro.

—Quiero que me enseñes en qué consiste eso de dar coles. ¿Qué te parece, Fergus?

Bajo la vista hacia ella, bebo un trago de vino y miro alrededor. No hay nadie, los que van en los coches que pasan no pueden vernos.

—¿Sabes lo que significa?

—Me lo acabas de decir: engañar, hacer trampas.

—No, no, lo que significa exactamente es cuando se dispara desde un lugar incorrecto.

Ella arquea la espalda y extiende las piernas mientras se ríe.

—Dispara sin parar.

Me tiendo a su lado en la manta. Gina está en casa, en Dublín, en una reunión de padres y maestros de Sabrina, pero a pesar de ella, esta oportunidad que se me presenta no significa un gran desafío para mí y para mi moral. Esta chica color melocotón no es la primera mujer con la que he estado desde que me casé con Gina.

Aparte del día en que Victoria nació muerta, el día en que hice trampas al Conquistador para ganarle la canica a Angus, nunca he hecho trampas jugando a las canicas.

En el mundo de las canicas soy un hombre de palabra, un hombre perfecto que respeta la ley, pero ¿qué hay del hombre sin canicas? Toda su vida ha sido dar coles.

18

Jugar a las canicas

Bengala

—Hola —le oigo decir a una mujer que de repente se materializa a mi lado, sentada en una silla. No había advertido su presencia, ni siquiera que hubiera una silla vacía, pero, de repente, aquí está ella.

El sol ha vuelto y se ha acabado el eclipse; todo el mundo se ha quitado las gafas, yo también, aunque tampoco recuerdo haberlo hecho. Me siento como mi madre en sus últimos años, despistada y olvidadiza, cuando antes siempre estaba al corriente de todo. Ese aspecto de hacerse viejo no me gusta, siempre me he enorgullecido de mi memoria. Tenía buena cabeza para los nombres y las caras, podía decirte dónde y cómo había conocido a alguien, dónde nos encontramos por primera vez, la conversación que mantuvimos y, si era una mujer, qué ropa llevaba puesta. Ahora mi memoria funciona, pero no siempre. Sé que es producto de la edad y que el ictus isquémico también pudo contribuir, pero al menos estoy aquí, atendido, no en el trabajo, donde tengo que recordar cosas y soy incapaz de hacerlo. Lo sé, a todo el mundo le pasa, pero no me gusta.

—Hola —le digo cortésmente.

—¿Estás bien? —pregunta—. Me he dado cuenta de que pareces un poco molesto. Espero que no recibieras una mala llamada telefónica.

Miro y veo que todavía tengo el teléfono móvil en la mano.

—No, no en absoluto. —Pero ¿he hablado con alguien? ¿Con quién? Piensa, Fergus—. Era mi hija. Estaba preocupado por ella, pero se encuentra bien. —No consigo recordar de qué hablamos, y después me perdí en un sueño, pero mi sensación es que se encuentra bien—. ¿Por qué crees que estaba triste? —pregunto.

—Corrían lágrimas por tus mejillas —responde en voz baja—. Me senté aquí porque estaba preocupada. Puedo irme si quieres.

—No, no —digo rápidamente, porque no me gustaría que se fuera. Trato de recordar por qué me entristecí tanto hablando con Sabrina. Veo a Lea, que me está mirando, preocupada, y luego miro hacia el cielo y recuerdo la luna, las canicas en miniatura que encajarían en sus hoyuelos y a continuación recuerdo la canica en la nariz de Sabrina y le cuento a la dama en cuestión la historia. Me río, imaginando a Sabrina con dos años, las mejillas rojas, la cara redonda, terca como una mula. No a todo y a todos. Debería emplear esa palabra ahora, corriendo siempre detrás de tres chicos todo el tiempo.

La mujer a mi lado abre mucho los ojos, como si tuviera miedo de algo.

—Oh, no te alarmes —digo—. Recuperamos la canica. Ella está bien. Es solo eso... la historia de una canica... Si tú...

Parece desconcertada.

—¿Tienes alguna otra historia sobre canicas? —quiere saber.

Sonrío, divertido; es una pregunta rara, pero ella es muy amable por mostrar interés. Busco en mi cerebro historias de canicas. No recuerdo ninguna, pero me gustaría hacerlo, y ella parece dispuesta a hablar. Ahí está otra vez, la neblina, las persianas de mi mente firmemente bajadas. Y suspiro.

—¿Creciste entre canicas de niño? —añade. Y entonces aparece un repentino recuerdo. Vuelvo a sonreír.

—Te diré lo que sí recuerdo: crecer con mis hermanos. Éramos siete, y mi madre, que era una mujer dura, creó lo que llamaba el frasco de penalización de canicas. Cada vez que alguien decía un taco tenía que meter una canica en el frasco, lo que en nuestra casa era el peor castigo posible. Todos estábamos locos por las canicas. —¿Lo estábamos? Sí, lo estábamos. Me río—. Recuerdo a mi madre poniéndonos en fila en la habitación, con una cuchara de madera en la mano y apuntándonos a la cara: «Si uno de vosotros suelta un puto taco, tendrá que poner una de sus putas canicas aquí. ¿Entendido?» Bueno, claro, ¿cómo podíamos mostrarnos serios al oír eso? Hamish se echó a reír, luego yo. Después el resto. No recuerdo a Joe allí, cerca de nosotros, tal vez porque aún no había nacido, o porque era muy pequeño. Y eso fue todo; no había pasado un minuto de su creación y ya había seis canicas en el frasco. Eran nuestras menos queridas, por supuesto, todas astilladas y rayadas, pero Mami no tenía ni idea. Y a pesar de ello nos sabía mal, sobre todo a mí, verlas en un estante, fuera de nuestro alcance, sin poder tocarlas.

—¿Qué hizo tu madre con ellas? —pregunta, con los ojos brillantes como si estuviera al borde de las lágrimas.

La estudio un poco.

—Tu acento. Es peculiar.

Se ríe.

—Muchas gracias.

—No, no en el mal sentido. Es agradable. Es una mezcla de algo.

—Alemania y Cork. Me mudé aquí con veinte años.

—Ah.

Miro sus manos. No veo ninguna alianza, pero sí un anillo que parece de compromiso. No para de darle vueltas en el dedo.

Advierte que la observo y deja de juguetear con él.

—¿Qué hizo tu madre con el frasco de las canicas? ¿Pudisteis recuperarlas?

—Debíamos ganarlas. —Sonrío—. Cada mes teníamos la oportunidad de recobrarlas. Uno las ganaría todas. Se trataba de un juego, aunque no creo que mamá lo viera de esa manera. No me hubiera sorprendido que algunos de nosotros juraran un par de veces más a propósito, solo para subir las apuestas del juego. Teníamos que ayudar en casa. Lavar los platos, limpiar, y luego mamá decidía quién merecía ganar.

—Polémico —dice, y se ríe.

—Lo era. Tuvimos algunas trifulcas en aquellos días. A veces no valía la pena ganar si luego acababas devolviéndolas. Pero si uno lograba aguantar, eran tuyas.

—¿Ganaste alguna vez?

—Siempre.

Se echa a reír. Es una risa musical.

—Cada día durante los primeros meses —prosigo—. Mamá me daba una nota. Yo debía llevarla a la farmacia, y allí me entregaban una bolsa de papel que debía llevar de vuelta a casa. Nunca supe qué contenía hasta que mis hermanos me explicaron que compresas femeninas. Se cebaron tanto conmigo que nunca hice nada más para ayudar en casa.

—Y perdiste las canicas.

—No, las mías no. Me di cuenta de que simplemente bastaba con no decir tacos delante de mamá.

Los dos reímos.

—Hemos hablado antes —digo, dándome cuenta de repente.

—Sí —responde, intentando ocultar una sonrisa triste—. Varias veces.

—Lo siento —me disculpo.

—Está bien.

—¿Has venido a ver a alguien? —pregunto.

—Sí.

Nos quedamos en silencio, pero es un silencio cómodo. Ella se ha quitado los zapatos y veo que tiene unos bonitos pies, con las uñas pintadas de un rosa brillante. Juguetea con su anillo.

—¿A quién? —pregunto.

Al gruñón de Joe seguro que no, nunca la he visto con él. Tampoco a Gerry ni a Ciaran ni a Tom. Ni a Eleanor ni a Paddy. De hecho, no recuerdo haberla visto hablar con nadie que no sea yo o las enfermeras. Aunque mi recuerdo no cuenta mucho. Últimamente, sobre todo.

—Nunca me has preguntado eso antes. Nunca me has preguntado a quién visito.

—Lo siento.

—No te preocupes.

—Has venido a verme a mí, ¿verdad?

—Sí.

Le brillan los ojos, está casi sin aliento. Es hermosa, de eso no hay duda, y la miro con detenimiento, sus ojos verdes... Algo en mi mente se agita, y a continuación se detiene de nuevo. Ni siquiera sé su nombre. Preguntárselo ahora sería una grosería por mi parte, porque ella me mira íntimamente. Sigue jugueteando con su anillo, baja la vista. Lo miro más de cerca.

Lleva lo que parece ser una canica incrustada en una tira de oro, una base clara transparente con una cinta de pinceladas de colores brillantes y el centro blanco. Es una canica hecha a máquina de Alemania. Lo sé instintivamente. Sé esto y no otra cosa. No es de extrañar que ella me pregunte sobre canicas. Está fascinada con ellas.

—¿Te he contado la historia del frasco de canicas? —pregunto.

—Sí —responde suavemente, con una gran sonrisa.

—Lo siento.

—Deja de decir lo siento. —Pone una mano, la que tiene el anillo, sobre la mía. Su piel es suave y cálida. Otro gran revuelo en mi interior—. Aquí nunca me la has contado, creo.

Tengo mi dedo sobre sus dedos y sobre la canica.

Se le llenan los ojos de lágrimas.

—Lo siento —dice, desviando la vista.

—No lo sientas. Olvidar es muy frustrante, pero que a uno lo olviden debe de ser mucho peor.

—No siempre olvidas, y esos son los días más maravillosos —dice, y veo una mujer dulce que se aferra a la menor esperanza.

—Bengala —digo de repente, y da un respingo—. Así es como se llama esta canica.

—Así es como me has llamado a veces, Fergus —susurra—. ¿Qué está sucediendo hoy? Es maravilloso.

Volvemos a guardar silencio.

—Yo te amaba, ¿verdad? —pregunto.

Los ojos se le llenan otra vez de lágrimas, y asiente.

—¿Por qué no me acuerdo? —se me quiebra la voz y me invade un profundo sentimiento de frustración. Quiero levantarme de la silla de ruedas y correr, saltar, moverme, para que todo sea como antes.

Ella toma mi barbilla con una mano, me hace girar la cara y me mira con calidez. Entonce recuerdo el rostro de mi madre cuando me llamaron un día en que ella creía que yo había muerto, y pienso de pronto en los gorilas y en un *pub* en Londres y en un hombre llamado George que me llamó Paddy y me regaló una canica checa, y en ver a Hamish muerto. Todo en un instante.

—Fergus —dice, y su voz me trae de vuelta, calmándome—. No me preocupa el que no te acuerdes de mí. No estoy aquí para recordarte nada. El pasado es el pasado. Acabas de alentar mi esperanza en que te vuelvas a enamorar de mí, por segunda vez.

Sonrío, sereno; lo que acaba de decirme es precioso. No conozco a esta mujer y, al mismo tiempo, lo sé todo sobre ella. Quiero amarla y que me ame. Tomo su mano, la del anillo, y la sostengo bien apretada entre las mías.

19

Jugar a las canicas

Remolinos

Llego a casa desde el aeropuerto hecho polvo, pero la sensación de júbilo sigue en lo más alto, la adrenalina corre por mis venas tras la noche de fiesta precedida de un vuelo temprano por la mañana para volver a tiempo para la fiesta del decimotercer cumpleaños de Sabrina. Su primer año como adolescente. Gina ha dispuesto una carpa y un *catering* privado para cuarenta personas, sobre todo miembros de su familia; afortunadamente, de la mía no podía venir ninguno. O por lo menos eso es lo que le dije a Gina. Solo después invité a Mami, pero a Mattie acaban de operarlo del corazón y ella no quiere apartarse de su lado. A Gina no le importa; de hecho, creo que se alegra. En cualquier caso, no le sorprendió, porque no es nada nuevo. No somos los hermanos más unidos del mundo. Lo éramos hasta que conocí a Gina; luego me alejé de mi familia, siempre pensando que mi esposa era demasiado buena para ellos. Después de dieciséis años estoy empezando a darme cuenta de que fue una idea estúpida: hay ocasiones en las que me gustaría que estuviesen aquí. Por ejemplo cuando Sabrina hace o dice algo gracioso. O cuando el camarero tropieza, o un amigo de Gina dice algo y solo yo advierto que es un idiota redomado. Sé que ellos coincidirían conmigo, y a veces echo de menos su compañía. Puedo imaginar a Duncan haciendo un chiste; la intensidad de Angus, la forma en que se hizo cargo de mí tras la muerte de Hamish, como si supiera algo, como si supiera que tenía que hacerlo. Recuerdo el encanto del pequeño Bobby, al que llamábamos nuestro «cebo para nenas» por su capacidad para atraer a las chicas. Pienso en Tommy vigilando a Bobby todo el tiempo, sin dejar de mirar si había babosas y caracoles en su camino, y en Joe el bebé, el que vino después de que perdiéramos a Victoria: el sensible Joe, que nos miraba a Angus, a Duncan y a mí como si fuéramos de otra familia, no de la suya, incapaz de conectar del todo con nosotros, ya que nos fuimos de casa cuando él todavía era niño. El pobre escuchaba historias de los vecinos sobre Hamish y pensaba en él como en un monstruo, el hombre del saco: si no tenía cuidado, Hamish vendría a por él; si no tenía cuidado, acabaría como Hamish. Hamish, el fantasma en nuestra casa, que siempre estuvo ahí, durmiendo en nuestra habitación, comiendo en nuestra mesa; ecos de él en cada habitación individual, sus energías repartidas por cuanto nos rodeaba, presentes en todos nosotros.

No hablábamos así de él, sin embargo, ni siquiera Mami. Hamish era divertido, Hamish era fuerte, Hamish era valiente. La mejor manera de ser lo mejor que uno puede ser es estar muerto. Mami mimó demasiado a Joe, lo hizo un blando. No de una manera dulce, como sucede con la mayoría de los hermanos menores, sino de una manera que lo convirtió en un tipo preocupado, frágil, convencido de que necesitaba que alguien se ocupe de él. Mami tenía miedo de que se hiciera daño, de perderlo, de que enfermara, de que muriese en cualquier momento. Está demasiado oscuro ahí fuera, llueve mucho, hace demasiado calor, está demasiado lejos, es demasiado tarde, es demasiado pronto... No, Joe, quédate con Mami y estarás bien, así de simple. Es un ser angustiado, serio, piensa en todo veinte veces antes de pensarlo de nuevo. Debe sentirse seguro. Tiene novio y vive con él en un apartamento nuevo en los muelles, finge que no es así, va siempre con una taza de café y un maletín. Lo veo a veces si estoy conduciendo por la ciudad por la mañana. A Gina le gustaría Joe, y lo cierto es que las cosas le van bien, trabaja en algo que tiene que ver con ordenadores, pero a Joe no le gusto. Los echo en falta a veces, cuando menos me lo espero, pero me alegro de que no estén aquí hoy. Sabrina me saluda en la puerta, parece feliz, lleva demasiado maquillaje y una falda demasiado corta, con tacones por primera vez. Deja que se le resbale el tirante del vestido, mostrando el del sujetador, el nuevo, el que Gina le compró hace unas semanas. No tiene buen aspecto, o eso me parece, ni siquiera para mí, y eso que soy su padre y se supone que, cegado por el amor paterno, debo pensar que es perfecta en todo. Hoy no. Es un almuerzo de cumpleaños, no hace buen tiempo para ser abril: es un día gris y Sabrina parece vestida para una fiesta en un jardín de España. La tela de su falda es casi transparente, una seda barata, y Sabrina tiene la piel de gallina.

Cuando me sonríe veo una boca llena de metal y el corazón me da un vuelco. Mi torpe y bella hija se ve mejor en pijama y con la cara cubierta de crema, acurrucada en el sofá y viendo *Friends*, que así.

—Estás horrible —dice, y me abraza. Me quedo rígido. Si ella me ve así, entonces Gina también lo hará. Me va a analizar, a diseccionar, me formulará mil preguntas paranoicas con sus garras clavadas en mí, y voy a tener que negarlo todo. Debo tomar una ducha antes de que ella me vea. Puedo oírla en la cocina, ocupada hablando de cócteles de gambas, su voz se eleva sobre todas las demás. La marquesina se ha apoderado de nuestro pequeño jardín trasero, la han pegado a la pared del jardín, de modo que una esquina del techo del cobertizo está unida a la tela; parece que en cualquier momento va a perforarla y también el cráneo de alguien con ella. Gina está muy guapa, como siempre, aun después de todo este tiempo, y habla y da indicaciones a todo el mundo, como si viviera en la zona más exclusiva de Hollywood. Lo que no es el caso. Jamás pude darle lo que sé que deseaba, que era la clase de vida con que se crio. Ahora que Sabrina tiene trece años, está hablando de ponerse a trabajar. No creo que lo haga, de hecho, sé que es un farol, como si de ese modo quisiera decirme: «No me estás dando lo que necesito. No ganas lo suficiente.»

Voy a tener que sentarme en esa especie de tienda de campaña las próximas horas escuchando cómo la gente me pregunta: «¿Qué estás haciendo ahora, Fergus?» Como si cambiara de trabajo más rápido que de ropa interior. Es cierto que he dado algunos tumbos, pero creo que ahora tengo algo bueno de verdad. No soy el mejor del mundo gestionando mi dinero, lo sé, pero ya le he puesto remedio. Soy un buen vendedor, excelente, de hecho, y creo que me viene de los tiempos de la carnicería de Mattie, cuando hice todo lo posible por dejar de limpiar entrañas y otros trabajos que nadie más quería hacer. Empecé a estudiar cómo conseguir mejor carne y a asesorar a Mattie sobre la mejor forma de venderla. Y funcionó. Rápidamente me encontré saliendo de la trasera de la carnicería y yendo arriba, a la oficina, para centrarme en las ventas. Luego, cuando me casé con Gina, sentí que era hora de dejar a Mattie, aplicar mis conocimientos prácticos en otro lugar, lo que hice con mucho éxito. Teléfonos móviles, hipotecas, y ahora un amigo me quiere contratar para su nueva empresa. Solo hay que entender cómo funcionan los mercados, que es lo que yo hago. Que no sea bueno gestionando mi propio dinero no significa que no soy bueno en ganarlo para otras personas. Para convencer a la gente de que debe creerme solo necesito un título. Me he inscrito en un curso nocturno en la ciudad, dos veces a la semana, y me convertiré en un inversionista de riesgo del que fiarse.

—¿Qué hay ahí? ¿Mi regalo? —pregunta Sabrina, e intenta coger la bolsa que llevo en la mano, pero tiro de ella bruscamente—. Lo siento —dice, repentinamente seria, con un poco de miedo, y retrocede.

—Lo siento, amor, yo no quería, yo solo...

Oculto la bolsa a la espalda. Tengo que esconderla en algún lugar, rápido, antes de que Gina me pregunte lo mismo. Una noche fuera y ella estará en su elemento con todas sus paranoias.

Subo corriendo a la habitación de invitados, que también utilizo como oficina. Por lo que veo, mi suegra se queda a dormir: hay una multitud de velas, flores, champú, gel de ducha, todo lo necesario para pasar la noche; solo le falta una caja de bombones sobre la almohada. Pongo la silla de escritorio contra el armario y me subo a ella. Las canicas están en la parte superior, al fondo del armario. Apenas consigo alcanzarlas porque las he escondido bien, y ahí es exactamente donde voy a meter esta bolsa hasta que tenga tiempo para vaciarla.

Oigo pasos en la escalera y no puedo conseguir meter la bolsa lo bastante rápido. Estoy empujando, pero en vano. Si hubiera usado el sentido común habría sacado los objetos en cuestión por separado, pero soy presa del pánico. Estoy sudando, puedo oler el aroma de café negro en mis axilas, sentir cómo el alcohol se filtra por mis poros tras una noche de farra. Cierro el armario y bajo de un salto de la silla, con la bolsa de viaje todavía en la mano. La silla sigue al lado del armario.

Se abre la puerta.

Gina me mira de arriba abajo. Lo sé, lo siento en mis entrañas, más que nunca, y eso que hemos estado cerca un montón de veces, pero sé que ha llegado el momento.

—¿Qué estás haciendo?

—Solo quiero comprobar algo para el trabajo. —Estoy sudando, atenazado por el pánico, que intento controlar por todos los medios.

—Para el trabajo —repite. Su rostro adopta una expresión feroz. Nunca la he visto así—. ¿Dónde te quedaste a dormir anoche?

—En el Winchester —respondo.

—¿En qué zona?

—En King's Cross.

—El Foro Estratégico de Tecnología —dice.

—Sí.

—Sí, eso es lo que pensé que me habías dicho. De modo que llamé. Buscándote. No había ninguna reserva en ese hotel a tu nombre, ni ningún foro. Nada. A menos que te hayan invitado a una boda india, Fergus, no estabas en ese hotel. —Mientras habla, advierto que está temblando—. Estabas con una de esas putillas que frecuentas, ¿verdad? —me dice.

Nunca me ha acusado así antes.

Al menos directamente. Muchas veces lo ha dado a entender con preguntas e incertidumbres, pero nunca lo había dicho tan a las claras. Me hace sentir asco, no solo por la forma en que me mira, sino por los sentimientos que despierto en ella, por el modo en que queda reducida a esta versión de una mujer que nunca he conocido. Se acabó, se acabó, me tiene contra las cuerdas. ¿Me rindo? No, yo nunca me rindo. No sin pelear. Venga, un intento más.

—No, Gina, mírame... —La tomo de los hombros—. Yo estaba allí, la conferencia fue en otro hotel. La reserva no estaba a mi nombre porque en el trabajo las reservas se hacen a través de una agencia de viajes y es probable que la hicieran a nombre de otro. No sé cuál, pero puedo averiguarlo. —Lo digo con un tono demasiado agudo y débil, se me quiebra la voz. Cuando se trata de canicas, uno nunca tiene que hablar, la voz no puede delatarte.

—Quítame las manos de encima —dice en voz baja y tono amenazador—. ¿Qué hay en esa bolsa?

Trago saliva.

—No puedo... Nada.

La mira y me temo que de un momento a otro va a agarrarla, a abrirla, a revelar la verdad. Gina tiene razón, yo no estaba en el Winchester. No asistía a ningún foro. Me alojaba en el Greyhound Inn, Tinsley Green, en West Sussex, y no estaba con otra mujer. Es donde he estado los últimos cinco años, por esa misma fecha, durante el Campeonato Mundial de Canicas. En mi bolsa hay dos trofeos, el primer trofeo que he ganado con mi equipo, y el segundo es por ser el mejor jugador individual. El equipo se llama los Remolinos Eléctricos. Remolinos, porque remolino es el nombre que reciben las canicas de base transparente y pinceladas opacas de la empresa Christensen Agate. Eléctricos, porque los remolinos Christensen Agate son mucho más brillantes que las canicas producidas por cualquier otro fabricante, siendo las más raras las de color melocotón. Bauticé así al equipo por una canica que compré después de aquel escarceo amoroso en el campo de coles. La canica me recordaba su piel, su cabello y sus labios color melocotón, así como aquel momento en el campo de coles cinco años antes, y un recordatorio de que mi vida de aficionado a las canicas era mi secreto, mi manera de hacer trampas. Poner ese nombre al equipo era un modo de nombrarme a mí mismo con una mezcla de orgullo y odio, de reconocimiento y afirmación de lo que soy: un tramposo con un título que quería ir más allá en su doble vida como jugador de canicas. Fue un éxito instantáneo de cuyo significado real mis compañeros de equipo no tenían ni idea. El mundo de las canicas no es diferente del de las personas: también tiene sus reproducciones y falsificaciones, y los remolinos eran un intento de imitar las piedras cortadas a mano. Gina es mi piedra cortada a mano, siempre lo fue y siempre lo será, mientras que aquella amante con la que «hice coles» y yo no éramos más que remolinos, y ambos lo sabíamos.

Gina, en definitiva, no tiene ni idea, estoy seguro. Mis cinco compañeros de equipo, todos hombres, no saben nada de mi vida personal, salvo mi afición a las canicas y la maña que me doy, como cualquier otro hombre, para evitar toda discusión personal. Llevamos cinco años seguidos disputando juntos el campeonato mundial; esta es la primera vez que Irlanda lo ha ganado y no puedo contárselo a nadie. En el periódico de hoy publican un pequeño artículo acerca de la victoria de Irlanda, acompañado de una foto, bastante borrosa, del equipo. Deliberadamente me oculto en la parte posterior, y no hay modo de que se me reconozca. «LOS REMOLINOS ELÉCTRICOS GANAN EL TÍTULO PARA IRLANDA.» Y luego, por supuesto, se menciona a los mejores jugadores individuales, incluido yo, que anoté el tiro ganador.

La variante a la que jugamos fue la llamada Círculo, donde se colocan cuarenta y nueve bolas blancas en un círculo de un metro ochenta de diámetro, a unos diez centímetros del suelo y cubierto de arena. Las canicas miden media pulgada de diámetro y pueden ser de vidrio o cerámica. Por supuesto, preferimos las de vidrio. Dos equipos de seis jugadores obtienen un punto por cada canica que echan fuera del círculo. El primer equipo en sacar las veinticinco bolas del círculo es el ganador. Los Remolinos Eléctricos vencimos al equipo de Estados Unidos para convertirnos en los campeones del mundo; aparte del día en que nació Sabrina, fue el más grande de mi vida. Un momento que, sin duda, recordaré siempre.

¿Cómo iba a decírselo a Gina? ¿Qué podía decirle? Durante los últimos dieciséis años le he estado mintiendo acerca de una de mis aficiones. De una parte de mi vida de la que no sabe nada. Algo así cualquiera lo considera una traición, sea mujer o no. También es raro, embarazoso. Si soy capaz de ocultar un simple *hobby*, ¿qué otras cosas estaré ocultando? Me llevaría demasiado tiempo explicarlo. ¿Por qué es más fácil mentir? Porque se lo prometí a Hamish. Desde que teníamos diez años, fue nuestro secreto. Un secreto ante Mami para ocultarle nuestros trapicheos, un secreto ante los jugadores para que no se dieran cuenta de que yo era muy bueno. No sé por qué, pero me quedé ese secreto para mí, como un pacto con Hamish, una forma de estar unido a él. Somos los únicos, de todas las personas que nos importan, que lo sabemos. Solo tú y yo, Hamish. Pero Hamish ha muerto y Gina está aquí y no puedo seguir así el resto de mi vida. Se va a volver loca, ya empieza a estarlo. Siento la presión, más que nunca. Se lo diré. Será difícil, durante un tiempo no confiará en mí, pero de todos modos ya no confía. De modo que se lo diré. Ahora mismo.

—De acuerdo, voy a enseñártelo —digo, abriendo la bolsa con dedos temblorosos. Esto último me sorprende, porque ni siquiera en los instantes finales del partido más importante de mi vida me temblaban los dedos. Más aún, estaban firmes como una piedra.

—¡No! —exclama de repente, con miedo, y me detiene tendiendo una mano.

Quiero decirle que no es lo que ella piensa, aunque no tengo ni idea de qué piensa, pero no puedo hacerlo.

—No —repite—. Si dices que estabas allí, estabas allí. —Traga saliva con dificultad—. Todo el mundo llegará en quince minutos, así que vístete.

Me deja allí, con la cremallera de la bolsa abierta, trofeo metálico brillando a la vista. Ojalá hubiese mirado hacia abajo.

Más tarde, esa misma noche, me pongo la máscara de nuevo, me lavo, me visto, voy del cóctel de gambas al pollo a la Kiev, mientras el pavlova y todo su merengue espera el momento del postre. Luego voy en busca de Sabrina. La encuentro hecha un ovillo en el sofá, llorando.

—¿Qué pasa, cariño?

—John me ha dicho que parezco un pendón de esos que esperan en las esquinas.

La tomo en mis brazos, las lágrimas hacen que se le corra el maquillaje.

—No, no lo eres —digo—. Nunca vas a serlo. Pero todo esto... —Miro cómo va vestida—. Esto no va contigo, cariño, ¿verdad?

Ella niega con la cabeza, compungida.

—Recuérdalo —digo, y siento un nudo en la garganta—. Solo recuerda que siempre debes ser tú misma.

20

Las reglas de la piscina

Prohibido el calzado de calle

El Marble Cat es un *pub* elegante sobre Capel Street, con frente negro de madera y banderas de Kilkenny suspendidas de las vigas. Es acogedor, anuncia los platos del día —sopa de nabos, pan negro de cerveza Guinness y gambas de la bahía de Dublín— en una pizarra ubicada junto a la entrada, a diferencia de algunos otros que desean aislarse del mundo y de la luz. Son las cuatro de la tarde del viernes y aún no se ha llenado de trabajadores al final de su jornada, listos para descargar su estrés de cara al fin de semana. El local está dividido en el *pub* propiamente dicho y el salón. Elijo este último, siempre menos intrusivo. Tres hombres están sentados a la barra, mirando ensimismados sus pintas. Hay algunos taburetes vacíos entre ellos, no han venido juntos, pero de vez en cuando conversan. Otros dos hombres de traje toman sopa y hablan de negocios, pero aparte de ellos no hay nadie más en el local.

Detrás de la barra, un joven barman ve las carreras en el televisor. Me acerco y me mira.

—Hola —digo en voz baja, y él se aproxima—. ¿Podría hablar con el gerente, por favor? O con cualquiera que haya trabajado aquí mucho tiempo...

—Hoy el jefe ha venido. Voy a buscarlo.

Desaparece por la abertura que comunica con la zona del *pub* y al cabo de unos momentos un tipo enorme se materializa ante mí.

—Aquí está el «Marble Cat» en persona, el señor Gato de Mármol —dice uno de los tipos sentados ante la barra, volviendo a la vida de pronto.

—Hola, Spud, ¿cómo estás? —dice el hombre, moviendo la mano.

Es enorme, de más de dos metros de estatura y muy ancho. Miro entonces las paredes del local y caigo en la cuenta de quién es. Fotografías, trofeos, camisetas enmarcadas, recortes de prensa sobre las finales del campeonato de Irlanda de *hurling* cubren las paredes. Las rayas negras y amarillas de la camiseta del Kilkenny —conocido como Los Gatos, apelativo con que se denomina a cualquier luchador tenaz— dan cuenta de la razón por la que el *pub* se llama así. Puedo verlo estrellarse contra otros jugadores, *hurley* en mano, antes de que en este deporte se usaran cascos y equipos de protección. Un tipo sólido. Un hombre de mármol. Apoya los codos sobre la barra para ponerse a mi altura, y aun así resulta imponente.

—¿Tú eres Marble Cat? —le pregunto.

—Me llaman un montón de cosas —responde con una sonrisa—. Y me encanta que sea este apodo y no otros.

—¿Es que no sabes quién es este tío? —dice Spud—. Seis medallas del campeonato de Irlanda en los años setenta. El jugador estrella de Kilkenny. No hay ni habrá nadie como él.

—¿En qué puedo ayudarte? —pregunta, sin hacer caso de Spud.

—Mi nombre es Sabrina Boggs. —Espero que el nombre le diga algo, Boggs no es un apellido común, pero nada—. Mi padre está teniendo problemas de memoria y yo quería ayudarlo a llenar los vacíos. Solía venir a este *pub*.

—Pues estás de suerte, porque conozco a cada persona que entra por esa puerta, especialmente a los clientes habituales.

—*Marble* también significa «canica», ¿no? Lo digo porque él jugaba a las canicas, y pensé que por eso eligió venir aquí, pero no es un bar de canicas. —Me río de mí misma.

—A Kilkenny se la llama *The Marble City*, la ciudad de mármol —me explica amablemente—. Las calles de la ciudad estaban pavimentadas con losas de piedra caliza y en las noches de invierno húmedas brillaban. De ahí el nombre. —Apuesto a que en innumerables ocasiones se lo cuenta a los turistas americanos—. Era una piedra caliza gris muy oscura que se extraía en las afueras de la ciudad, en un lugar llamado la Cantera Negra. Entre tú y yo —añade hablando por un lado de la boca, y mira alrededor—, ese era el nombre que quería ponerle al *pub*, pero los hombres que llevan las cuentas pensaron que The Marble Cat sería mejor para nuestros bolsillos.

Sonrío.

—Pero te complacerá saber que durante un tiempo aquí se jugaba a las canicas —agrega—. Un grupo pequeño. ¿Cuál es el nombre de tu padre?

—Fergus Boggs.

Frunce el ceño de inmediato, a continuación niega con la cabeza. Mira a los hombres sentados ante la barra.

—Spud, ¿te suena un tipo llamado Fergus Boggs, que haya jugado a las canicas aquí?

—No —responde Spud de inmediato, sin apartar la vista de su pinta.

—Solía venir hará unos cinco años —explico, preguntándome si la historia de Regina será de fiar.

Advierto, sin embargo, que he despertado su curiosidad.

—Lo siento, cariño, solo teníamos un pequeño equipo de canicas aquí. Lo formaban Spud, Gerry —los señala con un movimento de la cabeza—, y otros tres chicos. Pero no recuerdo a ningún Fergus.

—¡Enséñale el rincón de las estrellas! —grita Spud con orgullo.

Marble Cat se ríe y rodea la barra. Erguido, me saca más de dos cabezas.

—Te voy a enseñar el lugar —dice—. No creo que Spud quiera que te muestre mis paredes de la fama, pero ahí está el rincón de los Remolinos Eléctricos.

El que no hayan oído hablar de papá me produce cierta decepción, pero lo sigo hasta el rincón. Spud salta de su taburete y se une a nosotros.

Junto a la pared hay una vitrina de cristal que contiene dos trofeos.

—Este es de cuando ganaron el Campeonato Mundial de Canicas —dice Marble Cat mientras busca en los bolsillos sus gafas.

—En 1994 —interviene Spud de inmediato—. En abril.

Marble Cat hace un gesto.

—El segundo trofeo es para el mejor jugador individual. Spud no lo ganó, eso te lo puedo decir sin necesidad de gafas —bromea.

—Y aquí, un recorte en el que hablan de nosotros —apunta Spud, señalando un recorte de periódico enmarcado, y me acerco para ver la fotografía.

—Si la miras de cerca verás que Spud todavía tenía pelo —dice Marble Cat.

Me acerco, para mostrarme educada. Sigo la línea de arriba y de repente el corazón me da un vuelco.

—Ese es mi padre. —Le señalo en medio del grupo.

Marble Cat se las arregla para localizar las gafas y acerca su rostro al recorte enmarcado. Luego, de repente, exclama:

—¡Hamish O'Neill! ¿Ese es tu papá?

—No, no. —Me río—. Su nombre es Fergus Boggs. Pero es él. Definitivamente es él. Oh, Dios mío, míralo, está tan joven.

—Es Hamish O'Neill —insiste Marble Cat, señalando la cara de papá con su dedo gordo—. Y era un habitual. Claro que lo conozco bien.

Spud también se acerca.

—Es Hamish —corrobora, y me mira como si estuviese ante una mentirosa.

Estoy sorprendida. Abro la boca, pero no emito sonido. Mi mente se acelera, demasiadas preguntas, estoy muy confusa. Estudio la foto para comprobar si en efecto se trata de papá, tal vez esté equivocada. Fue hace casi veinte años, quizás es alguien que se le parece. Pero no, es él. ¿Están jugando conmigo? ¿Me están gastando una broma? Los observo, y sus caras son tan serias como la mía.

—Dice que Hamish es su padre. —Marble Cat mira a Spud, excitado. Su voz resonando en el *pub*, de modo que los dos hombres de traje pueden escucharlo.

—La he oído.

Spud entorna los ojos.

Marble Cat se echa a reír.

—¡Gerry! —llama—. ¡Ven! ¿A que no sabes quién está aquí?

—¡Lo sé, y no pienso ir hasta que se disculpe! —grita un hombre de mal humor.

—Pues pasará mucho tiempo antes de que eso ocurra —responde Spud.

—Olvida vuestra disputa por unos minutos —grita ahora Marble Cat—. ¿Cuánto tiempo ha pasado ya, un año? —Se acerca a la barra en tres zancadas, y grita a través de la puerta que conduce desde el salón al *pub*—: ¡La hija de Hamish O'Neill está aquí!

Oigo risas y unas cuantas maldiciones. Al cabo de un instante Gerry se presenta, cerveza en mano, vistiendo tejanos descoloridos y chaqueta de cuero. Unos pocos parroquianos lo han seguido para echarme un vistazo.

—¿Hamish es tu padre? —me pregunta uno de ellos.

—No. Se llama Fergus Boggs... —digo en voz baja.

Marble Cat advierte finalmente que estoy verdaderamente molesta y trata de calmar los ánimos.

—Ya vale, ya vale, venid aquí. —Me conduce hasta la mesa más cercana—. ¡Dara! —grita como si estuviera de nuevo en el terreno de juego—. ¡Trae a esta mujer algo de beber! Lo siento —añade, mirándome—. ¿Cómo has dicho que te llamabas?

—Sabrina.

—¡Tráele a Sabrina una bebida! —grita, y luego, más tranquilo, me pregunta—: ¿Qué quieres beber?

—Agua, por favor.

—Pide algo más fuerte; me parece que lo necesitas.

Sí, siento que lo necesito, pero tengo que conducir.

—Pues agua con gas.

Todos se echan a reír.

—Igual que su padre —dice Gerry, uniéndose a nosotros, mientras que los otros hombres se escabullen hacia la oscuridad de donde han venido—. Nunca bebía cuando jugaba. Decía que afectaba a su puntería.

Ríen de nuevo.

—Gerry, llama a Jimmy, que le encantará ver esto —dice Marble Cat.

Trato de protestar, no es necesario invitar a más gente, ya me siento abrumada y mareada, pero me hablan como niños excitados. Spud comienza a explicarme cómo su equipo, los Remolinos Eléctricos, ganó el campeonato por un tiro. Describe la escena, la tensión entre los americanos y los irlandeses, y luego me cuenta cómo papá realizó el lanzamiento que les dio la victoria. Están hablando entre ellos, interrumpiéndose, debatiendo; Gerry y Spud son absolutamente incapaces de ponerse de acuerdo en nada, ni siquiera en un detalle tan nimio como el tiempo que hacía, y mientras los escucho me siento aturdida, pensando que todo esto debe de ser un error, un malentendido. Seguro que están hablando de otro hombre. ¿Por qué papá se hacía llamar Hamish O'Neill? Entonces llega Jimmy, veinte años mayor y con menos pelo que en la fotografía, pero lo reconozco. Me estrecha la mano y se sienta. Parece más tranquilo y quizás un poco aturdido, después de que lo trajesen de donde estuviera.

—¿Dónde está Charlie? —pregunta Spud.

—De vacaciones con su señora —me explica Gerry, como si yo supiese quién es Charlie, como si tuviera que saberlo; él también aparece en la fotografía, es un miembro de los Remolinos Eléctricos.

—Peter falleció el año pasado —dice Marble Cat.

—Cáncer de hígado —apunta Gerry.

—De intestino —lo corrige Spud, dándole un codazo en las costillas, lo que hace que Gerry derrame su bebida, y ya empiezan de nuevo.

—Chicos, chicos... —dice Marble Cat, tratando de calmarlos.

—Me gusta más cuando estos dos no hablan —dice Jimmy.

Sonrío.

—¿Así que eres su hija? —me pregunta Jimmy—. Bueno, es un placer conocerte.

—Dice que su nombre era Fergus —interviene Gerry con entusiasmo, como si el nombre de mi padre fuera el más exótico que jamás haya escuchado—. Os lo dije, chicos. Siempre lo supe. Algo no encajaba. Spud siempre dijo que era un espía, que mejor no preguntarle nada si no queríamos que nos matasen.

Se ríen, todos salvo Jimmy, y Spud me mira con seriedad.

—Yo lo creía de veras. ¿Era un espía? Apuesto a que sí.

Los otros tratan de calmarlo, y empiezan a discutir.

—Recordad la vez que dijo que...

—¿Y la vez que hizo...?

Hasta que finalmente se callan y me miran.

Niego con la cabeza.

—Se dedicaba a un par de cosas... —digo—. Era comercial. —Trato de pensar en todo lo relacionado con él, para demostrar que lo conozco—. Empezó trabajando en la industria cárnica, y después en telefonía móvil, hipotecas... —Mi voz suena como si viniera desde muy lejos, ni siquiera confío en mis conocimientos. ¿Eran trabajos de verdad o todo era mentira?

—Oh, sí, comercial, lo he oído antes —dice Spud, y le mandan callar como si fuera un niño.

—Su último trabajo fue como vendedor de coches. Mi marido le compró uno —digo, patéticamente feliz de que al menos en una cosa fuera lo que afirmaba ser.

Gerry se ríe y da una palmada en la espalda a un sorprendido y decepcionado Spud.

—Deberías verte la cara —dice.

—Pues habría jurado que era un espía —insiste Spud—. Era un tipo muy astuto. Su mano derecha nunca sabía lo que estaba haciendo la izquierda.

—Vamos —dice Jimmy en voz baja, y conscientes de pronto de mi presencia, y de que todo esto es nuevo para mí, guardan silencio.

—¿Cuándo fue la última vez que lo visteis? —pregunto.

Se miran unos a otros.

—Hace unos meses —dice Gerry.

—No —lo rebate Spud—. No lo escuches, es incapaz de recordar qué ha tomado de desayuno. Fue antes. Hace más de un año. Con esa mujer.

Mi corazón late cada vez más rápido.

—Se lo veía tan enamorado. —Spud sacude la cabeza—. En todos esos años nunca nos presentó a nadie, y un día, de repente, aparece con una mujer. Rubia. ¿Cómo se llamaba?

—Era alemana —apunta Gerry.

—Sí, pero ¿cómo se llamaba?

—E irlandesa —añade Gerry—. Con un acento curioso. Una mujer curiosa. —Reflexiona por un instante—. Seguro que la conoces...

—No. —Me aclaro la garganta.

—Se llamaba Cat —dice Jimmy, y todos se muestran de acuerdo en eso.

¿Cat?, ¿gato?

—Pero por lo que sabemos ella podría usar también un nombre diferente —dice Spud—. Ella podría ser una espía. Alemana.

Todos le dicen que se calle.

—¿Por qué Hamish? —me pregunta Marble Cat, acercándose—. ¿Por qué se hacía llamar Hamish O'Neill si su nombre era Fergus Boggs?

Pienso en ello, pero no encuentro nada que lo vincule a ese nombre.

—No tengo la menor idea —respondo.

Silencio.

—Solo ayer me enteré de que jugaba a las canicas —añado.

—¡Joder! —exclama Gerry—. ¿No te habló de nosotros, de los Remolinos Eléctricos? ¿Nunca hablaba de nosotros?

Niego con la cabeza.

Se miran atónitos y me siento como pidiendo disculpas en su nombre. Sé cómo se sienten. ¿Acaso no eran lo bastante importantes para él?

—Bueno, tal vez tienes razón en lo de que su mano derecha no sabía lo que hacía la otra, Spud.

—¿Has dicho que tengo razón, Gerry? ¡Vaya por Dios! ¡Y hay testigos!

—Entonces, ¿dónde está? —pregunta Gerry—. Ha pasado un año y ninguno de nosotros ha oído nada de él. No se puede decir que estemos muy contentos con él sobre eso.

—¿Cómo está? —me pregunta Jimmy en voz baja.

Respiro.

—El año pasado sufrió un derrame cerebral que afectó sus movimientos y su memoria. Desde entonces está en una clínica de rehabilitación. No nos dimos cuenta de que le había afectado tanto la memoria como creo que le sucede ahora, pero recientemente he descubierto algunas cosas sobre él que ignoraba, como lo de las canicas, y estoy bastante segura de que no consigue recordar haber jugado con ellas. Obviamente, no lo sé todo acerca de su vida para discernir qué recuerda y qué no, eso está claro... —Trato de controlar la voz—. Tenía..., tiene una gran cantidad de secretos, no sé cuándo está guardando uno y cuándo es producto de su pérdida de memoria.

Jimmy parece triste; todos lo parecen.

—No consigo imaginar que Hami... tu padre, lo haya olvidado todo sobre las canicas. Eran toda su vida —dice Gerry.

Trago saliva. Entonces, ¿quién era yo para él?

—Toda, no —lo corrige Jimmy—. No sabemos nada del resto de su vida.

—Bueno, nunca supimos ni una maldita cosa. Pero me figuraba que al menos el resto de su vida sabría algo de nosotros —dice Gerry, molesto.

—Tienes razón —digo, y sueno un poco más segura de lo que pretendo.

Se produce un silencio. Un silencio respetuoso, una especie de entendimiento mutuo que hace que me sienta incómoda. Yo preferiría que discutiesen.

—Contadme cómo era mi padre cuando jugaba a las canicas —les pido, y entonces no pueden callar.

—Sabrina —me llama Jimmy más tarde, cuando estoy fuera.

Corren lágrimas por mis mejillas y que él me vea así es la última cosa que quiero. Creía que por lo menos conseguiría llegar hasta el coche, pero no. No me siento capaz de seguir escuchando. ¿Quién era mi padre? ¿Quién es mi padre? Este hombre con el que crecí, del que todo el mundo parece pensar algo diferente. Las palabras de Regina me persiguen: «Es un mentiroso. Tan simple como eso.» Como si esa fuera la respuesta a todo. ¿Lo es? No. ¿Me duele? Sí. ¿Por qué mintió? A su propia hija. Qué estúpida me siento por dejarlo entrar en mi vida, en todos los aspectos de mi vida, incluso en los momentos en que tenía problemas matrimoniales. Siempre fue muy atento, sin embargo, aunque jamás compartió nada conmigo. Me siento usada, irritada y, peor aún, no puedo irrumpir en el hospital y ajustar cuentas con él. No se acuerda, así de simple. Qué conveniente para él. Esta diatriba silenciosa que resuena en mi mente me recuerda a mi madre. Trato de calmarme, de olvidarme de todo hasta que esté sola. Jimmy me toma del brazo y me lleva por el camino.

Nos detenemos ante una puerta, al lado de una ferretería, y Jimmy saca un juego de llaves y la abre. Lo sigo escaleras arriba hasta un piso encima de la tienda.

Es muy pequeño e imagino que debe de vivir solo, pero entonces veo un cubo lleno de juguetes.

—Para los nietos —explica cuando me descubre mirando—. Los tengo todos los viernes, cuando mi hija está en el trabajo.

Llena el hervidor de agua y lo pone al fuego. Luego me mira largamente, preocupado.

—Es difícil, lo que te está pasando —dice.

Asiento con la cabeza. Tratando de reponerme.

—Conozco esa sensación —prosigue—. Tu padre también me hizo sentir así. El día de su boda.

Capta toda mi atención, pero no hablará hasta que nos sirva una taza de té y, a pesar de quiero instarlo a hablar, sé que hacerlo sería de mala educación. He de respetar sus tiempos. Saca un plato de pastas y, por fin, dice:

—Asistí a su boda. Se trataba de mi primera cita seria con una chica que casi me gustaba, Michelle. Era dama de honor y me rogó que fuese. ¿Por qué no? Al fin y al cabo iba a haber comida y bebida gratis, pensé. De modo que fui. Iglesia parroquial de Iona. Lo recuerdo muy bien. Un templo grande, todo muy bonito. La amiga de Michelle se llamaba Gina, y se casaba con Fergus Boggs. Eso es todo lo que sabía. Me presenté allí, vestido con el traje de mi hermano, me senté. No conocía a nadie. O al menos eso pensaba, porque de repente llegó un buen amigo mío, y me alegré de que hubiese alguien conocido. Vestía con mucho estilo, llevaba un esmoquin de color azul claro. Pantalones de campana. Todos los llevábamos entonces. Caminó hasta el fondo de la nave y se quedó allí, esperando. «¿Es el padrino?», le pregunté al chico que estaba a mi lado. «¿Quién? ¿Él? No, es el novio», respondió. «¿Hamish O'Neill es el novio?» Y aquel tipo empezó a reírse. «¿Es que te has confundido de boda? Ese es Fergus Boggs.»

»Sentí que el suelo se evaporaba debajo de mí. Fue como si me hubieran dado un puñetazo en el estómago. No podía respirar. Me sentí... así, como tú ahora, probablemente, pero no fue tan malo para mí. Él no era mi padre. Pero era mi amigo. Hacía dos años que lo conocía. Hamish O'Neill. No podía entenderlo.

—¿Le plantaste cara?

—Nunca lo hice.

—¿Por qué?

—He pensado en ello. Me mantuve lejos de él por un tiempo. Fue bastante fácil, estaba de luna de miel y luego trabajaba horas extras para ahorrar a fin de comprar una casa, eso lo sabía. Pero lo curioso es que, cuando él se marchó, alguien vino al *pub* con la idea de formar un equipo para jugar a las canicas. Era Charlie, a quien hoy no has conocido porque no ha venido. Había oído que en el Marble Cat había dos que jugábamos. Le dije que me interesaba, pero que no estaba seguro del otro. No tenía ninguna intención de decirle nada. Pero entonces Hamish..., Fergus, regresó, me llamó por teléfono para jugar una partida y bebernos una pinta. Le conté que Charlie quería formar un equipo y quedamos en encontrarnos. Nos dimos cita en el Marble Cat, y de mí dependía presentarle a Charlie. Lo pensé, podría haber sido mi ocasión de ponerlo en evidencia, de demostrarle que lo sabía, pero en vez de eso dije: «Charlie, este es Hamish; Hamish este es Charlie.» Y eso fue todo.

—No sé cómo se puede hacer eso —digo, sacudiendo la cabeza—. Si yo lo hubiera sabido, no podría haber fingido.

—Mira, nadie es perfecto. Yo, desde luego, no pretendo serlo. Todos tenemos nuestras... complicaciones. La cosa es que el hombre debe de haber tenido sus razones. Eso es lo que siempre me dije. Pensé que sería mejor esperar a que me diese alguna explicación o que al final averiguaría sus razones. Con el tiempo, vamos.

—Y así ha sido, ¿verdad?

Él esboza una sonrisa triste.

—Sí, así ha sido.

—Tú y todos los demás —digo, con rabia.

—Era un buen hombre, tan simple como eso. Hamish O'Neill, Fergus Boggs o quienquiera que fuese, no importa. No era más que él. Podía ser muy divertido, pero a veces estaba de mal humor, no creo que cambiara su personalidad, no hay manera de que un hombre pueda hacerlo cuando tiene más de cuarenta años. No creo que se hiciese pasar por otra persona. No era más que el mismo hombre con un nombre diferente. Eso es todo. Realmente, lo del nombre no me importa. Era un buen hombre. Un amigo leal. Estuvo allí cuando lo necesité y me gustaría pensar que yo estuve allí cuando me necesitó. No tenía que decirme lo que estaba mal. Solo nos dedicábamos a jugar a las canicas. Hablábamos mucho, y no creo que ni una sola de las conversaciones que tuvimos fuera fingida o impostada. Todo era real. Así que tu padre es tu padre, se llame como se llame; con un nombre u otro, es el mismo hombre que siempre has conocido.

Trato de creerle, pero ahora mismo no puedo.

—¿No intentaste encontrarlo cuando desapareció el año pasado? —pregunto.

—No, no soy un acosador ni un investigador privado. —Se ríe—. Hacía casi diez años que habíamos dejado de ser un equipo. Jugábamos juntos a veces, pero sin competir. Era demasiado difícil conseguir que los chicos se juntaran, y luego, con Peter enfermo...

—Pero eras su amigo. ¿No te preguntaste dónde estaba?

—¿Él nunca habla de canicas ahora? —pregunta tras reflexionar un instante.

—Hoy fue el primer día. Le mostré unas canicas rojas y me parece que sucedió algo, algo que lo desencadenó todo. No creo que las recordara antes.

Él asiente con la cabeza, tristemente.

—La gente viene y va. Muchos de mis amigos han muerto —dice—. Sucede cuando se llega a esta edad. Cáncer, ataques al corazón... Es deprimente, de verdad. Preguntas por alguien y resulta que se ha ido al otro barrio. Piensas en alguien que no has visto en mucho tiempo y te enteras de que ha muerto. Abres el periódico y ves el obituario de alguien a quien una vez conociste. A mi edad sucede a menudo. Así pues, cuando dejé de saber de él, mi amigo Hamish O'Neill murió también.

Los ojos se me llenan de lágrimas.

—Tal vez él quiera verte —digo.

—Tal vez —responde con tono de duda—. Me gustaría verlo. Él y yo no lo compartimos todo, pero sí un montón de cosas.

Le agradezco el té y hago un movimiento para irme. Son las seis de la tarde, no tengo nada urgente que hacer, pero he de irme. Todavía no he terminado.

Jimmy me acompaña abajo y antes de abrir la puerta se vuelve hacia mí.

—A veces se confundía, ya sabes. Ahora los chicos quizá no lo recuerden, pero te aseguro que lo advirtieron en su momento. Solíamos hablar de ello: ¿qué quería decir Hamish? ¿De quién hablaba? Por lo general, era cuando había empinado el codo. Solía mencionar nombres, por error, creo. No parecía darse cuenta. Creo que confundía las cosas, lo que nos había dicho y lo que no. Estoy seguro de que al final todo eso le pasó factura.

Asiento con la cabeza y planto una sonrisa acartonada en mi cara: no siento ninguna simpatía por papá en este momento.

—¿Sabes? —continúa Jimmy—. Solo una vez lo vi tan feliz como cuando estaba con esa mujer, Cat. Entonces no conseguí averiguar lo que era, pero cobró sentido para mí un poco más tarde.

—¿Qué sucedió?

—Un día llegó al *pub* prácticamente bailando, nos invitó a cada uno a una copa. «Jimmy», dijo, tomando mi cabeza entre sus manos. «Hoy es el día más feliz de mi vida.» Tuve que pensar en mi propia vida para darme cuenta de qué era lo que le hacía sentirse así. Fue cuando nació mi primera hija: el día más feliz de mi vida, y entré en el *pub* bailando igual que tu padre. Y entonces supe lo que le había sucedido: había tenido un bebé. En abril. Ahora hace unos treinta años. Tal vez un poco más.

Mi cumpleaños.

—¿Esto que me cuentas es cierto? —le pregunto, incapaz de borrar la sonrisa de mi cara.

—Te lo juro por las vidas de mis biznietos —responde, levantando las manos.

Me quedo con eso.

21

Jugar a las canicas

Ojos de gato

Lo mejor de haber tenido que vender mi coche fue conocerla. Las facturas se acumulaban y los ingresos no, el coche tenía que desaparecer. Y treinta de los grandes son una buena ayuda. Me costó tomar la decisión, al fin y al cabo, ¿qué es un hombre sin coche?, pero cuando lo hice no miré atrás. Un asesor financiero sin dinero, sin coche y sin clientes. Yo siempre iba a ser el primero en salir. Luego hubo otros, y no sentí ninguna alegría al enterarme. Todos estamos en la mierda. Más tipos como yo, que buscan los mismos puestos de trabajo que yo.

Soy vendedor, lo he sido toda mi vida, es lo que mejor sé hacer, es todo lo que sé hacer. Hoy es mi primer día como vendedor de coches. Estoy tratando de ser positivo, aunque me siento justo lo contrario. A mis cincuenta y seis años de edad, no tengo un coche para llegar a mi trabajo como vendedor de coches. El jefe no lo sabe, pero lo averiguará muy pronto, cuando me vea resoplar colina arriba desde la parada de autobús cada mañana. Mi médico me habla de hacer ejercicio, del colesterol, la presión sanguínea... todo son malas noticias. Cada carta que abro trae malas noticias. Soy oficialmente abuelo e incluso al pequeño Fergus le gusta recordarme que estoy gordo cuando salta sobre mi tripa. Al menos estos paseos cortos hacia y desde la parada de autobús harán que me mueva un poco.

Ella está de pie en la parada, sola, tratando de averiguar el horario de los autobuses. Sé que intenta averiguarlo porque lleva gafas de lectura, se muerde el labio inferior y parece confusa, malhumorada incluso. La encuentro muy simpática. Suspira y murmura para sí.

—¿Puedo ayudarte?

Mira alrededor con expresión de sorpresa; pensaba que estaba sola.

—Gracias, no consigo entender este chisme. ¿Dónde está hoy? ¿Esto es hoy? —pregunta, señalando con una uña de color rosa muy cuidada—. ¿O es esto? Estoy buscando el autobús número 14 y ni siquiera sé si estoy en el lugar correcto. Y esto, no se puede leer en absoluto, ya que alguna persona inteligente decidió contarle al mundo, rotulador mediante, que Decko es un marica. Lo cual no significa nada, conozco a muchos maricas muy felices. Decko podría ser muy afortunado, claro, pero no si quiere montar en el número 14 un lunes por la mañana. Porque si eso es lo que pretende, será un marica desgraciado.

Me echo a reír. La encuentro adorable al instante. Estudio el horario un buen rato, no porque esté concentrado, sino porque quiero permanecer cerca de ella, porque ella huele muy bien. Finalmente, me mira, se quita las gafas de lectura con motivo de piel de leopardo y me veo frente a un par de ojos impresionantes, que iluminan toda su cara, la hacen brillar desde dentro.

Lo que siento debe de ser bastante obvio, porque ella sonríe, halagada.

—¿Y bien?

—No tengo la menor idea —digo, lo que la hace echar la cabeza hacia atrás y reír de buena gana.

—Me encanta tu honestidad —dice, dejando caer las gafas con su cadena contra el pecho, que es increíblemente opulento y acogedor—. ¿También eres nuevo en esto del autobús?

—Relativamente. Acabo de vender mi coche. Todo lo que sé es que tengo que tomar el bus de las siete cincuenta y permanecer en él durante dieciocho paradas. Mi hija. Le gusta asegurarse de que estoy a salvo.

Sonríe.

—Mi coche también es la razón por la que estoy aquí —dice—. Ayer por la mañana me dejó tirada. ¡Qué putada!

—Puedo venderte uno nuevo.

—¿Es que tú vendes coches?

—Hoy es mi primer día.

—Entonces se te está dando bastante bien, al menos hasta ahora, y ni siquiera estás en la oficina. —Se ríe.

Juntos tratamos de encontrar la manera de pagar al conductor, que no acepta nuestro dinero pero insiste en llevarnos hasta una máquina. Ella me deja pasar primero, lo que significa que debo elegir asiento, y me pregunto si va a sentarse conmigo o pasar de mí. Alabado sea el Señor, se sienta a mi lado, lo cual me hace sentir inmensamente feliz.

—Mi nombre es Cat —se presenta—. Caterina..., bueno, Cat.

—Vaya, Cat, como «gato». Yo soy Fergus.

Nos damos la mano; su piel es lisa, suave, y no lleva anillo de bodas.

—¿Escocés? —pregunta.

—Mi padre lo era. Cuando yo tenía dos años nos trasladamos a Dublín. ¿Y qué me dices de ti? Tu acento es peculiar.

Se echa a reír.

—Muchas gracias. Soy de la Selva Negra, en Alemania. La hija de un buen ingeniero forestal. Me mudé a Cork después de la universidad, cuando tenía veinticuatro años.

Es decididamente adictiva. Me interesa todo cuanto pueda estar relacionado con ella y me olvido de los nervios del primer día y me relajo por completo en el asiento, y casi me salto mi parada. Le hago demasiadas preguntas personales, pero responde y me pregunta a su vez. Le cuento demasiado acerca de mí (mis deudas, mi salud, mis fracasos), pero no de una manera sombría, sino de una manera sincera, de modo que sea motivo de risa.

Dejarla en el autobús es como ver una burbuja que estalla, no tengo el tiempo ni el valor para pedirle su número de teléfono y casi me olvido de bajar en la parada. Ella presiona el timbre justo a tiempo. El autobús se detiene, todo el mundo está esperando a que me decida a bajar, todos los ojos están puestos en mí. No puedo invitarla a acompañarme, es demasiado apresurado, tengo demasiado pánico. Desciendo del autobús con una sensación de furia.

Me paso las primeras horas de mi primer día de trabajo sintiéndome como una pieza de recambio que no acaba de encontrar su lugar. Mis compañeros no parecen muy impresionados por mi contratación. Saben que soy amigo del propietario del garaje, Larry Brennan. Es una de las poquísimas personas a las que aún podía pedirle un favor, y la única manera de conseguir un empleo después de cinco meses sin trabajo. Crecimos juntos y Larry no me podía decir que no. Probablemente quería hacerlo, pero no podía.

Siendo impopular entre tus compañeros de trabajo resulta difícil llegar a los clientes. Los otros se me adelantan, se las arreglan para distraer de alguna manera a mis clientes y comerles la cabeza. Esto es perro come perro.

—No, lo quiero a él —oigo que dice una voz familiar por la tarde, cuando todo lo que quiero es irme a casa a comerme una caja entera de bombones de trufa.

Y allí está ella, la preciosa, la maravillosa, la refulgente. En mi primer día, hago mi primera venta.

Aunque es poco profesional, copio su número de la ficha para llamarla y pedirle una cita. Ella se muestra encantada de que la llame y me dice que quiere cocinar para mí. El viernes por la noche voy a su apartamento con un ramo de flores, una botella de vino tinto y una misión clara. Contárselo todo.

Basta de secretos. Basta de compartimentar mi vida. He llegado a odiar al hombre en que me he convertido. Sí, basta de secretos. Al menos con Cat. Esta es mi oportunidad de comenzar de nuevo.

Su apartamento está cuidado, tiene dos dormitorios: uno para ella y otro para una hija de la que está tratando de librarse. Las paredes están llenas de cuadros que ella misma ha pintado; en el alféizar de la ventana se secan unos floreros y pisapapeles pintados con motivoss de lilas y rosas. Los estudio, mientras prepara la comida en la pequeña cocina, y huele delicioso.

—Oh, acabo de empezar un curso de pintura. De pintura sobre vidrio, en concreto.

—¿Es diferente del papel? —pregunto.

—Sí, y saber más sobre el curso cuesta setenta y cinco euros —dice en tono burlón.

Suelto un silbido.

—¿Tienes algún pasatiempo? —pregunta.

Es una pregunta fácil de responder, al menos para la mayoría de las personas. Pero me quedo callado. No me atrevo, a pesar de la misión que, durante toda la semana, mientras esperaba esta noche, había decidido firmemente emprender.

A causa de mi vacilación, deja lo que está haciendo y, con los guantes de cocina aún puestos, viene al salón. Sus ojos verdes se encuentran con los míos.

Siento que me falta el aire de repente, como si estuviera a punto de admitir algo terrible. Siento el sudor en la frente. Hazlo, Fergus. Díselo.

—Juego a las canicas. Colecciono canicas.

No es una frase bien formulada, ni siquiera sé si significa algo, estoy aferrado al respaldo de una silla y ella me estudia, estudia mi postura, lo nervioso que me muestro... y, de repente, sonríe.

—Qué maravilloso. ¿Cuándo juegas la próxima partida?

—Mañana —respondo tras aclararme la garganta.

—Me encantaría ir a verte. ¿Puedo?

Desconcertado, me muestro de acuerdo.

—¿Sabes? —continúa—, hoy he estado jugando a las canicas. —Sonríe, y tiene la delicadeza de seguir hablando mientras trato de calmarme—. Sí, soy veterinaria. Y a algunas personas muy inteligentes se les ocurrió la idea de usar una canica de vidrio para controlar el celo de las yeguas. Hoy he colocado una bola de cristal de treinta y cinco milímetros en el útero de una yegua. Era la primera vez para mí, y para ella. Pero creo que la yegua había estado tomando clases en uno de esos clubes de ping pong, porque la expulsó. Y de inmediato. A la segunda lo conseguí, sin embargo. Y ¿sabes?, ¡la empresa que las fabrica las llama Canicaballos!

Me río, totalmente sorprendido por la naturalidad con que se ha tomado la noticia, y por su propia historia con las canicas.

—Te conseguiré una —añade, y regresa a la cocina—. Apuesto a que no tienes una así en tu colección.

—No. —Vuelvo a reír, un poco demasiado histérico.

—Háblame de tus canicas —me pide—. Háblame de tu colección.

De modo que empiezo desde el principio, con el padre Murphy, la habitación a oscuras y mis canicas rojas, y no puedo parar. Le hablo de Hamish y nuestros trapicheos, le cuento cosas de mis hermanos, de los campeonatos del mundo. Bebemos vino y comemos cordero asado, y le hablo sobre los distintos juegos, de mi equipo, los Remolinos Eléctricos, y de los *pubs* donde jugamos y con qué frecuencia. Le cuento todo acerca de Hamish y mi colección. Le hablo del frasco de canicas, de la única vez que hice trampas, le digo que Gina y Sabrina nunca han sabido nada de mi afición e intento, con dificultad, explicarle por qué. Bebemos más vino, y hacemos el amor, y mientras yacemos desnudos en la oscuridad, el uno junto al otro, le cuento más cosas. Es como si no pudiera parar. Quiero que esta mujer sepa quién soy, que no haya secretos entre nosotros, que no haya mentiras.

Le hablo de mis hermanos, de cómo los eché de mi vida y nunca me lo perdonaré, y, enternecida por mi historia, dice que va a cocinar para ellos, y yo digo que no, que son demasiados, que no podría con todos. Pero ella es hija única y siempre ha deseado una gran familia. Así que, en el transcurso de los próximos meses, cocina para Angus y Caroline; a continuación para Duncan y Mary, y para Tommy y su novia, y Bobby y Laura, y Joe y Finn. Y es un éxito, por lo que lo hacemos de nuevo, esta vez con sus amigos.

Me pregunta qué fue lo que me llamó la atención sobre ella, qué me atrajo tan rápidamente, porque es así como nos sentimos, adictos el uno del otro. Le digo que fueron sus ojos. Son como los ojos de un gato, y más específicamente como las canicas ojo de gato extranjeros, en su mayor parte fabricadas en México y en el Lejano Oriente. Normalmente se trata de canicas de un solo color en el centro, por lo general amarillo, y el vidrio tiene un tinte verde botella. El borde exterior de los ojos de Caterina es oscuro, y el interior casi radiactivo de tan brillante.

—Entonces, ¿cuánto podría valer yo, en perfecto estado? —pregunta tomándome el pelo, una mañana en la cama—. Pongamos a los veintiún años, antes de tener hijos.

—Tú estás en perfecto estado. Mírate... —Me subo encima de ella y le levanto sus brazos por encima de la cabeza, sujetándola—. Eres preciosa. —Nos besamos—. Pero no tienes ningún valor... coleccionable —añado, y nos echamos a reír.

Me confiesa que cuando le revelé mi *hobby* supo por mi cara que le estaba diciendo algo que en sí mismo representaba un gran problema. Le pareció que era algo de vida o muerte, que por alguna razón me había costado mucho decírselo, y que si hubiera reaccionado mal yo me habría ido y ella no quería que me fuera.

El primer regalo que me hace es una canicaballo, pintada por ella, por supuesto.

La única queja que tengo, cada día que paso con Cat, es que no he atado todos los cabos sueltos. Me va a llevar tiempo hacerlo. Y uno de esos cabos es Sabrina. No porque no crea que vayan a llevarse bien, pues sé que lo harán, sino porque Cat me conoce, conoce mi verdadero yo, el personaje de las canicas, y Sabrina y Gina son completamente ignorantes al respecto. Y contárselo a Sabrina sería decirle que ella y su madre se han quedado fuera de una parte de mi vida durante demasiado tiempo, que mentí eficazmente a las dos personas que estaban más cerca de mí, en las que tenía que confiar, y a las que debía permitir que confiasen en mí. No encuentro las palabras para hacerlo. Cat me dice que me dé prisa, que hay que decir las cosas a la gente cuando aún se puede; su madre murió antes de que ella tuviera la oportunidad de hacer las paces. Dice que nunca se sabe lo que puede suceder. Y sé que tiene razón. Lo haré pronto. No tardaré en decírselo a Sabrina.

22

Las reglas de la piscina

Prohibido gritar

—Papá tenía una vida secreta —digo, y percibo mi tono de azoramiento mientras la adrenalina corre por mis venas.

Al fondo se oye a Alfie quejarse de sus alubias; no quiere alubias, él solo quiere malvaviscos, o pasta en forma de Peppa Pig. Aidan intenta calmarlo mientras me atiende.

—Era otra persona: Hamish O'Neill —añado con rabia—. ¿Alguna vez le has escuchado usar ese nombre?

—¿Hamish O'Qué? ¡No! Alfie, para. De ninguna manera, cariño. Continúa, continúa. Vale, puedes comer malvaviscos de postre.

Confundida por no saber a quién se dirige Aidan, sigo hablando.

—Esos hombres a los que conocí en el *pub* tenían un equipo de canicas y nunca habían oído hablar de mí. Me dijeron que papá era reservado, y uno de ellos estaba convencido de que era espía... —Se me quiebra la voz y me concentro en la carretera. He tomado dos salidas equivocadas y he hecho un giro ilegal, y todo el mundo me ha pitado.

—Sabrina —dice Aidan, preocupado—, ¿quieres esperar hasta que yo esté en casa para analizar esto?

—No —respondo, taxativa—. Creo que es bastante acertado, ¿verdad? Con todo lo que has estado diciendo acerca de mí...

—Sabrina, tú no eres él, eso no es lo que he estado diciendo.

—Te llamaré más tarde. Tengo que ver a alguien más.

—De acuerdo, pero...

—Ahórrate eso de si creo que va a ayudar, Aidan.

Se queda en silencio.

Alfie ruge de repente en el teléfono —«Las alubias te hacen echarte pedos, mamiiiii»—, antes de que colguemos.

Nunca llamé «abuelo» a Mattie porque papá nunca lo ha llamado «papá». Debo de haberlo cuestionado en algún momento, siendo niña, pero no recuerdo la respuesta, ni recuerdo preguntar por qué no era mi abuelo, aunque siempre supe que no era el padre de papá. Me dijeron que mi abuelo murió cuando papá era niño y que Mattie se casó con mi abuela, quien, si he de ser sincera, me daba miedo. Ambos, también él.

Sin embargo, ahora, con treinta y tres años, me parece extraño que, aun cuando Mattie crio a mi padre desde que este tenía seis años, nunca lo consideré mi abuelo. Una falta de respeto.

La abuela Molly no era suave como mi nana Mary sino una mujer dura, que nunca me consideraba lo bastante agradecida (no paraba de recordarme que debía decir «por favor» y «gracias») y hacía que me sintiese inquieta, nunca completamente cómoda.

Al cabo de los años mamá me contó que la abuela Molly solía decirle:

—Mimas demasiado a esa cría.

También solía reprocharle a mamá que ella y papá no tuviesen más hijos, lo cual era cierto, aunque yo desconocía la razón. Ahora sé que mamá lo intentó todo. Creo que eso tuvo mucho que ver con el deterioro de su relación, aparte del hecho de que eran personas muy diferentes que tenían opiniones contrarias sobre casi todo. Mamá no podía con las críticas de su suegra, que se había pasado toda la vida teniendo y criando hijos, que lo eran todo para ella.

—Yo no estaba acostumbrada a no gustarle a alguien —me dijo una vez mamá—. Me esforcé mucho con ella, pero sencillamente no quería que alguien como yo le gustase.

Lo único que tenían en común ambas era su amor hacia Fergus.

Papá solía visitar solo a la abuela Molly. Llamaba de vez en cuando, de camino a casa desde el trabajo o de camino a la ciudad. A veces yo lo acompañaba, a veces no. La mañana de Navidad, todos nos reuníamos durante una hora. Yo me sentaba en silencio, exageradamente agradecida por mi pijama nuevo, mientras todos conversaban. Ella murió cuando yo tenía catorce años, y fue como si hubiera muerto alguien que no conocía de nada. En secreto me sentí un poco aliviada porque no tendría que visitarla más. Visitarla era algo que me daba miedo. En el funeral vi a mis primos, a los que apenas conocía, llorando a lágrima viva y siendo consolados por mis tíos, y me sentí culpable porque no me importaba tanto como a ellos. No sentía la pérdida como ellos. Y entonces lloré.

Cuando me casé con Aidan pensé que lo obligado era invitar a Mattie a la ceremonia y al banquete. Mattie no vino.

Pocas veces he pensado en Mattie. Mis hijos no lo conocen, nunca lo visité. Mi madre lo aborrece, cree que es un viejo asqueroso que se puso aún peor cuando Molly murió. Pero, de nuevo, me siento culpable por eso. Pensé que papá no quería tener nada que ver con su familia, y desde luego se comportaba como si así fuera, de modo que decidí que no pasaría gran cosa si hacíamos lo mismo, que incluso supondría un alivio. Pero ahora me pregunto por qué no indagué, presioné, animé, alenté. ¿Por qué? Y a medida que sus secretos salen a la luz sé que quiero conocer a esas personas. Quiero saber por qué papá se convirtió en quien era.

Mattie tiene casi noventa años y vive solo en un piso de una habitación en la planta baja de un bloque en Islandbridge. Sé su dirección porque todos los años le mando una tarjeta por Navidad, acompañada de una foto de los niños. Él no espera que lo llame.

—¿Quién es? —grita.

—Sabrina —respondo, y a continuación añado, por si acaso—: Sabrina Boggs.

—¿Quién? —vuelve a gritar.

Abre la puerta y nos vemos cara a cara. Después me mira de arriba abajo con el ceño fruncido. Es evidente que necesita una explicación más detallada.

—La hija de Fergus.

Me hace entrar y vuelve a sentarse en su sillón, frente al televisor. Lleva una camisa de manga corta y por encima un chaleco blanco cubierto de manchas que procede a abrocharse con dedos nudosos. Es anciano, pero casi exactamente como lo recuerdo de mis visitas de la infancia. En un sillón, mirando la tele.

—Sé que no fui a tu boda —dice enseguida—. No voy mucho a actos sociales.

Me siento algo avergonzada. La boda fue en España y yo ya sabía que no asistiría.

—Para mucha gente ir a España no era nada fácil —digo—, pero quería que supieras que habrías sido bienvenido.

—Fue bonito eso de que los Boggs te invitasen a algo, para variar. —Se ríe. Le faltan algunos dientes.

—Oh, sí. —Me ruborizo—. Fue una cuestión de números: mi familia es tan grande que no pudimos invitarlos a todos.

La mirada que me dirige no hace que sea más fácil para mí.

—No estás en contacto con ellos —dice.

—¿Con... mis tíos? Desearía que no hubiera ocurrido —respondo, y realmente lo pienso, aunque solo ahora me doy cuenta de ello. Sentado delante de mí está el hombre que crio a mi padre, y es un extraño para mí—. Papá no se llevaba bien con ellos, por desgracia, y supongo que eso me afectó —explico.

—Eran uña y carne —dice—. De niño lo llamaban Garrapata. ¿Lo sabías?

—¿Malapata? —digo. Su acento es difícil de entender.

—No. Garrapata. Porque era el más pequeño de todos. El menor de los Boggs.

Tengo la sensación de que la casa se dividió entre los Doyle y los Boggs. Nunca le pregunté a papá si crecer así fue un problema para ellos. ¿Por qué no lo hice?

—Pero él se mantuvo firme —añade—. Fue más listo.

Me siento orgullosa.

—No fue difícil, eran una pandilla de lerdos —resopla.

—¿El nombre de Hamish O'Neill significa algo para ti?

—¿Hamish O'Neill? —pregunta con el ceño fruncido, como si lo estuviese poniendo a prueba—. No.

Trato de no expresar mi decepción.

—Pero había un Hamish Boggs... —agrega—. El hijo mayor de los Boggs.

Asiento con la cabeza, confusa. Me había olvidado del hermano mayor de papá hasta ahora, su nombre apenas se menciona.

—Había oído hablar de Hamish. ¿Papá estaba muy unido a él?

—¿A Hamish? —Parece sorprendido, como si no hubiera pensado en él desde que murió—. Esos dos parecían pegados con cola. Tu padre lo seguía como un perro faldero; Hamish podía arrojarle un palo que tu padre haría lo que fuera para traérselo de vuelta. Hamish era inteligente, eso estaba claro. Un idiota, un mequetrefe, pero inteligente. Siempre buscaba al chico más listo y lo ponía a su servicio. Fue lo que hizo con tu padre. Y eso preocupaba muchísimo a tu abuela.

Esto es nuevo para mí. Me enderezo en el asiento.

—Lo más inteligente era mantener a Hamish lejos de ellos —agrega, pensativo—. Se lo dije a Molly.

—¿Y ella lo hizo?

—Bueno, él murió, ¿no? —dice, y suelta una risa cruel. Cuando ve que no me uno a él, se detiene—. Ese muchacho consiguió lo que se merecía.

—¿Cómo murió Hamish?

—Ahogado. En Londres. Un tipo le dio un puñetazo, estaba muy borracho y cayó al río.

—Eso es horrible.

Sabía que había muerto, pero nunca supe los detalles. Jamás le pregunté al respecto. ¿Por qué?

Me mira, sorprendido de que alguien lo considere una tragedia después de todos estos años, como si Hamish no hubiese sido una persona real. Y ahora advierto que se está preguntando la razón de mi visita.

—¿Le afectó mucho a mi padre la muerte de Hamish? —pregunto.

Piensa en ello, se encoge de hombros y responde:

—Tuvo que reconocer el cadáver. Viajó solo, nadie lo acompañó. Angus quería ir, pero yo no podía estar enviando a todo mi personal a Londres. —Levanta la voz, a la defensiva, como si fuese una disputa, que dura ya cuarenta años, sobre si era justo que enviasen solo a papá—. De acuerdo, debió de ser difícil para él. Su madre estaba preocupada. Era la primera vez que salía de casa, y para ver a su hermano muerto, pero alguien tenía que ir, y además las autoridades creían que quien había muerto era él.

—¿Pensaron que el muerto era mi padre? —No estoy segura de haber oído bien.

—Parece que el bueno de Hamish había estado utilizando el nombre de Fergus en Londres. Dios sabe por qué, pero si se cabrea a bastante gente uno acaba por cambiar de nombre las veces que sea necesario. Probablemente habría acabado usando el de toda la familia si no hubiera muerto.

El corazón me late con fuerza; es un vínculo claro con el nombre que ha empleado papá.

—Ahora que lo pienso, recuerdo haber oído algo acerca de un tal Hamish O'Neill —dice de pronto—. Es curioso, me lo has recordado ahora. Sabía que me sonaba de algo cuando lo dijiste. Aquí hay una historia divertida... —Se mueve en la silla, más animado—. Había estado escuchando cosas acerca de un muchacho, Hamish O'Neill, que jugaba a las canicas. No significaba nada, pero Hamish no es un nombre común, y cuando lo oía prestaba atención, y O'Neill era el apellido de soltera de Molly, antes de que se convirtiera en Boggs, y luego en Doyle. Eso no significa nada, lo sé, pero se lo conté a Molly. Estaba borracho, tal vez no debería haberle dicho nada, estábamos en una boda, la de Fergus, y, sin ofender a tu madre, aquello estaba tan aburrido que me dio por empinar el codo y se me quedó la lengua floja. Así que se lo dije, y ella fue de inmediato adonde estaba tu padre, que lucía su traje azul de las grandes ocasiones y una camisa con chorreras y pinta de picaflor, y va y le da un bofetón en la cara. «No eres él», le dijo.

Se ríe, recordando la imagen de mi padre al recibir una bofetada de su propia madre en el día de su boda. Se me llenan los ojos de lágrimas y parpadeo para evitar derramarlas.

—Eso lo puso en su lugar —añade, secándose los ojos—. Ahora no sabía si se trataba de tu padre o de otro tipo, una coincidencia, como dicen, pero no había muchos jugadores de canicas de esa edad, no por donde vivíamos, de todos modos. Desde que era un mocoso estaba fuera jugando, todo el santo día, jugando sin parar, había que llamarlo para que entrara a cenar. Cada cumpleaños y cada Navidad, todo lo que quería como regalo eran sus putas canicas. Todos los chicos eran iguales, pero tu padre fue el peor, porque era el mejor. Incluso iba a algunos lugares poco recomendables con Hamish, que se consideraba todo un pez gordo por ganar unas pocas libras gracias a su hermano pequeño. Cuando tu padre era un adolescente, le dije: «Si sigues jugando con esos putos chismes nunca encontrarás una mujer.» Cuando Hamish murió, se dio por vencido. Así que al menos a él le hizo bien.

He venido aquí en busca de respuestas, para conocer a fondo la vida de papá, aunque no estaba segura de si me gustaría conocerlas. Pero si Hamish utilizó el nombre de papá en Londres, eso explica por qué papá usó el nombre de Hamish para jugar a las canicas. ¿Como señal de respeto, tal vez? ¿Como recuerdo? ¿En su honor? ¿Para traerlo de vuelta a la vida? Y también explica por qué papá jugaba a las canicas en secreto, cuando todo el mundo a su alrededor le decía que lo dejara. Pero ¿por qué siguió con esto en su vida adulta?

—¿Cómo se sintió papá al saber que Hamish había usado su nombre?

—Cuesta de entender, pero tu padre se lo tomó como un cumplido. Le enorgullecía que Hamish le hubiera robado el nombre. Como si fuese algo especial. El tonto no se dio cuenta de que Hamish lo estaba metiendo en problemas al usar su nombre. Si Fergus hubiera puesto un pie en el lugar equivocado en el momento equivocado, la treta de Hamish podría haberle costado la vida. Así era Hamish, ya te lo he dicho: una sanguijuela. Le chupaba la sangre a las personas hasta dejarlas secas.

Se produce un largo silencio.

—¿Cómo conociste a la abuela? —le pregunto de repente, sin saber qué la llevó a casarse con este hombre tras la muerte de su marido.

—La conocí en la carnicería. Me compraba la carne. Eso fue todo.

—Pues debías de estar muy enamorado para casarte con una mujer con cuatro hijos —apunto, tratando de ver el lado positivo.

—¿Esos cuatro enanos? —pregunta—. Tuvo suerte de que me casase con ella.

Miro alrededor. Todo está muy limpio y en orden.

—Laura llegará pronto —dice, siguiendo mi mirada—. Es la hija de Tommy.

—Claro. Por supuesto.

Trato de recordar la última vez que vi a mi prima.

—Viene los viernes —me explica—; Christina los lunes; los chicos los días restantes. Para asegurarse de que no estoy despatarrado en el suelo con gusanos saliéndome por los ojos. Es por eso por lo que me enviaron aquí: Laura vive ahí enfrente, y de esa manera me tienen vigilado, evitan que haga diabluras. —Se ríe—. «¿Estás bien, abuelo?» «¿Sigues con vida, abuelo?» Ah, son buena gente, los Doyle. Tommy y los niños de Bobby. Bobby ya no está con la madre de ellos, ¿lo sabías?

Niego con la cabeza.

—Es triste escucharlo, me gustaba. Pero Bobby no sabe estar sin chicas, y Joe no soporta a las chicas. Es invertido, ¿lo sabías?

—Es gay, sí, lo sé.

—La culpa de ello es de su madre, siempre tan encima de él: «No salgas, ni se te ocurra ir allí», mientras que el resto iba donde quería.

—Yo diría que era gay sin importar lo que ella hiciera con él —replico, pues ya he tenido suficiente por ahora. Se ríe.

—Eso es lo que se dice, pero ¿qué sé yo?

Guardamos un silencio incómodo. Los dos hemos llegado al final de nuestra charla.

—¿Cómo está tu padre?

—Bien.

—¿Sigue sin recordar mucho?

—No todo.

—Qué pena —dice, casi con tristeza por sí mismo—. Me gustaría que se acordase de ellos. Hablan de él todo el tiempo.

—¿Quiénes?

—Los Boggs. Los Doyle.

—Por supuesto, papá se acuerda de ellos.

—Pero no de los últimos años.

—Bueno, supongo que en los últimos años no estaban muy unidos —señalo.

—Sin embargo, lo estaban —dice, molesto, como si lo acusara de mentir—. Estos últimos años se habían juntado de nuevo. Jugaban a las canicas, ¿sabes? Ellos y su nueva mujer. Todos la querían. Sin ofender a tu madre, pero me dijeron que era la persona ideal para él. Se habían reencontrado. ¿No recuerda nada de eso?

—Me mira como si no se creyera que mi padre está perdiendo la memoria.

Niego con la cabeza, desconcertada.

—¿Sabes su nombre?

—¿El de quién?

—El de su... esa mujer. Su novia.

—Ah. —Hace un ademán de desdén con la mano—. No la conocí. Pero los chicos sí. Pregúntales.

Con un débil «Dile a tu madre que he preguntado por ella», cierra la puerta y a punto estoy de topar con mi prima Laura, que se acerca por el lado opuesto del patio con una aspiradora, un cubo y una fregona. Me siento en el coche, aturdida por todo aquello de lo que me he enterado. Busco en el teléfono el número de mi tío Angus.

Es mi padrino, el miembro de la familia con quien tengo más contacto, aunque este se limita a mensajes de texto en los cumpleaños, y eso cuando nos acordamos.

Marco su número y sostengo el móvil junto a mi oído, con el corazón en un puño. «Hola tío Angus, aquí Sabrina, no has oído nada de mí en casi un año, pero me acabo de enterar de que papá y tú os reencontrasteis antes de su accidente cerebrovascular y también acabo de saber que conocías a su novia. ¿Podrías, por favor, decirme quién es ella? Porque no lo sé. Parece que soy la única, aparte de papá, que no la conoce.»

Sin respuesta. Me siento molesta y estúpida una vez más. A medida que la ira crece dentro de mí hago girar la llave en el contacto y arranco. Mientras conduzco hacia el hospital las palabras de Mattie, llamando a Hamish «sanguijuela», resuenan en mi cabeza. En ese momento sentí que Mattie era demasiado duro. Podía entender que papá se hubiera sentido orgulloso de que Hamish no lo hubiera olvidado cuando se largó de casa para irse lejos. Está claro que papá tuvo en un pedestal a Hamish toda su vida, lo consideraba su héroe, pensaba que era un honor que hubiera tomado su nombre. Pero a medida que la ira se filtra a través de mí, siento las palabras de Mattie de otro modo.

Tanto si lo planeaba como si no, Hamish le robó la vida a papá, y al hacerlo no solo me robó una parte de él, sino, lo que aun es peor, le robó a mi propio padre una parte de sí mismo.

23

Jugar a las canicas

Empeoramiento

Cat me deja después de una cena de salmón, patatas a la panadera, guisantes y judías verdes preparada por Mel, que es una maravilla a los fogones y a menudo cocina con productos de la pequeña huerta que tiene aquí, en el patio, ayudado por algunos de los internos, entre los que nunca se encuentra el gruñón de Max, que no se relaciona con nadie y se queja de todo. Cat me besa suavemente en la frente y me gusta, llevo mucho tiempo sin sentir esa clase de intimidad. Ahora me doy cuenta de que, en comparación, las visitas de Gina son apenas cordiales, sin verdadero afecto. Los hijos de Sabrina me llenan de mimos y abrazos y golpes, y eso me encanta; los abrazos de Sabrina, siempre preocupada por mí, son maternales; pero con Cat siento una conexión especial, intimidad. La busco una vez más, pero quizá sea pedir demasiado en lo que en broma llamamos nuestra primera cita. Mi gran temor, mientras Lea empuja la silla hasta mi habitación esta tarde, es que mañana no voy a recordar a Cat. ¿Cuántas veces ha sucedido esto mismo en el último año, para que me olvide de nuevo al día siguiente o unos días más tarde, tal vez incluso un año?

—Un penique por tus pensamientos, Fergus —me dice Lea, sacándome de mis ensoñaciones, como de costumbre.

—No sé.

—¿No sabes?

Me ayuda a levantarme de la silla de ruedas y me sienta en el inodoro. Sale para permitirme cierta privacidad y, cuando he terminado, regresa para ayudarme.

¿Quiero que Cat haga esto por mí? ¿Existe un futuro para nosotros? ¿Voy a mejorar? Yo era feliz existiendo, sin presiones. Pero saber que tenía una vida con ella, aunque no lo supiera hasta hoy, hace que me sienta incómodo. Tengo que estar allí, debería estar allí. Necesito conseguir algo mejor, maldita sea. He de poder limpiarme el puto culo.

—Pero —dice Lea, interrumpiendo mis pensamientos—, la otra forma de verlo es que hay alguien ahí esperando a que mejores, ayudándote. Alguien que te ama. Eso debería motivarte, Fergus.

Estoy confuso. ¿He expresado todos esos pensamientos en voz alta?

—Y la otra cosa es que hoy has recordado mucho más de lo habitual —prosigue Lea—. Eso es un gran avance. ¿Recuerdas cuando no podías mover el brazo derecho? Y entonces, de repente, sucedió ¿verdad? Me tiraste encima aquel vaso de agua, pero no me importó, yo saltaba loca de contenta, tuve que sujetarme las tetas y todo, ¿te acuerdas? —Reímos, recordando el momento—. Me alegro de que ahora vuelvas a sonreír, Fergus. Sé que te da miedo, los cambios pueden dar miedo. Pero piensa que todo marcha bien, que estás mejorando día a día.

Asiento con la cabeza, agradecido.

—¿Has tenido suficiente por hoy? —pregunta, de pie a los pies de la cama, como si acabara de darse cuenta de algo.

—¿Por qué?

—Porque tienes más visitas. He pensado que era mejor esperar y ver cómo lo llevabas antes de decirles si pueden entrar o no. Solo que tal vez ya has tenido suficiente por hoy. No quiero que te canses.

—No, no, no estoy cansado en absoluto —miento. Me siento agotado por todo lo que mi mente parece avanzar y por el día con Cat, pero también siento curiosidad. Miro el reloj. Son las ocho de la tarde—. ¿Quién ha venido?

—Tus hermanos.

—¿Todos? —digo, sorprendido. Durante los últimos años los he visto, por supuesto, pero nunca a todos juntos.

—Bueno, hay cinco, no sé si son todos.

Cinco. ¿Es que son todos? Sin Hamish. No ha habido ningún Hamish durante cuarenta años, pero siempre siento que falta. No. Cinco no son todos.

—¿Les digo que entren? Si no quieres no pasa nada.

—Está bien. Diles que quiero verlos.

—Bueno. Y probablemente también venga a verte el doctor Loftus.

El doctor Loftus es el psicólogo residente, con quien tengo citas semanales, y obviamente ha oído la noticia de que he conseguido hacer memoria.

—Me voy a la oficina para hacer algo de papeleo, pero Grainne está aquí si la necesitas —añade Lea. Grainne. Cada vez que me levanta de la silla gruñe como si yo fuera un saco de patatas del que quiere deshacerse.

—Gracias, Lea.

—De nada. —Me guiña un ojo y se marcha.

Los escucho antes de verlos y sonrío antes incluso de que lleguen a la puerta: entran empujándose y golpeándose como si fuesen un grupo de adolescentes, a pesar de que ya no lo parecen.

Angus, el mayor, tiene sesenta y tres años y prácticamente ha perdido todo el pelo; Duncan, sesenta y uno; yo, cincuenta y nueve; Tommy, cincuenta y cinco; Bobby, el terror de las chicas, cincuenta, y Joe, el bebé, cuarenta y seis.

—¡Sorpresa! —gritan a modo de saludo.

—Sssh —dice alguien fuera, probablemente Grainne, y todos se meten con ella antes de cerrar la puerta.

—Hemos oído que has tenido un buen día —dice Angus—. Así que pensamos que estaría bien celebrarlo. —Saca una botella de whisky de un bolsillo del abrigo—. Sé que no puedes beber, pero nosotros sí, de modo que ni se te ocurra abrir la boca.

Se ríen y tratan de hacerse un hueco en el pequeño espacio para acomodarse y sentarse.

—¿Quién os dijo que he tenido un buen día? —pregunto.

—Cat —responde Duncan ante la mirada de contrariedad de los demás.

—¿Conocéis a Cat?

—¿Quién coño no conoce a Cat? Oh, es cierto, tú no, hasta hoy —dice Tommy, y es lo que se necesita para romper el hielo. Tommy le ofrece la silla a Bobby. Bobby se sienta, a pesar de que su hermano es mayor que él, pero algunas cosas nunca cambian.

—Nos ha dicho que le has contado la historia del frasco de las canicas —dice Bobby.

—Sí.

—¿Cuándo la has recordado?

—Me sorprende que incluso tú la recuerdes, Bobby —apunta Duncan—. Siempre estabas fuera con gusanos colgándote de la nariz.

Se mean de risa mientras Bobby protesta:

—¡Solo fue una vez, ya está bien!

En ese momento entra el doctor Loftus.

—¿Oigo una fiesta aquí? —pregunta jovialmente, y a continuación me dirige una de sus penetrantes miradas. Apenas hay espacio para todos los que estamos aquí; la habitación se caldea rápidamente, sobre todo bajo su mirada.

—Así que dinos, Fergus —dice Angus, ofreciéndole al doctor Loftus un poco de whisky—. ¿Cómo recordaste lo del frasco de los insultos?

Miro por la ventana. La luna, redonda y perfecta, brilla en el cielo añil, y pienso en Sabrina, en los hoyuelos de Lea, en la nariz de Sabrina. Eso hizo que empezara.

—La luna —digo.

—¿Es que crees en el vudú? —pregunta Angus.

—Yo sí —dice Tommy—. Te podría contar una o dos cosas.

—Yo también —admite Duncan.

—Podría haber algo en ella, claro —dice el doctor Loftus, mesándose la barba—. Hasta ahora ha sido un día interesante.

—Sabrina no podía dormir cuando había luna llena —digo, y guardan un respetuoso silencio. Son un grupo ruidoso, pero saben comportarse.

Joe no ha abierto la boca desde que entró: sigue siendo el bebé, allí en su rincón, atento y preocupado. Autónomo. Me sorprende que haya venido, pero se lo agradezco.

—¿Quién de vosotros robó el puto frasco de canicas? —digo de repente, y vuelven a reír de lo lindo. Angus, literalmente, casi se mea encima y suelta una perorata sobre su próstata; Tommy, que fuma demasiado, tose como si fuera a irse al hoyo en cualquier momento. Se culpan mutuamente, sus voces se alzan una sobre otra, se señalan con el dedo buscando culpables.

Recuerdo el momento. Había alrededor de cincuenta canicas en el frasco, pues habíamos tenido un mes ajetreado y no paramos de decir tacos. Yo había hecho un nuevo amigo en la escuela secundaria, Larry *Lampy* Brennan, que juraba como un marinero. Se metía en problemas y me gustaba echarle una mano. Una de mis canicas favoritas y con un nombre rimbombante, la Rainbow Cub Scout, había ido a parar al frasco después de que hubiese llamado a Bobby gordo de mierda, y yo estaba desesperado por recuperarla. Pelé patatas, fui a la farmacia cada semana, sin preocuparme de lo que había en la bolsa de papel marrón, pelé zanahorias, limpié el cuarto de baño, vamos, que ese mes fui el mejor niño del mundo.

—Probablemente fuiste tú y no consigues recordarlo —dice Angus—. No te vas a ir de rositas.

Todos nos reímos.

—No creo que fuera yo —digo, y realmente lo

dudo, aunque no tengo forma de saberlo a ciencia cierta.

—Para ser honesto, siempre pensé que habías sido tú —dice Tommy—. Siempre hablando de esa... ¿cómo se llamaba, chicos?

—¡Rainbow Cub Scout! —dicen todos al unísono, incluido Joe.

El doctor Loftus se ríe con ellos.

—Intentaste que mamá te dejara intercambiarla con otra, pero no te dejó —recuerda Tommy.

—Era una mujer dura. —Angus sacude la cabeza—. Que en paz descanse. A mí también me pareció que habías sido tú, si quieres que te sea sincero.

—Fui yo —admite Joe, y todos lo miramos, sorprendidos de que hable. Se ríe, con aire de culpabilidad, sin saber si está a punto de recibir un golpe.

—No pudiste haber sido tú —digo—. ¿Cuántos años tenías? ¿Dos? ¿Tres?

—Tres, y es uno de mis primeros recuerdos. Me acuerdo de haber arrastrado la silla de la cocina hasta la encimera y cogerlo. Lo puse en mi carrito, ¿recordáis mi carrito de madera, con los bloques?

Bobby asiente con la cabeza.

—Vosotros dos tuvisteis de todo, a nosotros no nos dieron esas cosas —se burla Angus, pero hay verdad en lo que dice. Bobby y Joe siempre tenían más que nosotros, eran los menores y todos trabajábamos fuera de casa y le dábamos el dinero a Mami, que se lo gastaba en ellos, sobre todo en Joe.

—Me lo llevé al callejón que había detrás de la casa y arrojé el frasco contra la pared del fondo. Se rompió.

—¿Dónde estaba Mami? —pregunto, aturdido.

Nunca sospeché de Joe, ni por un segundo; los demás reñimos durante semanas por ese asunto.

—Hablando con la señora Lynch de algo importante, una pegada a la otra, fumando, ¿os acordáis?

Nos reímos de la imagen.

—En un momento dado se dio cuenta de que yo me había ido. Recuerdo que me pilló en el callejón arrastrando mi carro de regreso a casa. Así era yo. Lo siento, chicos.

—Esa sí que estuvo buena, Joe.

Se ha ganado un poco de respeto por parte de los que estamos en la habitación, que meditamos en silencio, sorprendidos, sobre lo que acaba de revelarnos.

—Podrías haber pillado un resfriado —digo, pensando en el miedo de Mami a perder a Joe, y todos me miran y se echan a reír una vez más.

—Te hemos traído algo —anuncia Angus cuando las risas se apagan—. Una partidita y nos largamos, si el doctor Loftus está de acuerdo, ¿eh?

—Ningún problema por mi parte.

—¡Tachán!

Y Duncan saca un tablero y canicas para jugar al Provocación.

Cuando un miembro de una familia se va o se muere, la dinámica de la familia cambia. La gente cambia también, ocupa un lugar que o bien quería tener o es forzada a asumir, adoptando papeles que nunca quiso. Sucede, sin que nadie lo note, pero algo está cambiando todo el tiempo.

La semana que oímos que Hamish ha abandonado Irlanda rumbo a Londres, y la semana que me meto en líos con la policía por estar con Hamish cuando este golpeó a los chicos en la escuela, Mami parece un alma en pena. No va a permitir que ninguno de nosotros salga de casa ni vaya a ningún sitio ni haga nada. Angus tiene un baile en la escuela al que no va a dejarlo ir, lo que supone un gran problema y lo pone de muy mal humor, especialmente porque Siobhan iba a perder la virginidad con él. Llueve a mares y nos estamos matando unos a otros, con la testosterona por las nubes, en una casa de dos habitaciones. Mattie está a punto de rompernos la crisma a todos, y se va al *pub* por enésima vez ese día.

De pronto se me ocurre una idea. Paso una hora en un rincón de nuestra habitación, el único espacio tranquilo que puedo encontrar, y trabajo en ello. Duncan me acusa de masturbarme y Angus le da en la cabeza, lo que me sorprende, pues se trata de una acción protectora, la primera que tiene para conmigo. También él se ha sorprendido de su actitud, probablemente, pero no se arrepiente, y por primera vez Mami no lo castiga, porque solo estaba haciendo su trabajo, diciéndole a Duncan que dejara de soltar tonterías, lo que convierte a Angus y a Mami en aliados y a Angus y a mí en aliados. La dinámica está cambiando y es confusa.

Entro en la sala de estar con un tablero de Provocación que he improvisado. Se trata de un juego que había visto en mi libro sobre canicas. Participan seis jugadores y el objetivo del juego es conseguir que las piezas de todos lleguen a la sección principal del tablero. Las piezas son canicas de vidrio, y podemos elegir las nuestras siempre que seamos capaces de distinguirlas. El nombre del juego proviene de la acción de capturar una pieza del oponente ocupando su espacio, lo que se conoce como «provocación», algo que habíamos estado haciéndonos el uno al otro durante toda la semana, desde que Hamish nos dejó para siempre.

Jugamos. Nos sentamos alrededor de la mesa del comedor, y Mami y Mattie no pueden creerse que durante toda una hora nos concentremos en un tablero de cartón. Bobby gana la primera partida. Soy el mejor jugando a las canicas, pero el Provocación no tiene nada que ver con la habilidad y todo con tirar los dados. Bobby, el terror de las chicas, siempre ha sido el cabronazo más afortunado de todos nosotros.

Nos pasamos el día jugando al Provocación, todos los días, durante una semana, hasta que Mami está harta de nosotros y dice que podemos salir. En cierto modo, nos enseña a encontrar nuestro lugar en la familia, y no solo a través del juego, sino también por sentarnos y pasar tanto tiempo juntos, en cuarentena, juntos, aprendiendo a vivir sin Hamish.

Cuarenta años más tarde, ahí estamos, jugando de nuevo, no a la versión casera sino con un tablero que Duncan ha comprado. Bobby gana de nuevo.

—¡Cabronazo con suerte! —exclama Angus con incredulidad—. Otra vez.

Hago rodar las canicas en la mano izquierda. Mi lado derecho es el que estuvo paralizado, y ahora tiene un movimiento limitado, así que no podría tirar como solía hacerlo por mucho que quisiera. Pero me gusta la sensación de tomarlas en la mano, el tintineo familar que producen al chocar unas con otras. Es rítmico, relajante.

—Lo siento —digo de repente.

Dejan de reñir y me miran.

—Por todos esos años. Por lo que hice. Lo siento.

—Ah, déjate de tonterías, no tienes nada de lo que disculparte —dice Angus—. Todos estábamos... Todos tuvimos que afrontar tantas cosas...

Me echo a llorar y no puedo parar.

El doctor Loftus les pide cortésmente que salgan de la habitación, y siento las manos de todos en la cabeza y los hombros, dándome palmaditas, como diciéndome adiós. Angus se queda conmigo, mi guardián y hermano mayor, el que se avino a protegerme cuando su enemigo había desaparecido. Me abraza, me mece, llora conmigo, hasta que finalmente me duermo, agotado.

24

Las reglas de la piscina

Prohibido tirar basuras

Estoy conduciendo y no puedo respirar. Siento una opresión en el pecho, los músculos tensos, y estoy a punto de gritar a todo el que me mire mal o cometa el mínimo error en la carretera. Corro para enfrentarme a papá, y sé que es una mala idea. No recuerda nada, sé que no hay que ser agresiva con él sino amable, que no hay que molestarlo hablándole de temas que sencillamente no puede recordar, pero es que estoy llena de rabia. Parece ser que todo el mundo sabía de la existencia de esta mujer y de las canicas, a excepción de mí y de mi madre. Su propia familia. ¿Es que era necesaria la llegada de una caja de canicas para enterarme de todo? ¿Qué más hay de papá, sobre lo relacionado con mi vida, que no sé?

Estaciono y me bajo del coche. El aparcamiento está en silencio, son más de las nueve de la noche, no hay muchos visitantes ahora, han regresado a casa para disfrutar del viernes, saliendo por ahí o en casa.

Entro y al avanzar por los pasillos procuro ir más

despacio, con un nudo en el pecho por el esfuerzo de retener una emoción que no quiero dejar salir. ¿Qué estoy haciendo? No puedo visitar a papá en su estado, le preocuparía, está alterado, se pondría peor, se estresaría. Ni siquiera estoy segura de que pueda hablar. Voy más despacio, hasta detenerme. Huele a cloro. Es reconfortante. He vivido en el agua desde que era niña. Me sentía en mi propio mundo, podía flotar y nadar sin necesidad de hablar con nadie ni explicar nada, simplemente desplazarme debajo de la superficie. Siempre fue mi vía de escape. Todavía lo es.

Me he detenido, pero mi mente todavía va a mil. Se está haciendo más oscuro y la luna es visible, perfectamente redonda y llena, vigilándome durante toda la jornada, en este día de lo más peculiar. Y el pensamiento más recurrente ahora es el siguiente: ¿soy la persona cerrada y reconcentrada que Aidan afirma que soy porque mi padre era un tipo sombrío y lleno de secretos? ¿He heredado este rasgo de él? Aunque nunca pensé en ello de joven, lo cierto es que jamás vi a papá como alguien sombrío, y nunca me consideré una persona cerrada hasta que Aidan comenzó a mencionarlo. Tal vez sea cierto que uno nunca sabe nada de sí mismo hasta que alguien te conoce realmente. La misión de hoy dejó de girar en torno a unas canicas y se convirtió en una búsqueda del hombre que las poseía. No sabía que al final eso significaría tener que mirarme a mí misma. Y lo que he descubierto no me gusta. Nada de lo que he descubierto me gusta. No puedo respirar.

Doy media vuelta y me encamino hacia la piscina. A través del panel de cristal puedo ver que está desierta, y la fisio ha terminado por hoy. Abro la puerta y el olor a cloro me golpea.

He oído a alguien hablar en voz alta. Yo no debería estar aquí. Oigo pasos a mi espalda. Acelero. Aceleran. Más pasos. Entonces, alguien pronuncia mi nombre. No puedo respirar, no puedo respirar. Noto una opresión en el pecho. Pienso en papá, pienso en Hamish, pienso en las canicas y en la mujer secreta. Pienso en Aidan y yo. Me quito los zapatos. Me arranco la chaqueta de punto. Me zambullo. Me escapo. Y respiro.

No quiero volver a subir jamás. Me quedo cerca del fondo de la piscina, la sensación de ingravidez y libertad alivia la tensión. No tengo que pensar, mi cuerpo se relaja, mi ritmo cardíaco se normaliza. Veo las piernas y los pies de los demás por el borde de la piscina, brillando como espejismos, como si fuera la única cosa real aquí. Percibo el sonido del agua, el olor del cloro, me encanta cómo mi pelo me hace cosquillas en la piel, una sensación como de terciopelo mientras se mueve a mi ritmo. Giro y giro en el fondo de la piscina, debo de parecer una ballena varada, pero me siento como una bailarina, ligera como nunca. No sé cuánto tiempo he permanecido abajo. Un minuto, tal vez dos, pero siento la necesidad de subir para tomar aire, una bocanada rápida y luego bajo otra vez. Esto es lo que me gusta de estar en una piscina, es mi territorio, estoy segura aquí.

Oigo el sonido de palmadas, miro alrededor y veo una mano golpeando el agua, como si llamase a un delfín.

Salgo a la superficie.

Gerry, el amable portero, me mira con preocupación, inquietud y confusión, como si me hubiera vuelto loca de remate. Mathew, el de seguridad, tiene una expresión a medio camino entre divertida y enojada, pero la enfermera, Lea, sonríe.

Por lo visto he atraído a una multitud. No hay señales de mi padre, por suerte. Floto de espaldas.

—Vamos, Sabrina —dice Lea, extendiendo la
mano.

Estoy tentada de tirar de ella y hacerla caer.

«La luna me hizo hacerlo.»

Pero no lo hago. En vez de eso salgo de la piscina,
chorreando.

—¿Te sientes mejor? —me pregunta Lea, envol-
viéndome en una toalla.

—Mucho mejor.

25

Jugar a las canicas

Mensaje en la botella

La última vez que vi a Hamish antes de reconocer su cadáver en Londres fue cuando nos separamos en el callejón después de zurrar a aquellos dos escolares. Yo tenía quince años; él, veintiuno.

Fue la última vez que lo vi.

Pero no fue la última vez que supe de él.

Tengo diecisiete años, he terminado la escuela, soy el único, ni Hamish ni Angus ni Duncan han llegado hasta el final. Están trabajando con Mattie y sé que tendré que seguir su camino, no hay opción, pero antes dispondré de todo un verano por delante para hacer lo que quiera. Mattie no puede emplearme hasta septiembre porque ya cuenta con un joven aprendiz. Sin embargo, eso no significa que vaya a quedarme mano sobre mano. Tengo un trabajo que consiste en ayudar a limpiar la escuela al portero de esta, Pelotas Oxidadas. Lo llaman así porque es tan viejo que prácticamente chirría cuando camina. Estoy ganando mi propio dinero, pero he de entregar a

Mami cada penique que gano. Ella a su vez me da una paga cuando lo juzga conveniente. Siempre ha sido así con todo el mundo. Todas las facturas están a nombre de Mattie y ella se encarga de pagarlas. Es inusual que llegue algo a mi nombre, me refiero a una carta, claro.

Vuelvo a casa a la hora del almuerzo cubierto de lodo, espinas y agujas de pino clavadas en la piel; tengo callos en las manos y arañazos en la cara de tanto sacar botellas de cerveza y basura de los arbustos. Bobby y Joe están fuera, jugando a cuatro patas, las piernas y las manos sucias, concentrados en una carrera de caracoles. Nadie ha vuelto a jugar a las canicas ahí fuera, ya que todos hemos empezado a trabajar. Yo siempre estoy dispuesto a jugar, pero los chicos no están por la labor. Prefieren salir con sus novias o ir al *pub* con Mattie. Nadie quiere jugar a las canicas conmigo. Tommy tiene doce años y sigue siendo un inútil al respecto. En cuanto a Bobby y a Joe, nunca les picó el gusanillo de las canicas, que parece ser un rasgo exclusivo de los Boggs. Conozco a unos chicos que todavía juegan, pero es difícil dar con ellos, parece como si todo el mundo hubiera superado lo de las canicas, excepto yo.

Bobby y Joe me advierten del estado de ánimo de Mami, así que me quito las botas sucias y las dejo fuera. Tengo la intención de hacer todo bien desde el primer momento. Que recuerde, hoy no he hecho nada mal.

—¿Qué es esto? —pregunta Mami, mirándome. Está de pie junto a la mesa, con los nudillos apoyados sobre el mantel de plástico, como si fuera un mono.

—¿Qué es qué?

—Esto. —Señala hacia abajo con un movimiento de la cabeza.

Miro la mesa y veo un paquete.

—No lo sé.

—No me digas que no lo sabes, porque lo sabes —me grita.

Me acerco y miro. Mi nombre está escrito con lápiz negro en letras mayúsculas, sobre el único pedazo de papel manila que no ha sido cubierto con cinta adhesiva marrón.

—No lo sé, te lo juro —insisto.

Ve que estoy realmente sorprendido. Los nudillos de mono viajan desde la mesa hasta el regazo.

—¿Es de Marian? —pregunto. Paddy, el hermano de mamá, vive en Boston y su esposa, Marian, es la única persona que me envía cosas. Es mi madrina, solo la he visto una vez y la verdad es que no la recuerdo, pero cada cumpleaños y cada Navidad me envía una tarjeta con algún tipo de medalla milagrosa en el interior. No creo en ellas, pero las meto en mi cajón de ropa interior, bien al fondo, porque tirarlas da mala suerte.

Mami niega con la cabeza, a todas luces preocupada. La única razón por la que no ha abierto el paquete es porque tiene miedo. Mami no cree en la vida privada, lo que hay en su casa es de ella, pero lo está mirando como si se tratase de una bomba a punto de explotarle en la cara. Ella es así con las cosas nuevas, o si sucede algo fuera de lo común. Lo mismo cuando viene a casa gente a la que no conoce; parece tranquila, pero los mira como si estuvieran a punto de atacarla, y la única forma en que sabe reaccionar es poniéndose a la defensiva.

No quiero que mire cómo lo abro, pero no encuentro la manera de decírselo.

—Te traeré un cuchillo —dice, yendo a la cocina. Al principio creo que es para que me defienda de lo que pueda haber dentro, y luego me doy cuenta de que es para abrirlo.

Mientras va a la cocina oímos un grito que viene de fuera y que nos hiela la sangre, y Mami corre en busca de su bebé Joe. Cuando veo que Bobby le está explicando a mamá que una abeja le ha picado a Joe, agarro el paquete y cuchillo y subo a mi habitación. El paquete tiene tanta cinta de embalaje por todos lados que abrirlo es una tarea difícil, pero finalmente lo consigo y arrojo a un lado el envoltorio. Todo lo que puedo ver es un montón de hojas de periódicos arrugadas. En el interior hay una botella de vidrio azul. Aquello me confunde. Tras estudiarla detenidamente, veo que está vacía y que en la parte superior tiene una arandela de goma y, debajo, una canica. Mi corazón comienza a latir más fuerte. Sé de quién es. Bueno, no lo sé a ciencia cierta, pero supongo que es de Hamish. Ha pasado un año y medio desde que se fue y no he sabido nada de él, pero esto parece un mensaje suyo. Cojo las páginas de periódico arrugadas en el suelo en busca de una nota, pero no encuentro nada. Mis ojos se posan finalmente en un par de tetas. Y luego en otro par de tetas. Aliso rápidamente cada hoja para descubrir que mi botella ha venido protegida por todas las páginas tres de *The Sun* de dos semanas. Fotos y más fotos de tetas. Me río y espero que Mami no me oiga. Rápidamente las doblo y las meto debajo de la alfombra. Vuelvo corriendo al trabajo, llevando la botella conmigo, antes de que Mami me exija respuestas que no tengo.

—¿Sabes qué es esto? —le pregunto a Óxido.

Pelotas Oxidadas, que siempre tiene un cigarrillo entre los labios, la mira y sonríe. Arroja el cigarrillo al suelo que nos hemos pasado la mañana limpiando y pregunta:

—¿La has encontrado en la basura?

—No. Es mía.

—Si la has encontrado aquí, es mía.

—No. Es de mi hermano. De Inglaterra.

—Ni siquiera sabes lo que es. —Hace un gesto—. Dámela.

Me alejo.

Me la arrebata, con una fuerza inusitada para ser un anciano, y la estudia.

—Es una botella de cuello Codd. Hacía años que no veía una. Mi madre solía almacenarlas en el cobertizo antes de que los de la Fuerza de Reserva de la Real Policía Irlandesa las destruyeran. Guardaba el poitin, ese aguardiente de noventa y cinco grados, que destilaba en el cobertizo. No es para lo que se supone que estaban destinadas estas botellas, pero por eso precisamente ella las llenaba de poitin. Fueron diseñadas para bebidas carbonatadas, bebidas con gas —añade, y cada vez entiendo menos—. El problema con las botellas de vidrio es que la presión del gas solía hacer estallar el tapón de corcho, especialmente si el corcho estaba seco. Por lo que a un hombre llamado Codd se le ocurrió insertar estas bolitas en el cuello de las botellas. Estas se llenaban boca abajo y la presión del gas presionaba la canica contra la arandela de goma, sellándola.

—¿Cómo se saca la canica? —pregunto. Es todo lo que quiero saber.

—Si eso es lo que tienes pensado hacer, no te la devolveré. La canica no se recupera. Algunos niños rompían la botella para sacarla, pero eso no se hace. Algunas cosas es mejor dejarlas como están.

La canica es simple y sencilla, basta, de vidrio claro, sin señales o marcas que me indiquen que es de una determinada marca o factura. No hay nada especial en esa canica, solo que está dentro de la botella.

—Estas botellas son poco comunes —continúa Pelotas Oxidadas—. El azul era un color que se empleaba para venenos, por lo que cualquier embotellador de agua mineral con dos dedos de frente no lo habría utilizado. Dudo de que haya muchas de estas.

La mira de cerca, comprueba si existe alguna marca, como yo haría con una canica, y el pulso se me dispara. Es mía. Alargo el brazo y él la aleja de mi vista.

Se ríe.

—¿Qué me vas a dar por ella? —pregunta, agarrándola con fuerza.

Podría decirle lo que pienso de él, intentar pelear, pero nada de eso hará que me la devuelva. Además, tengo que pasar el resto del verano con él. De mala gana, meto la mano en el bolsillo y le ofrezco una página tres plegada Yo estaba pensando en pasarme por los arbustos cuando tuviera tiempo para disfrutar con Beverly, diecinueve años, tetas calientes. Pelotas Oxidadas la ve, me devuelve la botella al instante y desaparece con la página en su cobertizo durante veinte minutos.

Me siento fuera, sobre la hierba, y me quedo mirando la botella azul, preguntándome qué significa, en el caso de que signifique algo. Sé por instinto que es de Hamish, que solo podría ser de él. El hecho de que se trate de una canica y de la página de tetas del *Sun* es una prueba de ello. Es su tipo de humor. Probablemente esperaba que Mami abriese el paquete, o que lo hiciera yo delante de ella. Imagino su risa arrogante mientras envuelve la botella, probablemente deseando estar en casa para ver nuestra reacción. Hamish el chico familiar, ahora lejos de todos nosotros. Busco respuestas en la botella: ¿Significa que Hamish está trabajando en una fábrica de botellas? ¿Acaso quiere que dé con él? ¿Será que recolecta botellas? Recuerdo que llamábamos «arandelas» a los bolones más grandes, pero no sabíamos por qué; ahora sé que se debe al tamaño de la canica en el cuello de la botella. ¿Es esta canica un vínculo con un hermano mayor? ¿Estará este tratando de decirme algo? Busco mensajes ocultos, pero luego me doy cuenta de que es claro como el agua: hay un mensaje en la botella. Hamish no lo escribió en una nota, pero en su lugar se encontró una botella con una canica en ella.

Un mensaje en la botella.

Que me habla alto y claro.

Me dice: «Todavía estoy aquí, Fergus. No te he olvidado, no he olvidado las canicas como todo el mundo, sé lo importantes que son para ti. Vi esta y he pensado en ti. Siempre estoy pensando en ti. Lo siento, siento todo lo que ha pasado. Vamos a ser amigos.»

Me dice: «Tregua.»

26

Las reglas de la piscina

Prohibidos los objetos de vidrio

Vamos a la cafetería con Lea, quien tiene la capacidad de hacer que una sienta que la cosa más rara que ha hecho en su vida es de lo más normal, y tal vez sea cierto. Emana calidez y amabilidad, y entiendo por qué es la favorita de papá y por qué este se queja tanto de sus otros cuidadores.

Ya es tarde. La cafetería está cerrada, aparte de la zona donde se encuentran las máquinas expendedoras de té y de café, que es donde estamos. Papá duerme; de hecho, ya dormía cuando aparqué y entré a toda prisa como si fuera a la de caza de algo. Me alegro. A pesar de que la piscina me ha calmado, evita que irrumpa en su habitación y lo interrogue acerca de cuanto hoy ha salido a la luz.

No tengo nada que decir y Lea lo sabe, así de simple; papá siempre ha señalado esta cualidad de ella. Una cualidad que a todos nos gustaría tener y que tuvieran nuestros seres más cercanos. Como Aidan, por ejemplo. Me encantaría que supiera cómo me siento sin tener que interrogarme al respecto, que es lo que hace todo el tiempo, convencido de que algo va mal conmigo, con nosotros, algo que necesita repararse. Dos meses hemos estado yendo a terapia de pareja y, sin embargo, nada va mal en nuestro matrimonio. Soy yo. Estoy cerrada en mí misma. Reconcentrada. Así es como él lo llama. Pero no es nada nuevo, y a saber por qué le molesta precisamente ahora.

Sí, lo sé. Así lo dijo en la última sesión: se siente como si yo no fuese feliz a su lado. Pero lo soy. Nada va mal con él.

—¿Eres feliz a mi lado?

—Sí, soy feliz.

—¿Estás feliz contigo misma?

—Por Dios, Aidan, estás empezando a hablar como uno de esos terapeutas.

—Sí, lo sé, pero ¿estás feliz contigo misma?

—Sí. Lo estoy. Me gusta mi trabajo, amo a mis hijos, te amo.

—Sí, pero todo eso no eres tú.

—Si mi trabajo, mis hijos y mi marido no son yo, ¿qué lo es? —grito.

—No lo sé. Tranquila, solo estoy preguntando, no te pongas tensa.

—Maldita sea, solo estoy estresada porque me lo sigues preguntando. Vale, bien, ¿quieres hacer esto?, no hay problema. ¿Estoy contenta conmigo misma? Sí, la mayor parte del tiempo sí, pero estoy cansada, agotada, arriba a las siete, prepara el desayuno, el almuerzo, déjalos en la escuela, ve a trabajar, recógelos, llévalos a la actividad que sea, prepara la cena, a bañarse, a la cama, a dormir. Una y otra vez. Pan, mantequilla, jamón, queso, pan. Y vuelta a empezar.

—Pero eso no podemos cambiarlo, ¿verdad? Los niños han de ir a la escuela. Tienes que trabajar.

—Exactamente, por eso, deja de ser tan pelma.

—Sin embargo, ¿te gustaría cambiar de trabajo?

—¡No! Me gusta mi trabajo.

—¿De verdad?

¿De verdad? Sí. Pero últimamente, no.

—Y otra cosa: me gustaría perder el peso que gané con Alfie. Casi cuatro kilos. Mis pechos están llenos de grasa, quiero adelgazar. Quiero ser capaz de hacer gimnasia en bikini mientras estamos en la playa, mientras todo el mundo mira.

—Pues haz ejercicio.

—No tengo tiempo.

—Sí, por la noche; yo me quedo en casa y tú sales. Puedes dar un paseo con las mujeres del barrio.

—No quiero dar un puto paseo con las mujeres del puto barrio; lo único que hacen es cotillear y decir tonterías, y no quiero perder el tiempo de esa manera lastimosa. Deja de reírte de mí, Aidan.

—Lo siento. Bueno, pues ve a un gimnasio. Ve a nadar sola; has dejado de hacerlo.

—¿Por la noche, Aidan? ¿Cuando estoy tan cansada que todo lo que quiero es acostarme o ver la televisión tirada en el sofá? O estar contigo, porque si salgo por la noche, ¿cuándo iba a estar contigo?

—Quédate despierta una hora más.

—Pero para entonces ya estoy muerta, joder.

—Bueno, bueno, deja de maldecir tanto.

—Lo siento. Es solo que no quiero tener que pedir un favor relacionado con los niños para hacer algo tan poco atractivo como ir al gimnasio. Prefiero hacer otra cosa, como salir. Parecería un favor desperdiciado.

—¿Es eso? ¿Quieres salir más? Siempre me dices que estás demasiado cansada, que no quieres salir.

—Estoy muy cansada, sí. Cansada de esta conversación.

—Solo quiero ayudarte, Sabrina. Te amo.

—Y yo a ti. Realmente, no eres tú, no es nada, estás haciendo una montaña de un grano de arena.

—¿Estás segura? ¿No es por...?

—No, no es por eso. Ya está olvidado. Ni siquiera quiero hablar de ello. No es eso.

—Vale, de acuerdo. ¿Estás segura?

¿Estoy segura?

—Sí, lo estoy.

—¿Quieres que colabore más en casa, que ayude más?

—No, eres genial, haces mucho, recuerda la lista de tareas que escribimos en la última sesión. En serio, eres genial, colaboras mucho más de lo que pensaba, Aidan. No eres tú.

—Pero ¿hay algo...?

—Aidan, ya basta. No hay nada. No hay nada.

—Si lo hay, dímelo, porque contigo es difícil saberlo, Sabrina. No sé cómo interpretarte. Eres muy reservada, lo sabes. Te lo guardas todo dentro.

—Porque no quiero darle importancia a lo que no la tiene, porque no hay nada malo, porque estás convirtiendo esto en algo dramático cuando todo está bien. Solo estoy cansada, eso es todo. Algún día los niños serán mayores y ya no me cansaré tanto.

—Bien. El viernes me los llevaré de acampada y podrás tener un día para ti sola. Cuando vuelvas del trabajo descansa, no levantes un dedo, no hagas nada, ¿de acuerdo?

—De acuerdo.

—Dime, ¿qué has descubierto? —me pregunta el doctor Loftus. O doctor Picores, en palabras de Lea.

Loftus estaba a punto de marcharse a casa cuando me zambullí en la piscina, pero se corrió la voz y ha venido a verme. Y si bien aprecio el gesto, espero no tener que pagar por esta sesión. Le cuento todo lo que he descubierto hoy acerca de papá, sobre su doble vida, y me pregunto qué partes ya conoce el doctor, si ha hablado con Cat y los hermanos de papá durante el último año, si ha conocido a todo el mundo en este tiempo, pues todos se conocen salvo yo. Ahora sé cómo se siente papá, con todo el mundo a su alrededor, sabiendo que no recuerda. Y creo que lo que más me duele es que en una versión de su vida yo no existía, que eligió que eso fuese así y me dejó fuera. Me trago el nudo que tengo en la garganta antes de continuar.

El doctor Loftus parece tranquilo.

—¿Sabías todo esto? —le pregunto.

Medita por un instante.

—Ellos vinieron a verme varias veces durante la rehabilitación de Fergus para tratar de ayudar, me ofrecieron la información que sentían que debía tener acerca de él, y que tú desconocías, de modo que sí, sí sé muchas de las cosas que me has contado, pero no todas, y ciertamente no sabía que él había estado usando el nombre de su hermano. Eso es nuevo. —Hace una pausa—. Los derrames cerebrales a menudo producen pérdida de memoria. Eso ya lo sabes, lo hemos hablado antes. Hay confusión o problemas con la memoria a corto plazo, los sujetos vacilan o se pierden en lugares que deberían conocer, tienen dificultades para seguir instrucciones. A Fergus le ha ocurrido todo eso. La memoria puede mejorar con el tiempo, ya sea de forma espontánea o mediante rehabilitación, y también hemos visto señales positivas tras utilizar técnicas de readaptación cerebral. Sin embargo... —Se mueve en su asiento y se echa hacia delante, con los codos sobre la desvencijada mesa, la camisa arremangada, los ojos cansados de un hombre que ha tenido un largo día—. La amnesia disociativa, u olvido de cierta información personal importante, es un asunto completamente diferente. Los recuerdos reprimidos son recuerdos hipotéticos que podrían haber sido bloqueados inconscientemente, fruto de una memoria que se asocia con un alto nivel de estrés o trauma. Los recuerdos reprimidos son objeto de controversia; algunos psicólogos creen que son propios de las víctimas de algún trauma, pero existe cierta discrepancia al respecto. Algunos piensan que con terapia pueden recuperarse, mientras que otros lo niegan.

—¿Crees que mi padre ha reprimido deliberadamente sus recuerdos relacionados con las canicas?

Loftus se toma su tiempo. Cuando lo interrogo sobre el estado de papá nunca responde sencillamente sí o no. ¿Por qué recuerda algunas cosas y no otras? ¿Por qué logra recordar algunas cosas en determinados días y no en otros? Porque el derrame cerebral ha afectado su memoria, esa es la única respuesta que tiene sentido para mí.

—Se acuerda de ti y de tu madre y de la vida que habéis tenido juntos —dice por fin—. Recuerda su infancia y su relación con su familia, pero no recuerda la reciente reunión con sus hermanos que precedió al accidente cerebrovascular, ni a esta mujer de la que estaba enamorado, ni se acuerda de las canicas, en absoluto.

—Pero me has dicho que las personas bloquean aquello que ha sido estresante y traumático. Las canicas lo hacían feliz. Esta mujer y sus hermanos lo hacían feliz, o eso parece.

—Pero a juzgar por tu relato, las canicas lo obligaron a escindir su vida. Lo obligaron a convertirse en dos hombres diferentes, a vivir dos vidas diferentes. Es evidente que estaba sometido a mucho estrés en su vida antes de su accidente cerebrovascular, debido a problemas económicos, a la pérdida de su trabajo, pero esta tensión se habría visto acrecentada por el hecho de que estaba tratando de vivir dos vidas separadas. Ahora bien, esto es solo una teoría, Sabrina —añade en tono casual, y me doy cuenta de que esto no es un diagnóstico oficial—. Es tarde y estoy cansado y te estoy ofreciendo teorías, pero si tu padre culpa a las canicas de poner esa presión sobre él, entonces eso nos brindaría algunas explicaciones acerca de por qué ha reprimido los recuerdos que tienen que ver con ellas, a pesar de la obvia alegría que antes le habían provocado. Al principio representaban una especie de libertad para él, un lugar donde podía perderse y en el que, a medida que pasaron los años, quedó atrapado. Puede que no haya visto otra salida.

—¿Así que olvidar equivale a encontrar la salida?

Estoy tan furiosa con él por todo el dolor que me ha causado, que egoístamente no he pensado en la presión a la que debió de haber estado sometido, aunque fuera una presión autoimpuesta.

—Una vez más, la amnesia disociativa es una cosa inconsciente. Es decir, no tomó conscientemente la decisión de bloquearse, sino que lo hizo, inconscientemente, para sobrevivir...

Pienso en la cara que puso papá cuando le mostré las canicas rojas. De reconocimiento. De alegría. De confusión. De desconcierto.

—Si yo le mostrara las canicas, ¿tendría eso un efecto negativo sobre él? —pregunto—. ¿Podría provocarle un nuevo derrame...?

Antes de que haya acabado la frase, Loftus ya está negando con la cabeza.

—No, no le provocaría un nuevo derrame, Sabrina. Se podría molestar un poco, sí. Pero también podía llevarse una alegría —responde, encogiéndose de hombros. No, sí y no, no.

Pienso de nuevo en la cara de papá cuando vio las canicas rojas, en cómo su expresión pasó de la inocencia a la confusión, como si la otra parte de él se hubiese visto atrapada entre el que es ahora y el que está bloqueado, y ambos lucharan entre sí. No quiero causarle más estrés.

—Ha mostrado ambas reacciones cuando sus hermanos le enseñaron un juego de canicas esta noche —dice Loftus—. Alegría seguida de lágrimas, pero al parecer hoy hay algo que está funcionando, aunque sea en un nivel inconsciente.

«Se está curando», pienso.

Lea me ha contado que mis tíos lo han visitado, pero no lo he visto porque en cuanto llegué me lancé a la piscina. Mientras tanto papá se había quedado dormido, agotado.

—Descubrí las canicas en las cajas que entregaron aquí esta mañana —explico—. Algunas han desaparecido, y me propuse encontrarlas. Valen mucho dinero. Pero entonces topé con todo esto.

Asiente con la cabeza, animándome.

Me tapo la cara con las manos.

—O tal vez sea que me estoy volviendo loca.

—No. —Se ríe—. No te estás volviendo loca. Sigue hablando.

—Pensé que si conseguía encontrar todas las canicas y luego mostrárselas, entonces eso mágicamente desbloquearía lo que está obstruyendo sus recuerdos. Sé que no se puede curar a una persona así, pero..., bueno al menos estaría haciendo algo para ayudarlo.

La cabeza me da vueltas, son tantas las revelaciones que he tenido en un solo día, no solo sobre los secretos de papá sino sobre mis propias intenciones, algo de lo que me doy cuenta ahora, a medida que cae lentamente la noche, tal vez porque en la oscuridad me siento más segura.

—Sabrina, solo por estar aquí ya lo estás ayudando. Solo por hablar con él. Nadie conoce los factores desencadenantes de la reaparición de recuerdos: puede ser un sabor, un sonido u otras cosas, como la visualización guiada, la escritura inconsciente, el estudio de los sueños, el trabajo corporal o la hipnosis. Y en mi campo, la recuperación de recuerdos reprimidos no es algo que la psicología tradicional acepte ni cuya existencia haya quedado demostrada. Algunos de mis compañeros, expertos cognitivos y en temas de memoria, tienden a mostrarse escépticos.

—¿Y tú?

—Tengo una habitación llena de libros sobre todas estas cosas, sobre qué decirle a Fergus, qué hacer con él, pero en realidad... —Abre los brazos y parece tan completamente agotado que me siento culpable por retenerle aquí—. Lo que de verdad importa es esto: lo que funciona, funciona.

Pienso rápido, pues sé que se marchará en cualquier momento rumbo a su vida real, a sus propias preocupaciones. Ahora he decidido que no quiero molestar a papá mostrándole su colección de canicas; cada una de ellas debe de estar asociada a un recuerdo, lo que podría ser demasiado para él. Pero quiero que recuerde la alegría de tener canicas.

—¿Qué pasa si le compro otras nuevas, para producir nuevos recuerdos, para darle nuevas alegrías?

Sonríe.

—No veo qué daño podría hacer.

—¿Qué hora es? —Miro mi reloj—. Casi las diez. ¿Quién vende canicas a las diez de la noche?

Se echa a reír.

—¿Por qué tiene que resolverse en un solo día?

Porque sí. No le puedo decir por qué, pero tengo una fecha límite. Las cosas debo arreglarlas hoy, sin más. O si no, ¿qué? ¿Es que todo debe quedar en el aire para siempre? Mañana podría estar de vuelta en la noria, como un hámster.

Cuando el doctor Loftus se despide hago balance. Mis tejanos todavía están mojados después del baño en la piscina, por mucho que los haya tratado de secar bajo el secamanos, en el vestuario, y de cintura para arriba solo llevo un jersey con capucha, pues el sujetador y la camiseta están en una bolsa de plástico, empapados. Esta es la realidad. Estoy sopesando la posibilidad de que mi misión para salvar a mi padre en un solo día simplemente no vaya a tener éxito. Mañana me despertaré, Aidan y los niños regresarán a casa y volverán a atraparme en sus redes, y este sueño se habrá desvanecido, como tantos otros objetivos diarios que nunca suceden. Debería ir a casa, dormir un poco, descansar y recuperarme. Que era lo que iba a hacer mientras Aidan se llevaba a los chicos. Esa era la idea. Pero entonces la enfermera Lea se aclara la voz desde la puerta.

—¡Ejem! ¿Ya se ha ido el doctor Picores?

Me río.

—Oye, que yo no estaba escuchando... Vale, sí, pero no hago preguntas —dice—. Conocí a un chico en Facebook con el que se supone que esta noche iré a una fiesta. Será nuestra primera cita... Vale, no fue en Facebook, sino en una web de citas, pero si por uno de esos milagros se parece a su foto de perfil, me caso con él mañana mismo. —Suelta una risa nerviosa—. En cualquier caso, es artista. Hace cosas con madera. Y tiene un montón de amigos artistas. Toma.

Me entrega una hoja de papel doblada con una dirección.

—¿Qué es esto?

—Estoy loca por tu padre, nunca he visto a nadie que avance tanto en un día. Quiero echar una mano.

27

Jugar a las canicas

Reproducciones, falsificaciones y fantasías

Cat está sentada a una mesa. Luce un vestido blanco y lleva flores blancas en el pelo. Bebe un vaso de vino blanco y echa la cabeza hacia atrás y suelta una risa traviesa que al instante hace que los demás se rían con ella. Así es Cat; aunque lo que dice no siempre es divertido, su reacción ante lo que sucede sí lo es. Sería ingenuo afirmar de ella que es una mujer siempre alegre, desde luego que no, sobre todo si se piensa en su hija mayor, que le da tanto trabajo, una joven con problemas que siempre lo complica todo, porque no es feliz a menos que esté haciendo a su madre infeliz. Aparte de eso, o casi a pesar de eso, Cat tiene la capacidad de dejar esas cosas de lado y disfrutar de la vida como lo que es, o al menos disfrutar de la otra parte de la vida, la buena. Nunca permite que los problemas interfieran, sabe apartar las preocupaciones. A pesar del modo en que he separado mis dos vidas, yo nunca he sido capaz de una cosa así: un problema en la vida de Hamish O'Neill es un problema en la vida de Fergus Boggs, y viceversa. Por ejemplo, hoy, en este hermoso día, dice:

—Al diablo con todos los problemas de la vida, vamos a disfrutar ahora, en este momento, con lo que estamos haciendo.

La admiro, y al mismo tiempo me tiene loco. ¿Cómo puede ignorar los problemas? Pero no los ignora, sino que los aparta, elige el momento de detenerse en ellos. Nunca he sido capaz de nada semejante. Vivo preocupado hasta que los problemas han desaparecido. ¿Y dónde estamos ignorando los problemas hoy? A ocho mil kilómetros de distancia, en la costa central de la región vinícola de California, en la boda de la mejor amiga de Cat. Con cincuenta años de edad y un novio de sesenta, ya no son unos críos, y no es la primera vez para ninguno de ellos, aunque parecen dos adolescentes enamorados, que es como me siento con Cat cuando estoy en su compañía. Parece ser el año de los segundos matrimonios; esta es mi tercera boda este año, y me acuerdo especialmente de la primera porque me tocaba de cerca. Aunque no me invitaron a ella, la de Gina fue la que más me afectó. Por supuesto, no esperaba que me invitase, Gina y yo no hemos cruzado una palabra agradable desde que nos separamos hace más de quince años, pero aun así, a pesar de los novios que ha tenido, seguía considerándola mi esposa. Ahora ella es de otra persona y pienso en todas las cosas que hice mal. Fue muy bonito al principio, era hermosa, la adoraba y solo quería hacerla feliz. Y fue precisamente ese pensamiento lo que arruinó nuestra relación, lo que me arruinó. ¿Por qué no acabé por verla como lo que era, sabiendo que ella me amaba por lo que yo era? No importa lo mucho que intentase cambiarme a mí mismo, mis raíces eran las que eran, y a ella le encantaban. Durante un tiempo al menos. Esa dulce mujer joven con la cara cubierta de pecas ha desaparecido, ahora es una mujer altiva que salta a la menor oportunidad. ¿La hice yo así? ¿Es culpa mía?

Estamos en el condado de Santa Bárbara, en julio, y hace un calor sofocante. Cat está en su elemento, se broncea al sol, sin zapatos, con los dedos de los pies bien cuidados, el escote profundo y moreno, balanceándose cuando ríe. Es la luz de mi vida y, sin embargo, cuanto más me ilumina, más siento su sombra proyectada detrás de mí. El calor me está matando. Me alejo del sol, incapaz de soportar el calor. Tengo la camisa blanca empapada y por eso no puedo quitarme la chaqueta, lo que hace que tenga aún más calor. Permanezco a la sombra tanto como puedo, bebiendo litros de agua, pero jamás he estado tan gordo: veinticinco kilos por encima de mi peso habitual. Siento calor, incomodidad, el sudor en los huevos, mis muslos que chocan entre sí, la camisa demasiado apretada alrededor del cuello. El hombre que se ha dejado caer a mi lado viste traje y sombrero blancos. Me dice que es marchante de arte y no habla más que de los campos de golf donde ha jugado en todo el mundo, con tal lujo de detalle que estoy tentado de decirle que cierre la puta boca de una puta vez. Pero me contengo, por amor a Cat. Cometí el error de mencionar que he jugado al golf, lo que en efecto hice, aunque de ello hace muchas lunas. He jugado principalmente por motivos de trabajo, cuando era asesor financiero y tenía que mantenerme al corriente de lo que estaba pasando. Pero acabé vendiendo los palos y dándome de baja en el club de golf, ya que no podía hacer frente a la cuota y dejé de tener tiempo para el ocio. Todos aquellos con quienes jugaba han hecho lo mismo y en su lugar han invertido en chándales y bicicletas. Hablar de un juego al que tuve que renunciar no contribuye a mejorar mi estado de ánimo.

Yo no quería venir. Tan pronto como Cat me contó lo de la invitación supe que no quería venir. Se lo dije, pero ella fue inflexible. Insistió en pagar los billetes. Lo que sentí en mi juventud con la luna de miel, bueno, ya no lo siento. No quiero que nadie pague mis cosas. Quiero pagarlas yo, pero no podía permitirme el billete de avión, y ahora que estoy aquí tampoco puedo pagar nada. Cat corre con todos los gastos. Cada gesto, su amabilidad, me hacen sentir aún peor, como si me hubieran cortado las pelotas. Y mi compañía ha sido terrible. Estoy seguro de que está deseando librarse de mí.

Ella me mira y veo la preocupación en sus ojos. Pongo una falsa sonrisa de alegría, abanicándome cómicamente para hacerle saber por qué estoy aquí, en la sombra. Sonríe y vuelve a unirse a la conversación, e incluso yo sigo charlando muy animadamente con el marchante, para que ella vea que me lo estoy pasando en grande cuando me echa un vistazo pensando que no me doy cuenta.

Ante el octavo hoyo del Pebble Beach, mi teléfono vibra en el bolsillo. Estoy feliz de disculparme y desaparecer en el interior de la recepción con aire acondicionado del local. Me quito la chaqueta, lejos de la vista de todo el mundo, y me siento. Es el mensaje que estaba esperando. Es Sonya Schiffer, una mujer con la que me puse en contacto hace unos meses, tan pronto como oí que iba a venir a Santa Bárbara. Comunicarme con ella a espaldas de Cat ha despertado en mí esos viejos sentimientos que solía tener cuando organizaba salidas nocturnas o noches lejos de Gina, pero siempre que me asalta esa sensación viene acompañada de culpabilidad. Mi conciencia ha crecido desde que la conocí, aunque eso no elimina la necesidad de salir y cumplir con esta otra mujer. Pienso en cómo marcharme de aquí. Tenía un plan, pero ahora he de repensarlo. Nuestro hotel está más alejado de lo que pensaba y escabullirme no resultará fácil. Debo organizar un servicio de autobús o conseguir que me lleve alguien, y si finjo una indisposición estoy seguro de que Cat querrá acompañarme. La música comenzará en breve y a ella le encanta bailar. Va a estar despierta toda la noche bailando sin parar, con nadie y con todo el mundo, como siempre. Baila muy bien y por lo general la observo, pero tal vez esa sea ahora mi oportunidad para escapar. Ni unos caballos salvajes podrían arrastrarla fuera de una pista de baile. Puedo aducir que tengo *jet lag*, o un malestar estomacal. He comido ostras.

Nuestro hotel está a veinte minutos de aquí; el motel donde he dispuesto encontrarme con Sonya en Santa Bárbara, a cuarenta. Necesito llegar al nuestro para coger el coche y conducir hasta la ciudad. ¿Puedo hacerlo? Veré a Sonya, pero ¿volveré a tiempo antes de que la boda haya terminado, antes de que Cat advierta que he desaparecido? No lo sé, pero cuanto antes me vaya mayores serán las posibilidades de éxito. Cuando me ve ir hacia ella parece afectada. Me froto la tripa y se lo explico, una urgencia, debo volver a nuestro dormitorio, a nuestro cuarto de baño. Ella sabe que no me gusta usar otros lavabos cuando estoy fuera de casa. Le digo que no pasará mucho tiempo, que también tengo que cambiarme de camisa. «Disfruta, estaré bien, volveré para el baile.» Cat quiere cuidar de mí, por supuesto. Es una cuidadora nata, pero también le gusta tener su espacio, después de haber vivido sola durante veinte años, y es buena a la hora de dar espacio a los demás, de modo que dejo la fiesta. Tomo una ducha rápida, me pongo una camisa y un pantalón limpios, tomo mi bolsa de viaje y conduzco hasta Santa Bárbara.

Estaciono en el aparcamiento del motel y subo las escaleras hasta el segundo piso. Al final del pasillo, todas las puertas de los dormitorios se han dejado abiertas, tal como me informaron que harían para montar un mercadillo. Veo a Sonya enseguida, la reconozco por su fotografía y también porque es la única mujer. A los setenta y cuatro años de edad ha publicado dos libros sobre canicas, sobre jugar y coleccionarlas, y es una de los principales expertos del mundo. Le he pedido que tase mis canicas, o más bien las de Hamish O'Neill, y después de compartir con ella fotografías de mi colección ella ha quedado lo suficientemente intrigada para acceder a venir. Pesa ciento cincuenta kilos y tiene artritis en ambas rodillas, está rodeada de fanáticos, deseosos de robar un momento de su tiempo. Pero tan pronto como entro, somos solo ella y yo. Ambos queremos ir directamente al grano. Las cuatro habitaciones de esta planta funcionan como un mercadillo donde la gente puede discutir, intercambiar y valorar sus canicas. He estado otras veces en convenciones similares a esta, como Hamish O'Neill, y siempre he sentido el subidón de verme rodeado de gente tan comprometida con las canicas como yo. Al ver que se le iluminan los ojos ante la visión de una cobra Guinea en perfecto estado o un trébol transparente o una marta exótica, o incluso ante una caja de muestras que no ha visto antes, o que no ha visto físicamente... Todo esto me recuerda que no soy el único en quedar hipnotizado por este mundo. Por supuesto, algunas de estas personas están incluso más locas que yo, invierten toda su vida y sus ahorros en coleccionar, sin jugar, pero siempre me siento entre amigos en estas ocasiones, como si realmente pudiera ser yo mismo, aunque actúe bajo el nombre de mi hermano.

Tenía los libros de Sonya antes de ponerme en contacto con ella. Había comprado uno en particular con la intención de tratar de valorar mi propia colección, pero rápidamente me di cuenta de que podía ser fácilmente engañado. Me puse en contacto con ella, una de los coleccionistas más famosos que existen, a través de internet. No he traído la colección completa, no hubiera podido pagar el exceso de peso ni meterla en mi bolso de mano sin que Cat sospechara. He traído lo que creo que son las piezas más valiosas. Para venderlas, como le dejé muy claro a Sonya Schiffer. No sé si alguna vez las venderé o no; siempre pensé que nunca lo haría, pero se acerca el momento. Los bancos van detrás de mí por un apartamento que poseo en Roscommon, una inversión estúpida en un bloque en mitad de la nada que costó demasiado en su momento y ahora no vale ni dos centavos. La razón es que ni la escuela, ni el centro comercial ni lo que fuera que estuviera en los planos originales van a construirse, por lo que no puedo alquilar el apartamento, ni venderlo, lo que me deja en una situación difícil para pagar esa hipoteca, así como la mía.

Debo empezar a reunir mis piezas y ver lo que tengo en juego.

A pesar de que he de conducir de vuelta, Sonya insiste en que bebamos un whisky juntos. Intuyo que mi respuesta tendrá un gran efecto en la valoración que haga de mis piezas. Ha venido a salir de noche, no tiene prisa. Puedo ponerle una excusa a Cat, aún no sé cuál. Ya se me ocurrirá algo.

—Vaya, menuda colección —dice Sonya mientras nos sentamos a una mesa. Las personas se arremolinan alrededor, charlan, intercambian, juegan, incluso la miran trabajar, pero yo no les hago caso. Mantengo la mirada fija en ella. Es enorme, tan grande que su culo sobresale por los lados de la silla. Cree que soy Hamish O'Neill, ganador del Campeonato Mundial de 1994, mejor jugador individual del torneo. Quiere hablar de eso y no me importa revivir mis días de gloria, cuando hay muy pocas personas con las que puedo sincerarme. Le cuento todo en detalle, cómo les ganamos a los alemanes diez veces seguidas y la pelea que estalló después en el bar entre Spud, de mi equipo, y uno del equipo alemán, y cómo los de Estados Unidos tuvieron que intervenir para calmar los ánimos. Nos reímos de ello y puedo decir que está impresionada. Volvemos a las canicas.

—Compré su libro para valorarlas por mí mismo, pero enseguida me di cuenta de que es un arte, y que no lo domino —confieso—. He aprendido que hay más reproducciones por ahí de lo que pensaba.

Me mira fijamente.

—Yo no me preocuparía por las reproducciones tanto como la gente quiere que hagas, Hamish —dice—. Cuando se trata de coleccionables, las reproducciones no son una cosa nueva. Las canicas petroleras y las rayos de sol eran un intento de imitar las lutz; las ojos de gato, un intento de imitar las trébol. Las japonesas, los remolinos, las AKRO y las ágatas cornalinas eran un intento de imitar las piedras cortadas a mano, pero a pesar de esto, todas estas canicas, a excepción de las ojos de gato, por supuesto, son altamente coleccionables hoy.

Sonrío, pensando en mi broma con Cat acerca de que ella no era coleccionable en absoluto, a pesar de ser lo más valioso en mi vida, y Sonya me mira por encima de las gafas como si me evaluase a mí y no a las canicas mientras hace girar una lupa de diez aumentos en sus gruesos dedos llenos de anillos de oro.

—Pero por lo general todos estamos imitando una cosa u otra —comenta.

Trago saliva, pensando que es una evaluación directa de mí. Como si supiera que no soy Hamish O'Neill, aunque es imposible que lo sepa.

Tras estudiar las canicas un rato, durante el cual bebo demasiado whisky, dice:

—Tienes algunas reproducciones aquí, y esta ha sido reparada para fijar una fractura, ¿ves las pequeñas arrugas y la nubosidad? —Asiento con la cabeza.

—Eso ocurre cuando vuelven a calentar el vidrio —prosigue—. Y tienes unas cuantas fantasías, piezas que nunca existieron en su forma original. Bolsas de polivinilo con etiquetas viejas... —Parece contrariada—. Pero aquí hay algo bueno. Es obvio que tienes buen ojo.

—Eso espero. Vamos a verlo, ¿no?

—Sí.

—Espero que no tengas prisa, porque evaluar la colección nos llevará toda la noche.

Son las cuatro de la mañana cuando alguien llamado Bear me deja en el hotel y se aleja rápidamente en su furgoneta. Apenas puedo ver, después de beber una botella de whisky con Sonya. Trato de concentrarme en el camino delante de mí y me caigo con mi bolsa de canicas entre unos arbustos. Río, me pongo de pie y llego dando tumbos a la habitación.

Cuando la furgoneta pasó por delante de las viñas comprobé con sorpresa que la boda había acabado y que no había ningún invitado a la vista, ni siquiera Cat. Raro, para una boda irlandesa, aunque no estamos en Irlanda y debería haber sabido que se acabaría temprano. El conserje me recibe con mirada airada, pues ha tenido que dejarme entrar a esas horas, y choco con todo, marcos de puertas, muebles, camino de las escaleras. Cuando llego a la habitación, como por arte de magia Cat abre la puerta. Está dolida, lo lleva escrito en la cara.

—¿Dónde demonios has estado?

Lo he hecho otra vez. No importa lo que pienso de mí mismo, lo que creo que puedo cambiar, siempre vuelvo a hacer sufrir a la gente que me importa. El Hamish que hay en mí aflora, pero no se le puede seguir culpando. Soy yo. Siempre lo he sido.

28

Las reglas de la piscina

Prohibido beber alcohol

Espero en mi coche a Lea, mientras se prepara para la fiesta. Pongo a tope la calefacción para ver si se secan mis tejanos, que se pegan a mis piernas. Cojo el inventario de nuevo y lo repaso. Repaso la vida de sus recuerdos, todos catalogados con una escritura pulcra. Miro las fotografías que tomé del artículo de prensa que había en la pared del Marble Cat. Tiene mucho grano y papá medio se esconde en la fila de atrás, pero es él. Por primera vez reparo en la fecha que aparece en el periódico.

Llamo a mamá, que a pesar de la hora que es responde rápidamente.

—¿Mamá? Hola, espero no haberte despertado.

—No, en absoluto, todavía estamos bebiendo vino. Robert está borracho y comunicándose por Twitter con la NASA. —Se ríe y oigo a Robert al fondo, gritando algo acerca de los extraterrestres que lo saludan desde la luna—. Estamos en el balcón mirando la luna, ¿no es maravilloso? Debería haber imaginado que estarías despierta, ¿sabes que de niña nunca podías dormir cuando había una luna llena? Solías colarte en nuestra cama. Recuerdo que Fergus te llevaba abajo para darte un chocolate caliente. Una noche os encontré a los dos sentados en la oscuridad, ante la mesa de la cocina, él dormido; tú mirando afuera.

«La luna nos hizo hacerlo.»

Sonrío recordando esa imagen.

—No he cambiado mucho.

—¿Los niños han pasado un gran día? —pregunta.

—El mejor.

—Y estoy segura de que tú también —dice entre risas—. Es bueno tener el día para una misma. No sucede con frecuencia.

Silencio.

—¿Todo bien?

—¿Recuerdas la fiesta de mi decimotercer cumpleaños? —pregunto—. Instalaron una carpa en el jardín, ¿verdad?

—Sí, había una treintena de personas, con cátering y todo.

—¿Papá estaba presente? Realmente no consigo recordarlo.

—Sí.

—¿Estás segura?

El artículo del periódico está fechado el día de mi cumpleaños, y se refiere a los campeonatos que se celebraron el día anterior.

Mamá suspira.

—Fue hace mucho tiempo, Sabrina.

—Lo sé, pero ¿puedes intentar recordar?

—Por supuesto que estaba allí, aparece en todas las fotografías, ¿no te acuerdas?

Ahora lo recuerdo. Yo con minifalda y tacones altos, con pinta de putón. No puedo creer que mamá me dejara vestir así, aunque sé que no le di elección.

—¿Y el día anterior?

—¿Qué has averiguado, Sabrina? Venga, escúpelo —me suelta. Su frialdad es sorprendente—. Yo sospechaba, y probablemente es lo que estás a punto de decirme, que estaba teniendo una aventura. Me dijo que se encontraba en Londres para una convención, pero cuando llamé al hotel no tenían constancia de él. Yo sospechaba algo, lo había pillado en mentiras, como decir que iba a lugares a los que sabía que no iba. Lo hacía a menudo. Llegó a casa el mismo día de tu cumpleaños. Discutimos, pero logró salirse con la suya, como de costumbre. Hizo que me sintiese como si me estuviera volviendo loca, también como de costumbre. ¿Por qué? ¿Qué descubriste? ¿Quién era ella? ¿Era esa mujer, Regina? Dios sabe que hubo muchas otras, pero él nunca admitió lo de ella. Siempre pensé que estaban juntos antes de que nos separáramos.

—No creo que estuviera con otra mujer, mamá. Tenía una historia de amor sí, pero no es lo que piensas. —Respiro profundamente—. Estaba en el Campeonato Mundial de Canicas, en Inglaterra. Su equipo de seis hombres, los Remolinos Eléctricos, ganó. Un periódico publicó una fotografía y un artículo sobre él justamente el día de mi cumpleaños. Él aparece medio escondido en la parte de atrás, pero sé que es él.

—¿Qué? ¿Campeonatos de canicas? ¿De qué diablos estás hablando?

Suena un poco borracha, y no creo que este sea el mejor momento para hablar con ella. Lo he hecho mal, debería haber esperado, pero no he podido.

—Te he hablado de ellas, mamá, te he dicho que él ha jugado a las canicas toda su vida, compitiendo incluso. En secreto. También las ha coleccionado.

Guarda silencio. Demasiadas novedades, imagino.

—Es él en la fotografía —añado—, pero usó un nombre diferente. Hamish O'Neill.

Puedo oír que traga saliva.

—¡Jesús! —exclama—. Hamish era su hermano, su hermano mayor, el que murió cuando él era niño. Fergus no quería hablar del tema, pero supe algunas cosas sobre Hamish con los años. Fergus bebía los vientos por él. Y O'Neill era el apellido de soltera de su madre.

Así que Mattie estaba en lo cierto. Esto tenía que ver con Hamish. Hamish murió usando el nombre de papá, y a su vez papá tomó el nombre de Hamish.

No sé si alguna vez sabré el motivo. No sé si necesito saberlo.

—Un Hamish O'Neill ganó el trofeo al mejor jugador individual. He conocido a los miembros de su equipo y dicen que papá es Hamish.

Mamá permanece callada. Demasiado en qué pensar, soy incapaz de imaginar los recuerdos que la asaltan mientras trata de entender todo esto

—¿Mamá?

—¿Y dices que ganó esto el día anterior a tu cumpleaños de trece?

—Sí.

—Pero ¿por qué no me lo dijo?

—No le contó nada a nadie. Ni a su familia, ni a sus amigos.

—Pero ¿por qué?

—Creo que estaba tratando de devolverle la vida a

su hermano —respondo—. Honrarlo de alguna manera. Quizá creía que nadie lo entendería. Que pensarían que era raro.

—Y lo es. —Suelta un suspiro y tras una pausa, como si se sintiera culpable, añade—: Y bonito. En su honor. —Vuelve a guardar silencio por un instante—. ¿Con quién estaba casada? —pregunta en voz baja.

No sé cómo responder a eso, pero sí sé que ya no quiero que mi marido se pregunte lo mismo por mi culpa.

Lea se sienta en el asiento delantero, lleva un vestido apretado de color carne, una chaqueta de cuero negro y huele a perfume. Se ha puesto mucho maquillaje y está casi irreconocible, no parece la enfermera a la que veo casi todos los días.

—¿Demasiado? —pregunta sin poder ocultar su ansiedad.

El color del vestido hace que parezca desnuda.

—No —respondo, y pongo en marcha el motor—. Así que dime dónde vamos.

—Sabes casi tanto como yo.

Le lanzo una mirada de advertencia.

—Lea.

—¿Qué? —Ríe—. Nos conocimos *online*. Su nombre es Dara. Es delicioso. No lo he visto en persona, pero... ya sabes. —Y se encoge de hombros.

—No, no lo sé, dímelo tú.

—Vale, nos conocimos en un sitio de citas *online*. Y nos hemos visto por Skype un par de veces. Y ya sabes —repite, como si yo tuviera que saber algo.

—No, no lo sé. ¿Qué?

Sigue mirándome, señalando con la cabeza hacia mí, como si yo supiera la respuesta, y de hecho la sé.

—¡Oh! —exclamo.

—Ahora lo entiendes. —Vuelve a mirar al frente—. Así que nos conocemos más o menos bien, pero en realidad todavía no nos hemos visto.

—¿Habéis tenido sexo por Skype y estás nerviosa porque vais a veros cara a cara? —Me río.

—Mi cámara tenía un filtro —explica—. Yo no.

—¿Y qué hace este misterioso Dara para saber dónde podemos encontrar canicas a las once en punto de la noche?

—Hace tallas de madera. Para sillas, mesas, muebles. La fiesta es en su estudio. Recuerdo que dijo que habría un artista del vidrio.

Tengo mis dudas.

Encontramos la dirección que le dio Dara. Nos miramos en silencio, sumidas en nuestros pensamientos, que probablemente son el mismo: hemos sido engañadas.

La dirección es un aparcamiento de varios pisos de un viejo centro comercial derribado, que iba a dar paso a un novísimo centro comercial de setenta millones de euros con multicines. Sin embargo, nunca se construyó, por lo que el aparcamiento de varios pisos se encuentra en medio de un terreno yermo, lejos de cualquier negocio que pueda utilizarlo. La luna brilla justo encima, grande y llena, y nos guía como la Estrella Polar, manteniendo un ojo vigilante y materno sobre nosotras. Pero no puedo evitar pensar que se está riendo de las dos.

Es una enorme monstruosidad, y a diferencia de los amplios aparcamientos llenos de luz de hoy, es de la vieja escuela: ladrillo rojo, techos bajos. Tiene ocho plantas y en ninguna de ellas se ve un coche. De pronto, en el cuarto piso, distinguimos un resplandor

—Parece que está en casa —dice Lea, tratando de buscar el lado positivo.

—¿Hueles el humo? —pregunto.

Ella huele y asiente.

—¿Oyes la música?

Es débil pero relajante, y procede del cuarto piso.

Ninguna de las dos hace el menor movimiento.

—Así que tal vez esté por aquí después de todo —digo—. ¿Piensas que todo esto es peligroso? —Estamos en una zona apartada y desierta de la ciudad, a la que prácticamente se ha dado por muerta. Nos ha invitado un hombre que es bueno con las herramientas y al que Lea ha conocido por internet. Me pregunto si mi suerte ya se habrá agotado. El sitio está completamente rodeado por una cerca, al parecer de madera, y es demasiado alta para escalarla y no se ve un solo hueco por donde colarse. Rodeamos esa mole y descubrimos una abertura que nos invita a entrar. Pasamos la barrera junto a la que unos coches fantasma acumulan multas y nos adentramos en la oscuridad de la estructura de varios pisos. Las paredes de hormigón y las columnas de la planta baja están cubiertas de grafitis. No me concentro demasiado en los oscuros rincones, no quiero mirar nada, lo que necesito es moverme, y rápido. Seguimos las señales de las escaleras sin hacer caso de los ascensores, que de todos modos seguramente no funcionan.

He visto suficientes películas de terror para saber que debo tener cuidado con los aparcamientos a altas horas de la noche o incluso durante el día, y sin embargo aquí estoy, yendo en contra de todos mis instintos. La música y las risas se oyen cada vez más fuerte a medida que subimos con cuidado de no hacer ruido para no alertar a nadie. Percibo un murmullo de conversaciones y un bajo relajante. Son señales de un cierto tipo de civilización, uno que no suena a asesinatos ni a gritos, disparos ni bandas violentas. No obstante, me he preparado para echar a correr, para darles mi dinero, mi teléfono, lo que sea, en caso de que les moleste mi intrusión.

Lea comprueba su reflejo en el espejo de bolsillo y se vuelve a aplicar lápiz de labios, lo que la hace parecer como si se hubiera inyectado colágeno; a continuación, se echa el cabello hacia atrás y empuja la puerta. Lo que veo me deja confusa. Dondequiera que mire veo árboles, una gran vegetación que cubre el hormigón gris. Crecen en unas macetas impresionantes, de estilo español o mexicano, con hermosos mosaicos. Luces de colores cuelgan de un árbol a otro y hay velas que iluminan el sendero serpenteante a través de los árboles. Me siento como si estuviéramos en el país de las maravillas en medio de un aparcamiento de hormigón. Gris y verde, oscuridad y luz, hecho por el hombre y a la vez natural.

—Hola, chicas —dice un joven que se acerca a nosotras, y lo miramos sorprendidas—. ¿Podéis mostrarme vuestra invitación, por favor?

Estamos con la boca abierta, visiblemente conmocionadas.

—Ella es una invitada de Dara —digo finalmente, cuando veo que Lea no articula sonido.

—¡Oh, genial! —exclama el joven—. Seguidme. Perdón por haberos pedido la invitación, pero Evelyn ha insistido mucho después de lo del año pasado. Al parecer, se coló mucha gente y todo se salió un poco de madre.

Lo seguimos por un camino sinuoso entre los árboles, y me siento como si estuviera en un sueño.

—¿Todo esto lo habéis hecho vosotros? —pregunto.

—Sí. Es fantástico, ¿no? Evelyn acaba de regresar de Tailandia, donde asistió a muchas fiestas de la luna llena. Esto no es exactamente igual que en Tailandia, pero el tema era la jungla de cemento.

El camino se abre a lo que parece ser una sala de estar. Una enorme lámpara de araña de hermoso cristal trenzado cuelga del techo de hormigón, grandes velas de pilar se asientan en candelabros, y su cera gotea por los lados. A continuación, se ve una gran alfombra oriental y maltratados sofás de cuero marrón, donde una docena de personas o más conversan animadamente. Suena una relajante música *chill out* y una ninfa con un ceñido vestido de lentejuelas baila sola con los ojos cerrados, moviendo los dedos como si tocase un arpa invisible. Algunos se vuelven a mirarnos, pero la mayoría no lo hace; forman un grupo amigable, nos saludan y sonríen, dándonos la bienvenida. Hay gente de todas las edades, muchos con pinta de artistas, vestidos a la última moda, no son en absoluto como Lea y como yo, una enfermera tipo Kardashian y una madre con tres hijos.

—Allí está —dice Lea, señalando a Dara. Se acerca a él y se abrazan. Un momento más tarde, dirigiéndose a mí, grita—: ¡Marlow!

Asiento con la cabeza. Marlow. Estoy aquí para ver a Marlow.

—¡Marlow! —grita Dara, y a continuación suelta un silbido y asiente con la cabeza, hacia mí.

Un hombre impresionante, sentado en uno de los sofás, levanta la vista. Luce tejanos negros ajustados, camiseta oscura y botas de obrero. Tiene un físico perfecto y el cabello, color azabache, largo, con un mechón detrás de la oreja y el resto cayéndole sobre el rostro. Johnny Depp hace veinte años. Da una calada a un cigarrillo entornando un ojo y sostiene una botella de cerveza en la otra mano. Me mira, interesado. Me estremezco bajo su mirada intensa, no sé dónde mirar. Lea se ríe.

—¡Buena suerte!

Levanta un pulgar y se dirige hacia el barril de cerveza.

Trago saliva. Marlow sonríe y deja la compañía de una chica muy guapa con *piercings* en su abdomen tonificado. Se detiene justo delante de mí, muy cerca para ser un absoluto extraño.

—Hola.

—Hola.

Sonríe y se sienta en el respaldo del sofá para que quedemos a la misma altura. Parece intrigado, pero no de una manera burlona.

—Me llamo Sabrina. —Miro alrededor y veo a Lea en un sofá con un grupo de personas, cerveza en mano, relajada del todo. Trato también de relajarme—. He perdido unas canicas y la cabeza —añado con una sonrisa.

—Pues has llegado al lugar correcto —dice en tono afable—. ¿Por qué no vamos a mi estudio? —Se pone de pie.

No puedo evitar reír, y ello parece confundirlo, pero se aleja de todos modos. Miro a Lea, quien me hace un gesto de que siga a Marlow. Lo sigo por entre los árboles hasta el extremo opuesto de donde se celebra la reunión y descubro que no ha mentido. Junto a las paredes del aparcamiento hay oficinas y estudios de arte.

—¿Qué es este lugar? —pregunto.

—El Consejo de Arte nos deja trabajar aquí. Se les ocurrió una gran idea para utilizar el espacio. El plan era dedicar cada planta a una expresión artística, con exposiciones en la tercera, representaciones teatrales en la quinta... Llevamos un año aquí. —Abre la puerta y entramos.

Hay vidrio por todas partes, y brilla a la luz de la luna.

—¡Vaya, esto es hermoso! —Miro alrededor, admirada, pues en todas partes hay obras maestras de vidrio, jarras, vasos, floreros, paneles, lámparas de araña... Una miríada de colores magníficos, algunas piezas rotas y vueltas a componer para lograr impresionantes creaciones.

Está sentado en un mostrador, con las piernas colgando, observándome.

—Haces canicas —comento, volviendo la mirada hacia un armario en un rincón lleno de pequeños globos que brillan a la luz, y de repente me da un vuelco el corazón.

Saco el inventario, excitadísima. Me acerco a Marlow y se lo tiendo.

—Mi padre era coleccionista de canicas —digo—. He encontrado este inventario de sus cosas, incluyendo las canicas, pero hay dos colecciones que faltan.

Me dispongo a buscar las páginas exactas donde figura la lista de las canicas que faltan, pero me detiene tomándome de la mano, que mantiene sujeta mientras prosigue la lectura a su propio ritmo.

—Esto es increíble —dice al cabo de unos minutos.

—Lo sé —respondo con orgullo, y con incertidumbre, mirando su mano, que mantiene sobre la mía como si no se diera cuenta de lo que está sucediendo, como si fuera la cosa más normal del mundo. Revisa una página tras otra, los dedos corriendo sobre mis nudillos, lo que me pone nerviosa y me emociona al mismo tiempo. Soy una mujer casada que no debería estar aquí, de pie, cerca de la medianoche, de la mano con un tipo guapo, pero lo estoy y no me molesta. Se toma su tiempo en examinar el inventario, con los dedos todavía moviéndose lentamente sobre mi mano.

«La luna me hizo hacerlo.»

—Vaya colección —dice finalmente, alzando la vista—. Así que solo le gustaba el cristal.

—¿Qué quieres decir?

—Las canicas también se hacen de arcilla, acero, plástico... Pero él solo las tiene de vidrio.

—Ah, sí. No me había dado cuenta.

—Aparte de los balines... tiene unos pocos. Pero las más bellas son de vidrio hechas a mano —dice con una sonrisa—. Y claro, eso es lo mío. ¿Qué falta?

Lamentablemente, para hojear las páginas e indicárselo debo apartar mi mano de la suya.

—Esto —digo—. Y esto.

Cuando ve el precio suelta un silbido.

—Puedo intentar hacer réplicas —dice—, pero nunca conseguiré que se vean exactamente iguales, es imposible, y un coleccionista como él advertiría la diferencia de inmediato.

—No lo hará —comento—. No ha estado bien últimamente. En realidad, yo tenía la esperanza de encontrar algo nuevo. Quiero hacer que desarrolle nuevos recuerdos.

«No vayas hacia atrás, Sabrina, sino hacia delante. Haz algo nuevo.»

—Pues estaré encantado de ayudar. —Sonríe con ojos juguetones, y tengo que apartar la mirada—. Por lo que veo aquí, Sabrina, tu padre estaba empezando a coleccionar canicas contemporáneas. Solo tiene una, y está dañada. Se trata de un corazón, lo que resulta bastante irónico, ¿verdad? Aquí es donde siento que puedo poner de mi parte. Puedo hacerte una canica de arte contemporáneo. Echa un vistazo allí.

Señala la vitrina y quedo fascinada al ver la variedad que tiene. Es como un tesoro de piedras preciosas. Canicas con diseños intrincados, pinceladas de colores y reflejos que parecen rebotar contra la superficie de cristal.

—Puedes tocar —me anima.

Abro la vitrina y de inmediato me siento atraída por una canica de color marrón chocolate, semejante a una bola de billar. Me sorprende lo mucho que pesa. Son más grandes que las de la colección de papá, distintas de las que usaba para jugar, pero los colores y diseños son mucho más intensos y complejos. Contienen pinceladas y burbujas hipnóticas, y cuando las pongo ante la luz de la luna brillan con una intensidad profunda, interior.

—Qué interesante que hayas escogido esa —dice—. ¿Es la que más te gusta?

Asiento con la cabeza, cerrando los dedos en torno a la canica. Por un instante puedo sentir el calor del fuego que parece arder dentro de ella.

—Pero no es para mí. —Examino la colección de nuevo—. A él le encantaría cualquiera de ellas, estoy segura.

No es lo que empecé buscando hoy, pero parece lo

adecuado: una solución mejor para evitar volverme loca en busca de canicas perdidas que probablemente nunca encontraré.

—No, no. —Él se acerca por detrás, toma suavemente la canica marrón y, mientras la examina, me coloca una mano en la cintura—. Te voy a hacer una nueva ahora mismo.

—¿Ahora?

—Por supuesto. ¿Tienes otro plan?

Miro a lo lejos a Lea, perdida en los ojos de Dara, que le pasa los dedos por el cabello. Es casi medianoche, y de todos modos me iba a ir a una casa vacía. Necesito terminar la noche habiendo llegado a alguna clase de conclusión. Averiguar cosas sobre papá ha sido satisfactorio, agotador y extenuante, pero tengo que hallar una solución. He abierto una herida y necesito encontrar algo para curarla. Si no puedo reunir toda la colección de papá, entonces debo completar mi misión personal.

—¿Cuánto tiempo se tarda en hacerlas?

Se encoge de hombros.

—Veamos —dice.

Marlow no camina, sino que se desliza, arrastra los pies, pero sin hacer ruido, como si estuviera demasiado relajado para levantarlos. Se vuelve hacia una bombona de gas, desaparece por unos instantes detrás de unos árboles y regresa con un pack de seis cervezas, un porro y una mirada traviesa en los ojos.

Oigo en mi cabeza la voz de Aidan preguntándome si soy feliz, si lo amo.

Tal vez debería irme, pero si no he aprendido nada más del día de hoy, al menos he aprendido que soy la hija de mi padre. Me quedo.

29

Jugar a las canicas

Dar farol

Estoy sentado ante Larry Brennan, también conocido como Lampy, «farol», porque cuando éramos adolescentes solía «darles farol», como él mismo decía, a los animales por la noche, generalmente a los conejos. Tenía un tío en Meath con el que solían mandarlo los fines de semana; su padre era alcohólico y su madre había tenido una afección nerviosa y no podía hacer frente a casi nada, por lo que a él lo enviaban con su tío y a su hermana con su tía. Su hermana se llevaba la mejor parte. Ellos pensaban que Lampy estaría allí mejor que en casa, pero se equivocaban. Su tío no era mucho mejor que su padre, solo que parecía más responsable porque no tenía una familia que cuidar. Se las arreglaba bien solo. Era aficionado a la bebida, y también aficionado a Larry, aunque no creo que me diera cuenta de eso hasta que fui mayor y lo pensé un poco. Larry siempre quería que fuera con él, creo que a su tío no le molestaba si tenía un amigo allí, con él, pero no me gustaba su tío. Se llamaba Tom. Fui una vez para pasar el fin de semana y, a pesar de la aventura, la desventura, la libertad de hacer y comer y beber lo que nos diera en gana, en cualquier momento del día o de la noche, yo no iba a volver por mucho que me lo pidiera. Su tío no estaba bien. Debería haberme dado cuenta de lo que estaba pasando, pero no lo hice.

Dar farol era muy divertido. Larry cogía el rifle de aire comprimido de su tío e íbamos a los campos por la noche. Mi tarea era sostener la linterna, con una potencia equivalente a un millón de velas, y aturdir a los conejos, entonces él les disparaba. La mitad del tiempo no recogíamos los cadáveres. Siempre pensaba que Mami habría hecho un gran guiso con ellos, pero no tenía manera de mantenerlos frescos y llevarlos a casa, ni jamás le pregunté a nadie cómo lograrlo. Para Larry no se trataba de comida sino de matar, sencillamente, y estoy seguro de que cada conejo al que disparó era en realidad su tío o su padre, o su madre o cualquiera que le estuviese fallando en este mundo. Tal vez yo mismo, por estar allí y no hacer nada al respecto.

Para dar farol son preferibles las horas de mayor oscuridad. Las noches nubladas estaban bien, pero las mejores eran las de la luna nueva. Recuerdo a Larry averiguando qué tiempo haría cuando se acercaba el fin de semana; casi se volvía loco y causaba todo tipo de altercados en la escuela cuando no se anunciaba bueno para dar farol. Supongo que sabía que tendría que permanecer en la casa durante toda la noche, y lo que eso significaba. Hamish ya no estaba. Yo tenía dieciséis años y él se había largado a Liverpool, pero le habría gustado acompañarme, seguro. Y habría solucionado lo del tío de Larry.

Miro a Lampy, hoy Larry Brennan, que tiene la misma edad que yo, cincuenta y siete años, pero está delgado, en forma, y es un tipo respetable. Estamos sentados el uno frente al otro, ante su escritorio, y pienso en todas las cosas que sé de él. Viste un traje elegante, da empleo a unas docenas de personas, lo está haciendo bien, se arrastró fuera de la mierda y ha salido adelante. Mi corazón late con fuerza mientras él se alisa la corbata, con las uñas cuidadas. Espera mi respuesta y siento una opresión en el pecho que nunca desaparece, y estoy tan gordo que resoplo constantemente, tratando de recuperar el aliento.

—Apuesto a que ahora no hay nadie en tu vida que sepa de dónde venimos —digo, y me mira sin saber a qué me refiero—. Ya sabes lo que quiero decir, Lampy.

Se pone tenso, y sé que en un instante lo he forzado de nuevo a ser alguien que ha intentado no ser. Vuelve a tener dieciséis años. De nuevo es *Lampy* Brennan, tiene la cabeza llena de odio, el mundo está en su contra y él lucha por sí mismo contra todos y contra todo.

—¿Qué estás diciendo, Fergus? —pregunta en voz baja.

Noto una gota de sudor resbalando por mi sien derecha y quiero atraparla, pero hacerlo llamaría la atención.

—Solo estoy diciendo que estoy seguro de que algunas personas se sorprenderían por las cosas que sé sobre ti. Eso es todo.

Se inclina hacia delante, lentamente.

—¿Me estás amenazando, Fergus?

Yo le lanzo una mirada, una mirada larga y dura, y no necesito responder, que se lo tome como quiera. Necesito que esto funcione, tengo cincuenta y siete años, he cobrado cada favor y, peor aún, ahora debo más favores de los que jamás tendré tiempo para pagar. Me he estrellado, este es el último truco bajo la manga: amenazar como lo haría el tipo miserable en que me he convertido.

—Fergus —dice en voz baja, mirando hacia abajo—. Esta decisión no es personal. Son tiempos difíciles. Yo te contraté porque quería ayudarte, por lealtad.
—Parece dolido—. Dijimos que hablaríamos al cabo de seis meses. Después de seis meses te dije que tenías que ponerte las pilas, que nadie vendía menos... y, sí, sé que estabas empezando. Pero ahora llevas nueve meses y nos va mal, tengo que desprenderme de gente. Fuiste el último en llegar, lo que significa que eres el primero en salir —añade con una ira que parece venir de la nada, como si se diera cuenta de que debe olvidarse de ser amable conmigo—. Y amenazarme no te va salvar, ni borra el hecho de que seas el peor vendedor y el que ha ganado para la empresa la menor cantidad de dinero.

—Tienes que darme más tiempo —digo, sintiendo el pánico, tratando de sonar tranquilo, seguro, como si fuera alguien en quien se puede confiar—. Todavía estoy buscando el modo. El primer año es difícil, pero lo estoy logrando. Estoy comprendiendo de verdad cómo funcionan las cosas aquí.

—No puedo darte más tiempo —contesta—. Simplemente, no puedo.

Insisto un poco más, pero cuanto más lo intento, cuanto más se aleja, más difícil se vuelve.

—¿Cuándo? —le pregunto en voz baja, sintiendo que el mundo se acaba.

—Iba a darte un preaviso de un mes —dice, y pienso en un mes más hasta que todo se desmorone—.

Pero a la luz de tus amenazas, sugiero poner fin de inmediato.

Tengo un truco más en la manga, el peor de todos, al que nunca he querido recurrir en toda mi vida.

—Por favor —digo, y él me mira con sorpresa, y su ira se evapora—. Larry, por favor. Te lo ruego.

Favores, amenazas y, por último, pero no menos importante, súplicas.

—¿Qué demonios está pasando aquí? —grita Cat cuando me encuentra en mi apartamento.

He apartado todos los muebles, los he puesto contra una pared. Los sillones se apilan sobre el sofá; la mesa de café está sobre la pequeña cocina y la alfombra enrollada afuera, en el balcón. Tengo ante mí un gran espacio despejado, llevo un rotulador en la mano y estoy a punto de desfigurar el suelo de madera.

He dibujado un círculo de unos veinte centímetros de diámetro y estoy a punto de trazar en torno a él un círculo más grande, de tres metros de diámetro. No puedo hablar con ella porque me estoy concentrando.

—¡Fergus! —Mira alrededor, los ojos muy abiertos, la boca abierta—. Se suponía que íbamos a comer con Joe y Finn, ¿recuerdas? Te estábamos esperando en el restaurante. Me llamaron y yo también te llamé. Comí con ellos, sola. ¿Fergus? ¿Puedes oírme? Fui a tu trabajo, me dijeron que te habías ido a casa.

La ignoro, sigo con el círculo.

—¿Se te olvidó, Fergus? —añade, su voz ahora más suave—. ¿Se te olvidó otra vez? Esto te ha sucedido varias veces, ¿te encuentras bien, mi amor? Algo no está bien.

Está de rodillas a mi lado, en el suelo, pero no puedo mirarla. Estoy ocupado.

—¿Te encuentras bien? ¿Te sientes bien? No tienes buen... Fergus, estás empapado.

—Vale —digo, dejando el rotulador en el suelo y me pongo en cuclillas, mientras otra gota de sudor resbala por nariz—. Este juego se llama aumentar la libra, y eso es exactamente lo que va a ayudarnos a hacer. El pequeño círculo es la libra, el gran círculo es el bar. Tienes que coger una canica y...

—¿Yo?

—Sí, tú.

Le lleno la mano de canicas, que toma como si fueran granadas de mano.

—Fergus, son las tres de la tarde, ¿no deberías estar en el trabajo en vez de jugando a las canicas? Esto es ridículo, tengo que volver al trabajo ya mismo. ¿Qué está pasando? No entiendo.

—¡Me han despedido! —grito de repente, lo que la hace callar y dar un respingo—. Eres la banca —añado, sonando más agresivo de lo que pretendo—. Tú lanzas la canica y todo lo que golpee dentro de la libra se convierte en propiedad tuya. Si no le da a nada, tu canica se queda donde está y tiras de nuevo. Dispones de diez intentos.

Pongo mi colección de relojes en el círculo interior, el más pequeño.

—Tira ya la canica. Vamos —la urjo.

Mira los relojes y luego los otros objetos que rodean los círculos, y los ojos se le llenan de lágrimas.

—Oh, Fergus, no tienes que hacer esto. Joe puede ayudarte. Sabes que él se ha ofrecido a hacerlo.

—No quiero limosnas —digo con una horrible sensación de mareo ante la idea de que el bebé Joe me financie. Joe, que nunca fue realmente parte de mi familia hasta que Cat le dio la bienvenida con los brazos abiertos. No sería justo para él—. Me metí en este lío solo, y solo voy a conseguir salir.

Fueron las canicas las que me metieron en este lío. Deshacerme de ellas me sacará de él. Las mentiras, el engaño, la traición, mis devaneos, el no centrarme en la vida que estaba viviendo, el apartarme de mi familia. Es la fiesta de cumpleaños de Alfie y no puedo llevar a Cat, ya que Sabrina no sabe nada de ella, mi hija ni siquiera conoce a mi gran amor, y no sé por dónde empezar. Y contarle a Sabrina lo de Cat sería como decirle lo de las canicas, y ¿cómo puedo hacer algo así? Después de toda una vida de mentiras. Cat asegura que no va a decir una palabra hasta que yo encuentre una manera de contárselo a Sabrina, pero saldrá a colación, siempre sale, y, además, de todos modos estaría mintiendo. Ambos mentiríamos a mi hija. Conseguir una tasación de mis canicas en secreto en California era el verdadero indicador de la gravedad de mi situación financiera. Me dio vergüenza, y esa mentira casi acaba con nosotros, yo regresando borracho al hotel... Pero ella sigue conmigo. Dice que lo entiende, pero es todo un lío, es todo un lío. Y la culpa es de las canicas.

Cat lanza la canica. Es un tiro de mierda, deliberadamente malo, y falla. Cat y yo hemos jugado a las canicas juntos en muchas ocasiones. Tan pronto como la introduje en mi mundo le di la bienvenida: me ha acompañado a torneos, a convenciones, y no será una gran jugadora, pero no es tan mala.

—¡Hazlo correctamente! —grito, y se echa a llorar—. ¡Hazlo, hazlo! —Cojo la canica, se la pongo en la mano y aprieto—. ¡Tira!

La lanza y da contra la colección de relojes.

—Ahora son tuyos. De la banca. —Los pongo a un lado—. El siguiente.

Ahora pongo en el círculo el anillo de compromiso de mi madre.

Falla. Le grito que debe esforzarse más.

—Fergus, no puedo. No puedo, no puedo, no, por favor, déjame. —Las lágrimas ruedan por sus mejillas, y se derrumba en el suelo. Agarro la canica de su mano y lanzo. Golpea la caja del anillo y eso es todo: ahora el anillo de bodas de Mami es propiedad de la banca. Tiro otra vez y golpeo la caja de la Akro Agate Company de 1930, cuyo valor es de entre siete mil y trece mil dólares. Por supuesto que le doy, es casi más grande que el círculo interior.

A continuación, vienen las Mejores Lunas del Mundo, en su caja original, con un valor de entre cuatro mil y siete mil pavos. Acierto. Mis dos colecciones más valiosas. Primero ellas y luego todo lo demás, todo debe salir.

—He encontrado un comprador para esto —le digo a Cat unos días más tarde, tras poner las colecciones de canicas a la venta para salir a flote—. Me voy a reunir con él en la ciudad, más tarde. En el O'Donoghue. Ha volado desde Londres a comprarlas. Veinte mil dólares bien valen la pena, pero estuvimos de acuerdo en que me dará quince mil euros en efectivo.

—No tienes buena cara, Fergus. —Me pasa la mano por el rostro y le beso la palma—. Deberías acostarte.

—¿No me has oído? Debo reunirme con él.

—No quieres venderlas. Son parte de ti. Todos tus recuerdos...

—Los recuerdos son para siempre. Estas... —Soy incapaz de mirarlas mientras lo digo—. Estas pagarán las hipotecas durante unos meses, me darán tiempo para solucionar algo.

¿Qué voy a solucionar? Sin trabajo, sin ofertas de empleo. A mi edad. Piensa, piensa. ¿Qué?, ¿qué? Vende las canicas.

—Estás pálido, deberías acostarse —insiste—. Deja que vaya yo por ti.

Es la mejor idea y ambos lo sabemos. Si voy, seré incapaz de desprenderme de ellas, y necesito hacerlo, o el banco se quedara con mi casa.

Cat se va con las canicas y yo me voy a la cama. Vuelve un poco más tarde. Ya ha oscurecido, no sé qué hora es y siento que no he dormido, pero debo de haberlo hecho. Se acerca a la cama y huelo el vino en su aliento.

—¿Las has vendido? —pregunto.

—Tengo el dinero —responde, colocando un sobre junto a la cama.

—¿Las canicas ya no están?

Ella duda.

—Sí, ya no están.

Me acaricia el pelo, la cara, me besa. Por lo menos la tengo a ella. Quiero hacer una broma acerca de lo mucho que vale, pero no puedo.

—Voy a darme una ducha —dice.

Tan pronto como oigo correr el agua hago algo que no he hecho desde hace mucho tiempo: lloro. Profunda y dolorosamente, como si fuera un niño otra vez. Me quedo dormido antes de que Cat salga de la ducha. Cuando despierto estoy en el hospital y la próxima vez que vea a Cat será la primera vez que me encuentre con ella, en un centro de rehabilitación al que llamo hogar, donde está haciendo una visita a un amigo.

30

Las reglas de la piscina

Ningún salvavidas de guardia

Marlow me entrega un par de gafas tintadas de rosa, y de inmediato el mundo es de color de rosa y eso hace que la cerveza se me suba a la cabeza. Las gafas son para proteger mis ojos cuando esté mirando directamente a la llama.

—Mira qué guapa.

Me pellizca la nariz ligeramente y enciende el horno.

—Me encanta trabajar con el vidrio porque es muy fácil de manipular y dar forma —explica, desplazándose por el estudio con naturalidad, sabiendo dónde está absolutamente todo sin tener que mirar: se mueve de un lado a otro como si bailara una danza—. ¿Usas el horno? —me pregunta.

—¿Para cocinar? Sí, a veces.

Me acuerdo de mis hijos, y pensar en ellos me devuelve a la realidad. Tengo hijos. Tengo un marido. Un marido guapo. Un marido amable que quiere que yo sea feliz. Que me dice que me ama, que realmente me ama. Doy un paso atrás.

—Vale. —Marlow me atrae hacia sí, su mano de nuevo en mi cintura—. Cuando se funde, el vidrio reacciona de manera similar al azúcar. Ya lo verás. Pero primero, aquí hay algo que ya he preparado.

Me acerco y echo un vistazo a una imagen que deposita sobre la mesa.

—Llevo bastante tiempo queriendo hacer esto —dice—, pero estaba esperando el proyecto adecuado.

Me mira a través de esas largas pestañas, los ojos azules como canicas, como si él mismo los hubiera elaborado a la perfección.

—¿Tú has diseñado esto?

Trato de no mirarlo a la cara. Es hipnótica. De hecho, todo su cuerpo lo es. No puedo mirarlo, me concentro en la llama.

—Por supuesto —responde—. Está hecho de polvos de vidrio finamente molidos. Así que existen dos maneras de crear tu canica, una aquí, en la lámpara, lo que crearía el efecto de remolino que ya has visto, pero tu padre tiene una gran cantidad de tréboles con pinceladas alemanas, no todas hechas a mano, así que creo que deberíamos darle algo diferente.

Toma un núcleo de vidrio opalino en el extremo de una larga varilla de acero inoxidable. Lo mete en el horno y poco a poco comienza a hacerlo girar. El cristal se ilumina, brillante, y gotea como la miel. Él sigue haciéndolo girar para darle la forma de una esfera. Luego lo saca del horno y me agacho mientras el cristal gotea, ardiendo. Lo lleva hasta el otro lado del estudio y se sienta en un sillón de brazos altos. Posa la varilla sobre los brazos y la hace girar hacia atrás y hacia delante de modo que en el extremo de la varilla el vidrio va adquiriendo la forma deseada. Ha hecho eso tantas veces que los brazos del sillón tienen sendas marcas profundas. Está plenamente concentrado, no decimos ni una palabra. De hecho, llevamos un buen rato sin hablar. Repite la operación unas cuantas veces, yendo del horno al sillón, y las gotas de sudor perlan su frente. Coge un periódico y comienza a hacer rodar el vidrio caliente alrededor de su mano, para darle forma.

En un momento dado durante el proceso aparto la vista de Marlow, mareada a causa de la cerveza, las emociones vividas en un solo día, la música *chill out* y la atmósfera en general, y veo a Lea por entre los árboles, bailando con Dara. Hay una fiesta en marcha, las cosas van bien, la vida es maravillosa, está llena de aventuras. No consigo recordar la última vez que me sentí así. Mientras miro todo esto, mi cuerpo se relaja, incluso se mueve un poco al compás de la música. Tengo que volver a mirar a Marlow y el hermoso cristal color jarabe, similar a la miel.

Enderezo la espalda mientras él hace girar la varilla en el horno y luego, en vez de apoyarla en los brazos del sillón, la deposita con cuidado sobre el dibujo que ha preparado con polvo de vidrio. Una vez que este está adherido al cristal, continúa dándole la forma de una esfera, procurando no distorsionar la intrincada imagen en su interior. Luego la hunde en una olla de cristal para darle la capa final.

Por último, Marlow sumerge el vidrio en ebullición en un cubo lleno de agua, del que surge una columna de vapor a medida que su obra chisporrotea y se endurece. Luego la corta y deja que caiga desde el extremo de la barra al agua, donde queda flotando.

—Ahora dejemos que se enfríe —dice, secándose el sudor de la frente.

Seguro que ha advertido cómo lo he estado observando, porque finalmente sonríe y me dirige una de esas miradas dulces y divertidas que ha venido lanzándome desde que me vio llegar. Coge su botella de cerveza y la vacía de un trago. Son más de las dos de la mañana y me da vueltas la cabeza.

Recuerdo la canica que acaba de crear y hago un esfuerzo por mirar en el cubo.

—Nada de espiar a escondidas hasta que se haya enfriado —dice, acercándose a mí.

Siento sus caderas contra mi cuerpo, y me quita las gafas. Trato de asumir el hecho de que ya nada es de color de rosa, que de nuevo todo es real, sin filtros, y no solo en mi cabeza. Vuelvo en mí. Él traza una línea alrededor de mi cara, sobre cada uno de mis rasgos, aprendiéndoselos, lenta y suavemente. El corazón me late con fuerza y estoy segura de que lo puede sentir a través de su fina camiseta.

Me besa. Comienza lentamente, pero muy pronto se convierte en algo urgente. Para ser alguien que se movía de manera rítmica y lenta mientras trabajaba, ahora transmite ansia, premura.

—Estoy casada —murmuro en su oído.

—Felicidades —susurra mientras continúa besando mi cuello.

Suelto una risita nerviosa.

Hace cinco años, cuando estaba embarazada de Fergus, una amiga me contó que Aidan había tenido una aventura. Me enfrenté a él, discutimos. Tomé una decisión. Quedarme o irme, salir por la puerta o permanecer donde estaba. Él se quedó. Y yo me quedé.

Nos quedamos, pero no nos quedamos como estábamos. Estuvimos peor, aunque luego fuimos mejorando. Tuvimos a Alfie. En mis momentos de enojo, que ahora me visitan con menos regularidad que antes, sentía que iba a aprovechar la primera oportunidad que se me presentara para desquitarme, para tener también una aventura, para asegurarme de que él entendía de veras lo que se siente. Sé que es infantil, pero es así. Si me haces daño, te haré daño. Sin embargo, en todos estos años esa oportunidad no se ha presentado, no mientras estaba atenta a lo de la escuela, no en esa piscina vacía, no en el supermercado con los niños, o en las clases de kárate o pintura, en los entrenamientos de fútbol. No hay lugar para un flechazo durante las actividades maternales que llenan mi día. Rebanada de pan, mantequilla, queso, jamón, rebanada de pan. Y vuelta a empezar. Y eso me dejó aún más deprimida, porque aunque quisiera no podía desquitarme.

Sé que Aidan me ama. No es un marido perfecto ni un padre perfecto, pero es más que suficiente. Tampoco yo soy perfecta, aunque trate de serlo. A veces me pregunto si el amor es suficiente, o si existen distintos niveles de amor. Y a veces me pregunto si de verdad puede verme, incluso cuando me mira directamente a los ojos. El domingo pasado me pasé el día entero con un rastro de pintura verde sobre el labio superior, tras una mañana pintando con los niños, y en ningún momento me dijo que tenía una mancha en la cara. Fuimos al supermercado, fuimos a la zona de juegos, caminamos por el parque y no me dijo: «Sabrina, tienes la cara manchada de pintura verde.»

Cuando llegué a casa y me miré en el espejo y me vi aquella mancha verde sobre el labio superior, lloré de frustración. ¿Por qué nadie, ni siquiera los chicos, me lo había dicho? ¿Es que acaso se espera que vaya por ahí cubierta de manchas? Sabrina, la mujer con la cara sucia de pintura, la mujer con las manchas pegajosas en los pantalones, la mujer con las marcas de dedos y manchas de comida en la camiseta. No le digas que la mancha está ahí, ya que siempre está ahí, se supone que debe estar ahí, forma parte de ella.

Le pregunté a Aidan al respecto, lo acusé precisa y desquiciadamente sobre la mancha de mi cara, con voz de pito. Dijo que, sencillamente, no la había visto, por lo que me pregunto si no me mira o no me ve o qué es lo que ve cuando me mira. ¿Qué es peor? Pasamos toda una sesión de terapia hablando de ello, de esa mancha verde que él no había visto. Y resulta que la mancha verde soy yo.

La mancha verde fue el comienzo, el punto de inflexión que me avisó del estado de las cosas. Y luego fui en busca de unas canicas perdidas, en un intento de arreglar las cosas, de averiguar las cosas de papá, cuando tal vez es a mí misma a la que estoy tratando de descubrir.

Aidan tiene miedo de que lo deje. Me lo ha dicho así, que tiene miedo. Pero no tengo ninguna intención de dejarle. No tiene nada que ver con él o con lo que hizo, hace tanto tiempo que ni siquiera siento ya el dolor, solo un eco del mismo. Todo tiene que ver conmigo. Últimamente he estado atrapada, no en mí misma, o en ser mi verdadero yo o en tratar de serlo, sea esto lo que sea. Rebanada de pan, mantequilla, queso, jamón, rebanada de pan. Y vuelta a empezar. Ese mirar una piscina vacía. Eso de salvar a un hombre que no quiere ser salvado. Ese no ser fiel a lo que me apasiona, sino quedarme fuera, en los bordes, en el exterior, aunque deseando mirar hacia dentro. Ese mirar escaparates con una cartera llena. Ese ir de compras con una billetera vacía. Lo que sea. Sintiéndome fuera, del otro lado, redundante.

Yo vivía con un padre del que hoy me he enterado de que era reservado, hermético, secreto. Y a pesar de no hacerlo deliberadamente, también me convertí en una persona reservada, tal vez por imitación inconsciente o por reproducir su comportamiento, y no me abrí a Aidan. Podría haber sucedido después de su aventura, o tal vez ya sucedía antes. No sé las razones psicológicas para ello ni me importa. No voy a detenerme, solo voy a seguir adelante. Lo importante es que ahora no tengo secretos.

El año pasado no sentía nada. Me aburría. Pero ya no me aburro. Y al darme cuenta de ello, sonrío. Marlow me está mirando con una sonrisa perezosa.

—¿No quieres la revancha? —me pregunta—. Y luego, a lo hecho, pecho; a lo hecho... —Mueve la mano hacia arriba—. Pecho.

Los dos nos reímos, y aparta la mano.

—Estoy sintiendo que no... —dice.

—No.

Retrocede, respetuosamente, y también sin esfuerzo.

—Ya está fría —anuncia—. Si quieres, puedes echar un vistazo.

Saca la canica, la pule y la revisa antes de entregármela.

—Es hermosa —digo—. ¿Cuánto te debo?

Me da un último beso.

—Eres muy dulce. Esto es para ti. —Me entrega una segunda canica—. Tengo la teoría de que una canica es siempre el reflejo de su propietario. Como los perros —añade con una sonrisa.

Luego coge otra cerveza y regresa lentamente a la fiesta, que todavía está en pleno apogeo.

La canica que me ha regalado es la marrón, la que me atrajo de inmediato. Cuando se la ve a simple vista parece de color marrón claro, pero cuando la sostengo a la luz de la luna brilla con tonos anaranjados y ambarinos, como si un fuego ardiese dentro de ella. Igual que su dueña.

Son las cuatro de la mañana cuando por fin consigo arrastrar a Lea desde la cuarta planta del aparcamiento. El sol se eleva sobre la ciudad, mi luna vigilante ya no está a la vista; me ha dejado librada a mi suerte, ahora que mi misión se ha completado. Lea se deja caer en el asiento del acompañante, agotada. Parece avergonzada. Insiste en venir al hospital conmigo. Tiene turno de mañana e irá a dormir la mona a la sala de personal. Además, sé que todo lo que tiene que ver con mi padre le importa, y querrá estar con él cuando despierte.

No tengo intención de quedarme mucho tiempo. Solo quiero dejar la canica junto a la cama de papá para que la encuentre al despertar. Con la esperanza de que sea lo primero que vea.

Por supuesto, la puerta está cerrada. Tocamos el timbre y el guarda de seguridad reconoce a Lea y nos deja pasar.

—Dios mío —susurra Grainne, mirando a su colega—. Mira qué pinta.

Lea se ríe.

—¿Por fin lo has conocido? —pregunta Grainne.

Lea asiente.

—¿Y...?

—Te lo diré por la mañana.

—Ya es por la mañana —responde Grainne, riendo.

Voy de puntillas por el pasillo, hasta la habitación de papá. Está tumbado boca arriba, viejo pero feliz, y ronca suavemente. Dejo la canica en su mesilla de noche, junto con una nota, y le doy un beso en la frente.

31

Jugar a las canicas

Reliquias familiares

Despierto con la sensación de que en sueños he vivido mil vidas. Son recuerdos fragmentados que siguen ahí cuando abro los ojos y luego se esfuman con delicadeza, como una helada matinal con la salida del sol. Los fantasmas del pasado y del presente y sus voces comienzan a ensordecer a medida que tomo posesión de mi entorno. No estoy en Escocia, donde tengo imágenes de hierba, de lagos y conejos, de los hombros de mi padre, de sus ojos tristes y del olor a humo de pipa. No estoy en St Benedict's Gardens, donde de niño despertaba cada mañana con los pies de uno de mis hermanos delante de mi cara, pues dormíamos en literas, pies contra cabeza. No estoy en el bungaló de tía Sheila en Synnott Row, en el suelo de cuya casa dormimos el primer año después de llegar a Irlanda; no estoy en casa de la madre de Gina en Iona, donde dormimos durante el primer año de nuestro matrimonio, mientras ahorrábamos dinero suficiente para comprar nuestra propia casa, ni la casa donde viví estando casado. No es el apartamento donde viví solo durante tantos años y que, por primera vez desde hace mucho tiempo, me resulta vívido y los sábados o domingos por la mañana puedo oír los gritos procedentes del campo de fútbol cercano. Tampoco es el dormitorio donde dormí con Cat, en el que cuando cierro los ojos me asaltan imágenes brillantes y anaranjadas y una sensación de dulzura y calidez. Estoy aquí, en la clínica de rehabilitación, el lugar donde llevo un año y hasta ayer estaba contento de habitar, donde me alojo, el que llamo hogar. Pero ahora tengo una sensación —no, no es una sensación, sino un deseo— de largarme de aquí. Me parece un lugar vacío, mientras que lo de fuera me parece lleno, y antes sentía justo lo contrario. Ha habido un cambio en mi mente, algo se ha movido muy ligeramente, pero ese ligero movimiento ha tenido consecuencias sísmicas. Siento hambre por conocer, cuando antes me sentía atiborrado. Ahora quiero escuchar, cuando antes estaba sordo. De hecho, me había ensordecido a mí mismo. De forma autoimpuesta, por instinto de protección, supongo. El doctor Loftus me lo dirá. Tenemos una sesión esta mañana.

Este cambio supone dos cosas para mí. Me hace sentir esperanzado y, al mismo tiempo, me hace sentir desesperanza. Esperanzado porque voy a poder llegar allí; desesperanza, de que no puedo llegar ahora.

Tengo la boca seca, necesito beber agua. Busco mi vaso, que por lo general está en la mesilla de noche, en el lado derecho, para practicar, porque me hacen mover el brazo de ese lado. Donde por lo general solo hay un vaso, ahora veo una canica. Una bella canica azul marino de gran tamaño. Está iluminada por la luz de la mañana que se cuela por la ventana, y me deja sin aliento. Es una rareza, un espectáculo para la vista por su belleza, su elegancia, su perfección.

Es una esfera del mundo. Dentro de su océano azul se encuentra un mapa de la tierra, creado con proporciones perfectas. La tierra y las montañas en tonos marrones, arena y miel; todos los continentes están ahí, los países, cada isla. Incluso hay nubes blancas y tenues en el hemisferio norte. El mundo entero ha sido capturado dentro de esta canica. Para cogerla tiendo la mano izquierda, ya que no quiero correr el riesgo de que caiga si uso mi debilitado brazo derecho. La hago girar entre los dedos, la estudio. Las islas perfectas, el océano que parece brillar con una luz que procede de su interior. Sin una sola raya ni un solo defecto. Es perfecta. Qué maravilla, qué canica. Es mayor de lo habitual, y la dejo reposar en la palma de la mano, grande y redonda como es. Me incorporo, me recompongo, el corazón me palpita por el descubrimiento, debo ponerme las gafas para verla bien. Están en la mesita de noche, a mi izquierda, por lo que alcanzarlas resulta más fácil. Advierto, una vez que las encuentro y me las pongo, que hay una nota. Poso la canica en el regazo, con cuidado, y trato de alcanzar la nota con la mano izquierda, esforzándome al estirar el brazo, intentando que la canica no se deslice y caiga al suelo, lo que supondría una catástrofe.

Por fin cojo la nota y la leo.

Papá:
Tienes el mundo en la palma de la mano.
Con mucho amor,

SABRINA X

Mientras las lágrimas ruedan por mis mejillas, miro la nota fijamente durante lo que se me antoja una eternidad, y le creo. Sé que puedo hacerlo. Puedo retomar mi vida. El sueño me llama de nuevo. Con los ojos cansados, me quito las gafas y me cercioro de que la canica está en lugar seguro. Me recuerda a una que vi en mi luna de miel y que me moría por comprar, pero no podía permitirme. De pronto me asalta una imagen de Gina durante la luna de miel, de su rostro, joven e inocente, en una habitación de hotel en Venecia, su nariz y sus mejillas cubiertas de pecas, sin una pizca de maquillaje, momentos antes de que hiciéramos el amor por primera vez. Esa imagen de ella permanecerá en mi mente para siempre, esa mirada de amor, de inocencia. Este recuerdo me produce la urgente y abrumadora necesidad de darle esta canica, de darle el mundo. Debería haberlo hecho entonces, pero voy a hacerlo ahora, le daré la parte de mí que me guardé durante tanto tiempo.

Sabrina lo va a entender, y Cat y Robert, el marido de Gina, también lo entenderán. Con el tiempo, Gina podrá legársela a Sabrina o a los niños, cuando sean mayores. Puede ser como una herencia, pasando de una generación a la siguiente.

Y a Cat le voy a dar todo mi corazón.

32

Las reglas de la piscina

Prohibido nadar en solitario

Llego a casa a las cinco de la mañana. Han sido un día y una noche largos. Anhelo echarme al menos un par de horas, antes de que Aidan vuelva con los niños.

No estoy segura de creer en las teorías de Amy acerca de la luna, pero hay una muy reconfortante que oí ayer, mientras estaba en la sala de espera de Mickey. Una nueva luna es un portal simbólico para un nuevo comienzo, considerado por algunos como el momento de establecer intenciones para las cosas que nos gustaría crear, desarrollar y cultivar. En otras palabras, para hacer algo nuevo. Para crear nuevos recuerdos.

Pienso en aquella niña durante las noches de luna llena, completamente despierta, alerta, pensando y planeando constantemente, incapaz de reposar, como un faro que lanza mensajes. ¿Es la luna lo que me ha conducido a esto? No lo sé. Probablemente no debería cancelar mis sesiones de terapia. La conversación real acaba de comenzar.

Ya es de día cuando avanzo por el sendero hasta la

puerta de entrada. Veo a la señora O'Grady, mi vecina, vigilándome a través de las cortinas de encaje, como si debiera darme vergüenza llegar a estas horas. Mientras meto la llave en la cerradura no me siento una mujer diferente, sino la misma mujer, ligeramente cambiada. Para mejor.

Sueño con darle una patada a mis zapatos, quitarme la ropa y caer en la cama. Tengo un par de horas hasta que los niños lleguen a casa, pero la puerta se abre antes de que tenga la oportunidad de hacer girar la llave, y es entonces cuando veo el coche de Aidan estacionado fuera.

Aidan me saluda, un hombre guapo y exhausto, cuya cansada expresión me hace reír al instante.

—¡Mamá! —gritan los chicos, lanzándose a por mí y agarrándome manos y pies. Se aprietan contra mí como si llevaran una semana sin verme, no menos de veinticuatro horas.

Los abrazo con fuerza, mientras Aidan me mira, agotado y preocupado.

—¿Dónde has estado? —pregunta mientras los niños me arrastran por el pasillo para mostrarme una cosa increíblemente emocionante que han encontrado. Me conducen hasta las cajas de canicas, todas las cuales están dispuestas por el suelo. Las había dejado allí ayer por la mañana, antes de salir corriendo por la puerta hacia la oficina de Mickey.

—Les estaba enseñando cómo jugar —dice Aidan mientras me aleja de ellos—. Saben que deben tener cuidado con ellas. Aunque lo que quería era hacérselas tragar. Han sido una pesadilla. —Me rodea el cuello con los brazos, fingiendo llorar—. Alfie no ha dormido. Nada. Charlie se hizo pis en el saco de dormir y

Fergus quería comer para el desayuno una rana que atrapó a las cuatro de la mañana. Tuvimos que volver a casa. Ha sido horrible, horrible.

Me río, abrazándolo con fuerza.

—Aidan... —digo en tono de advertencia por lo que está a punto de llegar.

—¿Sí? —responde, fingiendo aún que lloriquea, pero poniendo el cuerpo rígido.

—¿Recuerdas que me habías dicho que no me dejara besar por ningún otro hombre? Pues...

—¿Qué? —Se echa hacia atrás, con el rostro desencajado.

—¡Papá! ¡Mamá! ¡Alfie se ha tragado una canica!

Ambos corremos.

Una hora más tarde me quito los zapatos, la ropa y me meto en la cama. Siento los labios de Aidan en mi cuello, y apenas he cerrado los ojos cuando suena el timbre.

—Ese es probablemente tu amante —dice Aidan de mal humor, dándome la espalda y dejando que sea yo quien conteste.

Protesto, me pongo la bata y me arrastro hasta la puerta. Una mujer rubia sonríe nerviosamente. La conozco, y trato de recordar de qué. Del hospital. Hablo con ella en el comedor, en los pasillos, en el jardín, cuando estamos esperando a nuestros seres queridos. Y entonces todo cae por su propio peso. Nuestro ser querido era la misma persona, todo el tiempo. Sonrío, sintiendo que me he quitado un peso de encima. No había estado completamente a oscuras. «La conozco.»

—Lo siento mucho —se disculpa—. Sé que es sábado y no quería molestarlos ni a usted ni a los niños a estas horas. He estado en vela toda la noche, esperando a que amaneciera, y ya no podía esperar más. Solo tengo que darle esto.

Entonces veo la gran bolsa que sostiene con ambas manos. La tiende hacia mí y la cojo. Es pesada.

—Es parte de la colección de canicas de su padre —añade, y dejo de respirar—. Las cogí antes de que le diera el derrame, antes de que se vendiera su apartamento, para ponerlas a salvo. Me había enviado a venderlas y fingí que lo había hecho. El dinero que le di era un préstamo de su hermano Joe. —Parece sobrecogida por tener que admitirlo—. Sentí que era importante ponerlas a salvo, pues son muy, muy importantes para él. —Mira la bolsa como si no estuviera segura de poder desprenderse de ella—. Pero es usted quien debe tenerlas, así la colección estará completa, por si acaso la necesita de nuevo.

Miro la bolsa, totalmente sorprendida de tenerla en mis brazos.

—Ni siquiera le he dicho quién soy —agrega ella con voz temblorosa.

—¿Eres Cat? —pregunto, y da un respingo, en estado de *shock*—. Por favor, entra —digo con una sonrisa al tiempo que abro la puerta de par en par.

Nos sentamos a desayunar y abro con cuidado la bolsa. Quiero llorar de felicidad. La caja de la Akro Agate Company, la caja original de muestras que allá por 1930 llevaban los vendedores, y la caja original de las Mejores Lunas del Mundo de veinticinco canicas. Paso las manos sobre ellas, incapaz de creer que están aquí, que después de un día buscándolas, finalmente encontraron su propio camino a casa.

33

Jugar a las canicas

Rojas

Estoy tendido en el suelo de la sala de tía Sheila. A mi alrededor, Hamish, Angus y Duncan descansan en sus sacos de dormir. La mano me duele allí donde el padre Murphy me ha azotado hoy, y no puedo contener las lágrimas. Echo de menos a papá y la granja en Escocia, echo de menos a mi amigo Freddy, echo de menos la forma en que solía ser Mami, no me gustan estos nuevos olores, no me gusta dormir en el suelo, no me gusta la comida de tía Sheila, no me gusta la escuela y en particular no me gusta el padre Murphy-mierda. Tengo la mano derecha tan hinchada que apenas puedo moverla, y cada vez que cierro los ojos veo la habitación oscura y fría donde me han encerrado y siento pánico, como si no pudiera respirar.

—¡Eh!

Oigo que alguien susurra y me quedo quieto, dejo de llorar de inmediato, temeroso de que uno de mis hermanos me haya escuchado y vaya a echarme la bronca.

—¡Psst!

Miro alrededor y veo a Hamish sentado.

—¿Estás llorando? —susurra.

—No —respondo, pero es obvio que miento.

Acerca su saco de dormir al mío hasta que quedamos el uno al lado del otro. Empuja con un pie la cabeza de Angus y este gime y se vuelve para hacer espacio. A los once años de edad Hamish siempre consigue lo que quiere de nosotros, y siempre sin excesivo esfuerzo. Es mi héroe, y cuando sea mayor quiero ser como él.

Pasa un dedo por mi mejilla. Luego se lo chupa.

—Joder, estás llorando.

—Lo siento —digo.

—¿Echas de menos a papá? —me pregunta, y se acuesta a mi lado.

Asiento con la cabeza. Eso no es todo lo que me sucede, pero sí una parte.

—Yo también —añade.

Permanece callado un buen rato y no sé si se ha vuelto a quedar dormido.

—¿Recuerdas la forma en que solía hacer el eructo más largo? —susurra de repente.

Sonrío.

—Sí.

—¿Y cuando eructó toda la canción de feliz cumpleaños en el cumpleaños de Duncan?

Me río.

—¿Lo ves? —dice—. Eso está mejor. No podemos olvidar estas cosas, Fergus, ¿vale? —Su tono es perentorio, y yo asiento, muy serio—. Tenemos que recordar a papá tal como era, cuando era feliz. Recordar las cosas buenas que hizo, y no... otra cosa.

Hamish fue quien encontró a papá colgado de una viga en nuestro granero. No quería decirnos exactamente qué vio, ni compartir ninguno de los detalles morbosos, y cuando Angus intentó que lo hiciera le dio un puñetazo en la cara y casi le rompió la nariz, por lo que ninguno de nosotros le preguntó nada más sobre el tema.

—Y vamos a recordarles a los demás este tipo de cosas —prosigue—. La mayor parte de las noches no duermo bien, así que si quieres podemos hablar.

Me gusta cómo suena eso, solo yo y Hamish. Puedo tenerle solo para mí.

—Es un trato —dice—. Choca esos cinco.

Me agarra la mano, la que tengo hinchada, y me quejo y grito como el perro de la tía Sheila cuando uno le pisa la cola sin querer.

—¿Qué diablos te ha pasado?

Le hablo del padre Murphy y del cuarto oscuro, y lloro otra vez. Se enfada mucho y me pasa un brazo por los hombros. Sé que no va a decírselo a los demás, si lo hiciera se burlarían de mí, y me gustaría que la cosa siguiera como está. Aunque no le cuento que me he meado encima. Cuando llegué a casa no le dije a nadie lo que el padre Murphy me había hecho. Se lo habría contado a Mami, pero tía Sheila se ha dado cuenta de todo y me ha limpiado y vendado la mano, y me ha dicho que no la moleste, porque ya tiene bastante. Todo el mundo está molesto, de modo que no he vuelto a decírselo a nadie.

—¿Qué tienes ahí? —me pregunta Hamish al oír el tintineo de las canicas en mi otra mano.

—Canicas rojas, las más cotizadas —digo con orgullo, y se las muestro. Esta noche duermo con ellas

porque me gusta la sensación de tenerlas en la mano—.
Un buen sacerdote me las ha dado cuando estaba en el
cuarto oscuro.

—¿Para ti, para siempre? —pregunta Hamish mientras las mira.

—Creo que sí.

—¿Las más cotizadas? —pregunta.

—Sí, y son de color rojo, todas ellas, como la sangre
—digo—. No sé mucho más sobre estas canicas, pero
me gustaría.

—Como tú y yo —dice, haciéndolas entrechocar en
su mano—. Hermanos de sangre.

—Sí.

Sonrío en la oscuridad.

—Mañana las llevas a la escuela —dice, devol-
viéndomelas y arrebujándose de nuevo en su saco de
dormir.

Angus nos dice que nos callemos y Hamish le da
una patada en la cabeza, pero guardamos silencio hasta que su respiración nos revela que ha vuelto a dor-
mirse.

—Mañana guárdate las canicas en el bolsillo —me
susurra Hamish al oído—. Tenlas ahí, pero no se lo digas a nadie más, a ninguno de los chicos, o los curas os
oirán y te las quitarán. Y si te meten en ese cuarto de
nuevo, las tendrás contigo. Mientras todo el mundo
esté trabajando y recibiendo bofetadas fuera, tú estarás ahí, jugando. ¿Me escuchas?

Asiento con la cabeza.

—Pensar que estás ahí pasándolo en grande, enga-
ñándolos a todos, me servirá de ayuda mañana. No se
puede tumbar a un Boggs —dice.

Sonrío.

—Y cuantas más veces te encierren allí, mejor jugador serás —continúa—. Fergus Boggs, el mejor jugador de canicas de Irlanda, tal vez incluso del mundo entero. Y yo voy a ser tu agente. Los hermanos Boggs, cómplices de las canicas.

Me río. Él también lo hace.

—Suena bien, ¿verdad?

Puedo decir incluso que está esperanzado con la idea.

—Sí —respondo.

—Será nuestro secreto, ¿de acuerdo?

—De acuerdo.

—Todas las noches me puedes contar lo que has aprendido.

—Está bien.

—¿Me lo prometes?

—Te lo prometo, Hamish.

—Buen muchacho. —Me revuelve el pelo—. Aquí estaremos bien —añade—. ¿Verdad?

—Sí, Hamish —contesto.

Vuelve a tomar mi mano dolorida, esta vez más suavemente, y nos dormimos.

Cómplices de las canicas. Hermanos de sangre. Siempre.

Epílogo

El lunes por la mañana vuelvo al trabajo.

—¿Buen fin de semana? —me pregunta Eric mientras me estudia, y sé que después de verme lanzar la taza contra la pared no tiene muy claro que yo sea una persona mentalmente estable.

—Muy bueno, gracias. —Sonrío—. Todo está bien.

—Bien —dice, mirándome con sus brillantes ojos azules en medio de su rostro color naranja—. ¿Sabes? He comprobado esa expresión. Hormigueo. Por sentirse inquieto.

—¿Ah, sí?

—También puede referirse a cierta excitación de tipo sexual.

Me río y niego con la cabeza, mientras él ríe también camino del despacho.

—Eric —digo—. La semana que viene empezaré a enseñarle a mi padre a nadar. Y estaba pensando en probar algo diferente aquí. Clases de aeróbic acuático. Una vez por semana. ¿Qué te parece?

—Creo que es una gran idea, Sabrina —responde

con una sonrisa—. Me muero de ganas de ver a Mary Kelly y al señor Daly bailando samba en el agua.

Y hace un movimiento de cadera sexy, lo que me hace reír.

Sonriendo, feliz, me siento en mi puesto y miro la piscina desierta, las reglas de la piscina ante nosotros como un crucifijo en una iglesia. Un recordatorio. Una advertencia. Un símbolo. No hagas esto, no hagas eso. Prohibido esto, prohibido aquello. Así de negativas, en apariencia, y sin embargo son una guía. Mirad, tened cuidado y todo irá de perlas. Todo estará bien.

Mary Kelly se encuentra en el hospital recuperándose de su ataque al corazón, gracias a Dios. Hoy no siento ningún vacío, sin embargo, me siento rejuvenecida, con fuego en el interior, como si pudiera pasarme el día mirando la nada y aun así todo estuviera bien..., que es lo que va a suceder.

El señor Daly llega con su ceñido bañador verde, remetiéndose en el gorro de goma demasiado apretado los pocos mechones de pelo que le quedan.

—Buenos días, señor Daly —digo.

Pasa por mi lado, ignorándome, y se mete lentamente en el agua. Me echa un vistazo para comprobar si lo observo. Aparto la mirada, deseando que el momento pase cuanto antes. Él se baja las gafas sobre los ojos, agarra las barras metálicas de la escalera y se sumerge.

Me acerco a la escalera, meto la mano en el agua y tiro de él hacia arriba.

—¿Está bien? —le pregunto, sacándolo del agua, ayudándolo a subir por la escalera y ayudándolo a sentarse en el borde de la piscina.

Le entrego un vaso de agua que bebe de inmediato con manos temblorosas, los ojos rojos. Permanece un rato sentado, mirando al vacío, en silencio, yo a su lado. Le paso un brazo por los hombros, le froto la espalda para que se calme. No está acostumbrado a que me siente con él después de lo que hace. Me di por vencida en algún momento del año pasado, cuando comprendí que no iba a dejar de hacerlo. Debía limitarme a salvarlo y volver a mi asiento. Él me echa una mirada de soslayo, con recelo. Sigo frotándole la espalda, sintiendo la piel, los huesos y un corazón que late.

—Usted se largó la mañana del viernes —dice de pronto.

—Sí —digo, asombrada de que haya reparado en ello—. Lo hice.

—Pensé que tal vez no volvería.

—¿Qué? ¿Y perderme todo esto?

Se muerde el labio inferior para no sonreír. Me devuelve el vaso, se mete de nuevo en la piscina y nada un largo.

Agradecimientos

Me gustaría dar las gracias a todas las personas que compartieron sus recuerdos de jugar a las canicas conmigo: en mis doce novelas no creo haber recibido una reacción así cuando he comentado el tema sobre el que estoy escribiendo. Las historias personales brotaban de la gente y, ya fueran grandes o pequeñas, cada una refuerza mi creencia en que los recuerdos que tienen que ver con las canicas van de la mano con los momentos clave en la adolescencia. Todas estas memorias compartidas me animaron a lo largo del camino.

Gracias a Killian Schurman, artista del vidrio y escultor, que pasó muchas horas mostrándome el proceso de esculpir el cristal. Cualquier incorrección en la escena de la creación de canicas es culpa mía. Gracias a Orla de Bri por ponernos en contacto y por inspirarme a través de su propio trabajo. Gracias a los estudios Lundberg por compartir su experiencia, e inspirar la canica universo de Marlow. Dos libros en particular me han sido de impagable ayuda: *Marbles Identification and Price Guide*, de Robert Block, y *Collec-*

ting Marbles; A Beginners Guide, de Richard Maxwell. Gracias a Dylan Bradshaw por responder a mis extrañas preguntas sobre el secador de pelo silencioso para una escena que, lo siento, ¡nunca llegó a la edición final!

Como siempre, todo mi amor a David, a Robin y a Sonny. A Mimmie, a papá, a Georgina, a Nicky y a sus amigos. Al hada madrina Sarah Kelly, a Marianne Gunn O'Connor, a Vicki Satlow y a Pat Lynch.

Gracias a Lynne Drew y a Martha Ashby por una edición épica. A los siempre alegres Louise Swannell, Kate Elton, Charlie Redmayne y a todo el equipo de Harper Collins. Gracias a los libreros: grandes y pequeños, independientes y cadenas, físicos y electrónicos. Y lo más importante de todo, gracias a los lectores.

Índice